KB152698

인간으로 산다는, 그 어려운 일

인간으로 산다는, 그 어려운 일

보디팍사 지음 | 박산호 옮김

나무의철학

내가 성장할 수 있도록 영감을 주고 이끌어준,

다정함과 유머를 갖춘 테레사에게

내가 힘들 때마다 지원을 아끼지 않은 실비아에게

사랑하는 나의 아이들에게

프롤로그

내 인생을 완전히 바꾼 자기연민에 관하여

누군가가 항상 우리의 뒤를 봐주고 있다고 상상해보자. 내가 우울할 때 옆에서 격려해주고 일이 잘 풀릴 땐 축하해주고 내 이야기를 들어주는 누군가가 있다고. 세상 풍파를 다 겪으며 살아가는 와중에도 누군가에게는 내가 중요한 사람이란 점을 항상 기억하고 있다면, 사는 게 얼마나 든든할까? 누구나 이처럼 자기에게 무조건적인 애정과 지지를 보여주는 사람이 있으면 좋겠다고 생각한다.

그런데 이런 사람은 분명히 있다. 바로 당신 자신이다.

만약 당신이 항상 자신을 다정하게 대한다면, 당신의 삶에 항상 다정함이 깃들어 있을 것이다. 당신은 그저 스스로를 좀 더 자비롭게 대하고 스스로를 용서하는 법을 배우기만 하면 된다. 우리 모두 이렇게 할 수 있으며, 이 책의 목적 또한 당신이 마음챙김 자기연민 기술들을 개발할 수 있도록 돕는 것이다.

유감스럽게도 우리는 대체로 앞에서 언급한 것과 고통스러울 정도로 다른 방식으로 자기 자신과 관계를 맺는다. 우리는 너무 자주 내면의 가혹한 비난의 목소리로 스스로의 자신감을 떨어뜨리고 기를 죽인다. 우리는 차갑고 비판적인 시선으로 자신을 바라보며 아주 사소한 실수도 용납하지 못한다. 우리는 완벽한 성공을 거두지 못하면 스스로를 비웃고 모욕하는 식으로 자신에게 벌을 준다. 우리는 어쩌면 최고의 숙적보다도 더 스스로를 가혹하게 대하고 있는지도 모른다.

나는 학자나 연구자가 아닌, 고통스러운 삶의 경험들을 통해 스스로에게 연민을 가지고 친절하게 대하는 한 인간으로서 '마음챙김 자기연민'이라는 주제에 접근하고자 한다. 또한 나는 30년 동안 명상을 가르쳐왔고 40년 동안 명상과 마음챙김과 자기연민의 기술들을 실천해온 사람으로서 이 책을 썼다. 여러분은 이 책에서 이러한 특징들을 반영하는 다양한 훈련법과 질문, 그리고 명상법을 익힐 수 있을 것이다. 우리 모두는 명상 안에서 하나이며, 결코 혼자가 아니라는 사실 또한 알게 될 것이다.

책 중간중간에 부처와 그의 가르침을 소개할 텐데, 꼭 불교 신자여야 부처의 가르침을 받을 수 있는 건 아니다. 부처는 신이나 선지자가 아니라 고통에서 평화와 자유를 찾고, 삶을 변화시키는 행위와 실천법을 가르친 경험 철학자이다. 여러분 각자의 종교를 포기하거나 굳이 불교 신자가 되지 않고도 얼마든지 부처의 관점과 행위를 시도해볼 수 있다.

하행 에스컬레이터를 걸어서 올라갔던 시간

나는 마음챙김 자기연민의 기술을 배운 덕분에 개인적으로 무척 힘들었던 시기에 정신을 놓지 않을 수 있었다. 내가 운영하던 회사의 법인세를 2년이나 신고하지 않았다는 사실을 담당 세무사가 내게 알려주지 않아, 국세청에서 벌금 3만 5천 달러를 부과하고 아내와 내 명의로 된 얼마 안 되는 자산을 압류하겠다고 통보한 일이었다. 아내는 겁도 나고 화가 나서 나와 이혼하기로 결심했는데, 그때 우리 사이에는 아직 어린 두 자녀가 있었다. 아이들과 정서적 유대가 끊겼다는 사실이 나로서는 가장 고통스러웠다.

돈 문제도 있었다. 아내와 내가 같이 산 집은 2008년 금융위기로 가격이 폭락해서 도저히 팔 수 없었다. 내가 주택 담보 대출금을 갚으려고 안간힘을 쓰는 동안 십 몇 년 넘게 운영해온 회사는 몇 번이나 파산할 뻔했다. 설상가상으로, 그즈음 받은 정기검진에서 외이도에 암이 있는 것 같다는 날벼락 같은 소식도 들었다. 다행히 수술로 완치될 수 있는 암이었지만 수술 후에야 내가 가입한 의료보험에는 수술비와 대부분의 치료비가 포함되지 않는다는 사실을 알게 됐고, 경제적으로 더욱 힘들어졌다. 나는 파산 신청을 해야 했다. 내 인생이 실패했다는 걸 인정하는 것처럼 보여서 파산 신청만은 어떻게든 피하려고 애를 썼지만 말이다.

이러한 시간은 5년 넘게 지속되었다. 이때 나는 내 인생이 하행 에스컬레이터를 걸어서 올라가는 일 같다고 생각했다. 올라가려고 애를 쓸 때마다 저 위에 있는 누군가가 내게 볼링공을 던지는 듯했다. 매번 볼링공을 맞으며 간신히 일어서려고 할 때마다 또 다른 불행이 몰려왔다. 한밤중에 자다 깨면 심장은 사정없이 쿵쿵 뛰고 너무 걱정한 나머지 속이 뒤틀릴 때가 한두 번이 아니었다. 끔찍하고 무시무시한 악몽을 수도 없이 꾸다 보니, 이러다 정말 죽을 것 같았다.

명상이 나에게 가르쳐준 것

돌이켜보면 이러한 시련 덕분에 한층 깊은 영적 수행을 할 수 있었으니 지금으로선 고마운 마음이 크다. 고통은 우리에게 배울 수 있는 기회를 준다. 틱낫한은 이렇게 말했다. "불교는 우리에게 고통을 피해 도망치지 말라고 가르친다. 고통을 똑바로 마주해야 한다. 고통의 원인과 그것이 어떻게 비롯됐는지 찾을 수 있도록 본질을 깊이 들여다봐야 한다."

고통은 스승이다. 고통에서 배운다는 말은 우리의 마음이 어떻게 작동하는지 보기 위해 단호하고 철저하게 그것과 마주한다는 뜻이다. 우리가 어떻게 불필요한 고통을 스스로 만들어내는지 이해한다는 뜻이다. 고통을 이해하면 우리는 자신과 좀 더 사이좋게 살아가는 방법을 배울 수 있다.

스트레스와 고통으로 가득한 몇 년을 보내는 동안, 나는 만만치 않은 환경에서 최선을 다한 나를 칭찬하는 것이 아주 중요하다는 점을 배웠다.

실수했을 때 나를 비판하는 대신 실수를 통해 배우는 게 더 중요하다는 점을 익혔다.

나는 스스로를 다정하게 대하고, 친구를 대하듯 부드럽게 말해야 한다는 점을 배웠다.

나는 스스로를 격려하는 법을 배웠다. 두려워하는 내 마음을 편안하게 다독이며 안심시키는 법을 배웠다.

나는 내 몸과 마음을 더 잘 보살피는 법을 배웠다. 친구들이 보내는 지지와 친절도 아주 중요하지만, 항상 친구들에게 둘러싸여 있을 수는 없다. 친구들이 없을 때는 우리의 내면에서 솟아난 자기애와 지지가 우리를 감싸게 해야 한다.

이 사실을 깨닫는 동안 몇 번의 성공이 찾아왔다. 수없이 국세청과 협상하고 새로 채용한 세무사의 도움 덕분에, 마침내 국세청은 세금 체납이 내 잘못이 아니라는 사실을 인정하고 벌금을 모두 취소해주었다. 나는 사랑하는 사람을 만나서 새출발하는 축복을 누렸으며, 나를 좋아하고 존경하는 사람과 함께하게 되었다. 나는 이혼했을 때보다 훨씬 더 좋은 사람이 되는 법을 배웠다.

자기연민 명상은 내 삶을 완전히 바꿔놓았다. 내가 배운 기술은 인생에서 벌어지는 큰 시련에 대처할 때만 도움이 되는 것이 아니라 평범한 일상에서 자주 발생하는 정서적 갈등과 마음의 상처를 다루는 데도 많은 도움이 되었다. 자기연민 명상 덕분에 덜 고통받았고 나 자신과 좀 더 평화롭게 살아갈 수 있었으며 좀 더 나은 배우자, 친구, 동료가 될 수 있었다.

자신의 고통에 공감하지 않으면 타인의 고통에도 공감할 수 없다는 말은 진실이었다. 내가 누군가를 따뜻하게 대한다고 느낄 때, 사실은 그들의 환심을 사고 그들의 마음에 들려고 노력하는 경우가 더 많다는 점도 알게 되었다. 그러므로 자기연민의 기술을 개발하면 타인에게 연민을 가지고 진심으로 대할 때도 도움이 된다. 연민을 가지면 어려움을 겪고 있는 누군가를 도와 그 사람이 현재 지지와 보살핌을 받고 있다고 느끼도록 만들 수 있다. 연민이란 고통이 지나갈 때까지 그 사람이 고통과 같이 있을 수 있도록 돕는 것이다. 우리가 스스로에게 연민을 가질 수 없다면, 타인에게도 다정하고 친절하게 대할 수 없다.

교사로서 나는 마음을 평화롭게 할 수 있는 모든 기술을 나누고 싶다. 학생들에게 명상을 가르치고 방법을 공유하는 것은 나의 오랜 특권이자 기쁨이다. 학생들은 많은 면에서 나의 스승이기도 했다. 그들은 예리한 질문으로 내가 좀 더 깊이 사고할 수 있게 이끌었다. 또한 그들은 내 인생에선 결코 일어나지 않았을 다양한 방식으로 저마다의 삶에서 자기연민의 기술을 실천하고 있다. 이 책에 쓴 모든 내용은 학생들과 함께 깨달은 결과물이고, 따라서 실질적으로 "내 것"이 아니다.

자기연민의 다섯 가지 기술

자기연민에는 다섯 가지 핵심 기술이 있다.

1. 자기인식. 흔히 마음챙김으로도 잘 알려져 있으며, 우리가 경험하는 대상을 찬찬히 바라볼 수 있는 능력을 의미한다.
2. 자기공감. 이해심을 가지고 자기 자신과 관계를 맺을 수 있는 능력을 의미한다.
3. 수용. 고통스러운 감정에 머물 수 있는 능력을 의미한다.
4. 친절. 스스로를 따뜻하고 다정하게 대하는 능력을 의미한다.
5. 현명한 자기돌봄. 자신의 안녕과 행복을 장기적으로 증진시키는 능력을 의미한다.

현명한 자기돌봄은 자연스럽게 자신의 이익을 추구한다는 좁은 개념을 뛰어넘어 타인을 자비롭게 대하는 방법을 의미한다. 자신을 보살피는 것이 타인을 보살피는 것이고. 타인을 보살피는 길이 자신을 보살피는 방법이라는 것이다.

나는 이 다섯 가지를 소개하는 과정에서 "기술"이란 단어를 대단히 의도적으로 사용할 것이다. 자기인식, 자기공감, 수용, 친절,

현명한 자기돌봄은 모두 연습을 해서 배우고 개발할 수 있기 때문이다.

살다보면 종종 자신을 변화시키기가 생각처럼 쉽지 않다는 점을 깨닫게 된다. 우리는 어떤 자질이 내면에서 저절로 솟아나기를 바란다. 때로는 좀 더 친절해지거나 좀 더 자각을 가지고 살고 싶어 하지만 실제로 노력은 하지 않는다. 때로는 이러한 자질을 의지만으로 개발하려고 무진장 애를 쓴다. 하지만 그러한 변화는 오래가지 못한다. 희망은, 그러니까 뭔가를 바라기만 하는 마음으로 저절로 변할 거라고 생각하는 것은 효과가 없다. 오랫동안 지속되는 변화를 이루고 싶다면 의지만으로는 부족하다. 아니, 어쩌면 의지는 필요없을 수도 있다. 우리에게는 변하고자 하는 더 큰 욕망이 아니라 변화하는 데 쓸 도구가 더 절실하게 필요하다. 이 책이 여러분에게 그런 도구가 되어주길 바란다.

이 책을 소개합니다

1장은 마음챙김-자기연민의 원리를 소개한다. 확실하게 검증된 마음챙김의 장점을 알고, 이것을 어떻게 활용하면 우리의 태도를 더 따뜻하고 다정하게 바꿀 수 있는지 배우게 된다. 또한 친절과 연민을 키우는 행위가 과학적으로 어떤 효과를 가지는지, 그런 자질을 개발하는 것이 어떻게 우리의 인생을 극적으로 바꿔놓을 수 있는지 알게 될 것이다.

2장은 우리가 왜 친절과 연민을 받을 만한 가치가 있는 존재인지 증명하는 가장 핵심적인 장이다. 2장에서는 자기연민에 대해 많은 이들이 쉽게 오해하는 내용을 하나씩 살펴본다. 자기연민은 결코 이기적인 태도가 아니며, 하고 싶은 대로 다 하는 방종도 아니다. 이런 태도가 우리를 나약하고 무기력하게 만들지 않는다는 사실을 알게 될 것이다. 오히려 이런 마음가짐이 우리의 인간관계를 좀 더 원만하게 이끌어주고, 상처받은 마음을 쉽게 치유할 수 있도록 회복력을 키워준다. 결과적으로 이러한 자세는 스스로에게 더 새롭고 부드러운 방식으로 동기부여를 하게 격려해준다는 점을 알게 된다.

3장은 자기연민의 4단계를 하나하나 소개한다. 이 네 가지는 일상에서도 실천할 수 있다. 이 과정은 마음의 고통을 줄여주고 우리 스스로가 지지받을 가치가 있는 소중한 존재라는 느낌을 받게 해준다. 이 단계를 익히면 우리는 자연스럽게 마음을 활짝 열고 타인의 고통에 더 공감하게 된다.

4장은 자기연민의 첫 번째 기술인 자기인식 혹은 마음챙김을 알려준다. 마음챙김이란 과연 무엇이고 마음챙김이 아닌 것은 무엇인지, 우리 삶을 근본적으로 바꿔놓을 자질을 어떻게 기를 수 있을지 알아본다.

5장에서는 자기연민의 두 번째 기술인 자기공감의 모든 것을 알아본다. 과거의 고통이 어떻게 우리를 좌지우지하는지, 그리고 뇌가 고통에 어떻게 반응하면서 고통의 크기를 키우는지 알아본다. 우리가 유독 고통을 힘겨워하는 이유는 고통에 빠져 있을 때 종종 수치심을 느끼기 때문인데, 이때 우리는 내면으로부터 너는 나약한 존재이고 인생에 실패했다고 말하는 목소리를 듣게 된다. 5장을 통해 이러한 내면의 속박에서 자유로워질 수 있을 것이다.

6장은 자기연민의 세 번째 기술인 수용을 탐구한다. 수용은 우리가 불편해하는 느낌을 편하게 받아들일 수 있는 능력을 뜻한다. 이 장에서는 내면의 대화라는 형태로 나타나는 감정들을 살펴볼 것이다. 감정이란 우리 안에 있는 원시적인 것, 우리의 생존과 안녕에 관계된 것이 유쾌하거나 불쾌한 신체 감각을 통해 감지되는 과정이다. 이 장을 통해 우리가 느끼는 모든 감정이 건강하고 가치가 있다는 점을 배우고, 고통스러운 감정도 받아들이는 법을 배울 수 있을 것이다.

7장은 자신에게 친절하게 대함으로써 스스로를 지지하는 방법을 알려준다. 이 단계는 자기연민의 네 번째 기술에 해당한다. 정서적 지지란 내면에서 일어나는 대화의 또 다른 형태라 할 수 있는데, 이 방법을 잘 익히면 내 안의 좀 더 현명하고 연민에 찬 마음이 고통받고 있는 마음을 안심시킬 수 있다. 이 장에서 우리는 스스로에게 친절해지는 다섯 가지 방법도 배우게 된다.

8장은 자기연민의 다섯 번째 기술인 자기돌봄에 대한 내용을 담고 있다. 먼저 우리가 부정과 회피를 통해 얼마나 자주 고통으로부터 도망치는지 살펴보고, 이러한 행동이 무의식중에 자신과 다른 사람들에게 더 큰 고통을 초래하는 과정을 알아볼 것이다. 또한 좀 더 건강한 방식으로 고통에 대처하는 방법을 배움으로써 고통에 휘둘리지 않고 장기적인 행복과 안녕을 지속하고 증진시키는 방법을 익히게 될 것이다.

9장에서는 고통스러운 후회와 과거의 자신을 곱씹으며 스스로를 가혹하게 비판하는 일을 그만두는 다양한 방식을 안내한다. 이 장에서 우리는 자기 용서를 연습하는 법을 배울 것이다. 자기 용서란 "더 나은 과거에 대한 모든 희망을 포기하는 것"이라고 정의할 수 있다. 우리는 과거의 자신에게 좀 더 친절해지고 좀 더 많이 공감하면서 현재로 시선을 돌리는 방법을 배울 수 있다. 바로 지금 이 순간만이 우리가 평화롭게 존재할 수 있는 유일한 시간이라는 것을 안다면, 우리는 지금 그리고 앞으로 더 행복해질 수 있는 기술들을 익힐 수 있을 것이다.

10장은 타인을 연민 어린 시선으로 바라보는 방법을 소개한다. 자기연민을 통해 스스로에게 집착하는 습관에서 벗어나면, 좀 더 쉽게 마음을 열고 타인을 존중할 수 있다. 타인에게 더 자주 연민을 베푼다는 말은 재정적으로 지원하거나 조언을 한다기보다 타인이 하는 이야기를 정성껏 들어주는 경우가 더 많아진다는 의미이다. 인간은 자신의 고통에서 통찰력을 얻게 되면 타인이 처한 상황에서도 보편적인 진실을 볼 수 있기 때문에, 스스로를 위해 공감 능력을 키우면 타인을 바라볼 때도 자연스럽게 이러한 시선이 깃드는 것을 느끼게 된다.

11장에서는 더 깊은 수준으로 들어가 통찰력을 반영하는 법을 공개한다. 이는 우리의 관점이 달라지면서 영적 각성으로 이어지는 과정을 뜻한다. 우리의 인생이 너무 짧고 소중하다는 사실을 인식하면 자연스럽게 좀 더 자비로운 삶을 살게 된다는 점을 깨닫게 된다. 인간의 감정이 순간순간 달라지는 방식을 인식하면 매번 반사적으로 반응하지 않아도 된다는 점도 배울 수 있다. 연민을 실천하면 고통 그 자체를 우리와 동일시하는 습관을 멈출 수 있고, 고통에도 잘 대응할 수 있다. 고통이 내면에서 느껴지든 혹은 외부에서 밀려오든 상관없이 말이다.

이 책은 소설처럼 앉은자리에서 한번에 다 읽기 쉽다. 책에서 소개하는 여러 아이디어와 방법들을 누군가의 이야기를 듣듯 한 번 읽고 흘려버릴 수도 있다.

어쩌면 마음챙김과 자기연민의 기술로 인생이 달라질 수 있다는 말을 듣는 것만으로 기분이 좋아질지도 모른다. 하지만 직접 실천하지 않는 한, 이런 이야기를 읽고 기분이 좋아진다 해도 그 감정은 금방 사라지고 말 것이다. 그러니 부디 이 책을 가이드 삼아 꼭 실천해주길 바란다.

이 책이 여러분에게 자기인식, 자기공감 혹은 여러 가지 마음의 기술을 직접 심어줄 수는 없다. 하지만 그럴 필요도 없다. 이 모든 기술은 이미 우리 모두의 내면에 있으며, 여러분은 그걸 키울 자질을 이미 갖추고 있기 때문이다. 여러분은 지금 그대로도 충분하다.

> 충분하다. 이 몇 마디로 충분하다.
> 이 몇 마디가 아니라면, 이 숨결로.
> 이 숨결이 아니라면, 여기 이렇게 앉아 있는 것만으로.
>
> _데이비드 와이트(David Whyte), 영국 시인

차 례

프롤로그 내 인생을 완전히 바꾼 자기연민에 관하여

1장 마음챙김 자기연민이란

1장

마음챙김 자기연민이란

명상은 마음챙김의 기술과 연민을 기르는 가장 중요한 도구이다. 서구에서는 오랫동안 명상이 비주류들의 취미, 즉 히피나 괴짜들이나 하는 것, 마약을 하는 문화와 관련돼 있다는 풍문이 있었다. 하지만 오늘날 대세가 되었고, 많은 학교와 병원에서 다양한 명상 강좌를 운영하고 있으며 수백만 명이 명상 앱을 다운받고 있다. 이 놀라운 변화가 일어날 수 있었던 이유는 심리학자들과 신경과학자들, 그리고 명상이 육체적, 정신적 건강을 향상시킨다는 결과를 증명하는 수천 건의 연구를 실시한 의료계 종사자들 덕분이다.

이런 연구를 최초로 실시한 진정한 선구자들은, 종종 제도화된 회의론과 맞서 싸웠다. 1980년대에는 과학계에서 마음챙김을 다룬 간행물이 1년에 한 건 정도로 아주 드물게 발표됐지만 21세기에 접어들어 첫 10년 만에 그 수치는 꾸준히 그리고 대대적으로 증가해 연간 평균 43개의 연구 결과가 나왔다. 2010년 이후에는 이런 흐름이 폭발적으로 증가해서 2016년에는 690개의 논문이 발표됐고, 2018년에는 842개가 나왔다.

이 연구들은 명상의 수많은 장점이 우리의 육체적, 정신적 건강과 행복에 영향을 미친다는 결과가 증명됐다고 발표했다. 유감스럽게도 이들 연구자 중 상당수는 명상이라는 새로운 학문을 연구한 지 얼마 되지 않아 표본 크기가 작거나 연구 방법론에서 약간의 결함을 보였다. 저널리스트이자 《감성지능》을 쓴 작가 대니얼 골먼과 위스콘신 대학교의 신경과학자 리처드 데이비슨 교수는 수천 건의 논문을 철저히 분석해서 명상의 다양한 장점 중에서도 가장 타당한 것들을 골랐다. 두 사람은 방법론에서 흠잡을 데 없고 유효한 대조군으로, 무수한 '최적의 기준'을 통과해 가장 확실하게 입증된 명상의 네 가지 장점을 발견했다.

마음챙김은 잡념을 줄여준다

명상을 하면 잡념에 사로잡히거나 주의가 산만해지는 증상이 현저히 줄어든다.

이것이 왜 중요하며, 이런 점이 우리가 스스로에게 더 친절해지는 데 어떤 도움이 될까? 마음챙김은 우리의 생각과 감정의 질을 관리하는 한 형태라고 할 수 있다. 마음챙김은 나쁜 잡념이 생길 때 그 사실을 알아차리도록 돕고, 현재에 집중할 수 있도록 우리의 관심을 돌리게 도와준다. 우리는 대개 분노가 일거나 걱정되는 일이 있거나, 고통스러운 갈망으로 가득 차거나, 스스로를 의심할 때 잡념에 시달린다. 마음속에서 이런 일이 일어나면 우리는 행복하지 못하고, 건강도 해치게 된다. 이런 생각은 우리의 인간관계와 일상 전반에 지극히 해로운 영향을 미친다.

요즘 출시되는 차들은 운전할 때 한쪽으로 너무 바짝 붙으면 경고음이 울리는 차선 탐지기가 장착돼 있다. 마음챙김도 이와 비슷한 방식으로 작동한다. 우리의 마음이 고통의 방향으로 지나치게 쏠릴 때, 다시 마음의 중심을 찾을 수 있도록 일깨워준다. 또한 내면에서 들려오는 자기 비판적인 목소리에 덜 신경 쓰고, 부정적인 생각을 떨쳐낼 수 있게 이끌어준다.

마음챙김은 평정심을 유지하도록 도와준다

골먼과 데이비슨의 연구에서 밝혀진 또 다른 장점은 마음챙김이 스트레스를 확실히 줄여준다는 것이다. 명상이 뇌에서 일어나는 정서적 통제 기능을 촉진시키기 때문이다.

스트레스의 주된 원인은 편도체이다. 우리가 위협받는다고 느끼면 편도체가 분노나 불안 같은 감정을 촉발한다. 편도체는 우리를 안전하게 보호하기 위해 진화했지만, 종종 과잉 반응을 보여 우리가 각성 상태에 머물게 한다. 이때 마음챙김 기술을 활용하면 좀 더 고차원적인 사고를 담당하는 전전두엽에서 편도체로 안심 신호를 보내 마음을 진정할 수 있게 도와준다. 즉, 마음챙김은 우리의 갈등 혹은 도피 반응을 약화시키고 일정 시간 스트레스를 받은 후에 다시 평정을 되찾거나 처음부터 평정을 잃지 않도록 도와준다.

현대 신경과학이 밝혀낸 굉장히 인상적인 연구 결과 중 하나는 우리 뇌에 '가소성', 즉 평생 변화할 수 있는 능력이 있다는 점이다. 얼마 전까지만 해도 사람들은 뇌가 변하지 않는다고 믿었지만, 이제는 뇌의 다양한 부분을 얼마나 자주 혹은 집중해서 쓰느냐에 따라 커지거나 줄어든다는 사실이 밝혀졌다. 마음챙김은 편도체의 활동을 줄여 위협에 좀 덜 민감하게 반응하도록 만든다. 또한 마음챙김을 하면 자기 통제를 담당하는 뇌의 전측대상회와 전전두엽, 그리고 학습과 기억을 담당하는 해마의 회백질이 더 두꺼워진다.

한편, 편도체의 활동이 지나치게 활발해지면 전두엽의 기능이 억제된다. 이 말은 우리의 생각이 덜 명료해지고 나쁜 결정을 할 가능성이 커진다는 뜻이다. 예를 들어 돈 문제로 스트레스를 받고 있을 때 고지서가 날아오면 공황 상태에 빠져 열어보지도 않고 눈에 안 띄는 곳에 치워버리는 식이다. 이처럼 두려운 상태에서 결정을 내리면 우리가 겪는 문제들은 더 늘어나게 된다.

아이들을 대할 때 이성을 잃고 화를 내서 마음의 상처를 주는 식으로 문제를 더 키우는 경우도 있다. 이럴 때 마음챙김을 하면 뇌에서 변화가 일어나 정서 조절 기능이 향상되기 때문에 우울증, 불안, 약물 남용, 만성통증, 식이장애와 같은 다양한 문제에서 긍정적인 효과를 볼 수 있다.

이런 말을 들으면 마음챙김이 마치 '기적의 만병통치약'이라도 되는 것 같지만 실제로 마음챙김이 하는 역할은 우리가 좀 더 평정심을 가지고 명료하게 사고하고, 상황을 악화시키는 쪽이 아닌 개선시키는 쪽으로 행동하도록 도와주는 것이다. 이런 경험이 쌓이다보면 우리의 뇌, 우리의 생리, 우리의 인생은 좀 더 순조롭게 흘러간다.

스트레스를 받는 상황에서도 평정을 유지하도록 도와주는 마음챙김의 기능은 자기연민을 실행하는 데도 아주 중요하다. 마음챙김 수행을 하면 고통스러운 감정에 일일히 반응하거나 그런 감정을 피하지 않고 그 자리에 머물 수 있다. 불편한 감정을 있는 그대로 직시하면, 좀 더 참을성 있고 좀 더 이해하고 용서하며 좀 더 친절한 방식으로 자기 자신과 관계를 맺을 수 있다.

마음챙김은 단기 기억력을 향상시킨다

마음챙김 수행을 하는 사람들은 작동 기억으로 알려져 있는 단기 기억이 향상된다. 한 연구에서 마음챙김 수련법을 단기 강좌로 수강한 대학생들의 시험 점수가 16퍼센트 향상되었다는 결과가 나왔다.

그런데 단기 기억 향상은 시험 점수가 올라간다는 것보다 훨씬 더 중요한 의미를 지닌다. 작동 기억의 목적은 필요한 기간 동안 관련된 정보들을 인식하는 것인데, 작동 기억이 좋아질수록 우리가 기억할 수 있는 정보의 양이 많아진다. 당연히, 작동 기억의 용량이 늘어나면 우리는 좀 더 복잡한 생각을 할 수 있게 된다. 그래서 단기 기억은 일반적인 지능과도 밀접한 관계가 있다. 영화 〈완다라는 이름의 물고기〉에서 배우 캘빈 클라인이 연기한 오토는 매번 상대에게 상당히 복잡한 정보를 받을 때마다 이렇게 묻는다. "중간에 나온 게 뭐였지?" 중간에 나온 정보를 기억하지 못하면 복잡한 상황을 제대로 이해하고 처리하지 못한다는 것은 지극히 당연한 이치다.

복잡하기 그지없는 인생에서 우리가 굉장히 자주 잊어버리는 '중간에 나온 것'은, 바로 우리 스스로와 타인에게 친절하게 대하는 일이다. 우리는 직장에서 해야 할 일들과 집안일을 하는 데 온 정신을 집중하느라 자신과의 관계를 포함해서 우리가 맺고 있는 인간관계의 질을 유지해야 한다는 점을 자꾸 놓치고 만다.

우리는 '동반자 지지하기'나 '동료에 대한 분노를 키우지 않기', '스스로를 바보 취급하지 않기'와 같은 목표를 마음에 담아두지 못한다. 우리는 이런 면을 자신의 도덕적 결점이라고 여기지만 사실은 기억하지 못하는 것뿐이다. 좀 더 솔직해지고, 좀 더 용감해지고, 좀 더 자신을 따뜻하게 대하겠다는 목표를 위해 노력할 때는 장기 목표도 잊지 말아야 한다. 기억력은 이런 목표를 실현하는 데 아주 중요하다. 마음챙김을 뜻하는 고대 인도어 '사티'는 '기억하다'라는 뜻을 담고 있다. 마음챙김이야말로 우리가 친절의 중요함을 잊지 않게 해준다.

마음챙김은 우리를 좀 더 친절하게 만들어준다

콜먼과 데이비슨이 찾아낸 마음챙김의 네 번째이자 마지막 장점은 우리가 좀 더 친절해지고 좀 더 연민을 갖게 되며, 인간관계가 원만해진다는 점이다. 편도체가 과민해지면 혹시라도 생길지 모르는 잠재적인 위협을 경계하면서, 때로는 존재하지도 않는 위기를 상상하게 된다. 그리고 정말 힘든 상황에서 우리에게 아무 도움이 되지 않는 방식으로 반응하게 몰아간다. 마음챙김을 하면 실재하지 않는 위협에 반응하는 데 모든 에너지를 낭비하거나 실재하는 문제에 과잉 반응하는 대신, 문제를 회피하지 않으면서도 다른 사람들과 지속적으로 생산적이고 따뜻하고 실질적인 관계를 구축해나갈 수 있다. 스스로를 가혹하게 공격하거나 비판하는 대신 지지하고, 친절하게 자신의 진가를 인정하는 방식으로 스스로와 관계를 맺는 데 집중할 수 있다.

만약 마음챙김을 통해 우리가 더 친절해진다면, 왜 굳이 자신과 타인을 위한 연민의 기술을 또다시 개발해야 하는지 궁금해질 것이다. 그냥 자기연민의 기술만 계속 실천하면 저절로 친절해지는 거 아닌가?

이 의문에 대한 답은 우리 뇌에 있다. 자기연민과 연민에 관한 각각의 정신적 회로는 일부만 겹친다. 자기연민의 기술을 발달시키면 실제로 좀 더 친절해지고 스스로를 연민하는 마음이 커지지만, 친절과 연민에 대한 잠재력을 좀 더 키우려면 이 자질들을 키우는 데 의식적으로 집중해야 한다. 근력 운동이 좋은 비유인데, 역기로 팔 근육을 더 강화시키다 보면 연쇄적으로 코어 근육과 다리 근육 향상에도 아주 좋은 영향을 미친다. 어쨌든 두 손으로 역기를 들고 서 있기 때문에 배와 다리도 좀 더 운동을 하기 때문이다. 하지만 그렇다고 해서 팔운동만으로 충분하다고 생각하면 안 된다. 특정 부위의 근육을 키우려면 그 부분에 집중해서 운동해야 하듯, '마음챙김 근육'을 단련하면 '친절 근육'도 어느 정도는 변화되겠지만, 친절함을 키우고 싶다면 거기에 관심을 기울여야 한다.

행복 설정값을 높이는 명상의 힘

명상을 체계적으로 연구한 지 거의 40년이 됐지만 친절, 연민, 자기연민에 대한 연구는 아직 초기 단계이다. 그래도 이 분야에 대한 연구는 지난 20세기 때 마음챙김 연구가 그랬던 것처럼 기하급수적으로 늘고 있다. 친절, 연민, 자기연민이 여러모로 우리의 삶을 나아지게 한다는 연구 결과도 속속 발표되고 있다.

노스캐롤라이나 대학교 채플힐 캠퍼스의 심리학과 교수인 바바라 프레더릭슨은 2008년에 자애명상의 효과를 조사했다. 아주 오래전부터 전해 내려오는 이 명상을 7주 동안 실시한 결과 참가자들의 행복, 감사, 만족과 같은 긍정적 감정 영역이 확대된다는 점이 증명되었다. 프레더릭 교수는 이 결과를 바탕으로 긍정적 감정의 "확대와 구축" 이론을 발표했다. 내면과 외면의 변화들이 계속 쌓이다 보면 삶에 대한 만족과 행복감이 장기적으로 늘어나게 된다는 것이다. 우리가 좀 더 친절해지면 타인과의 관계가 향상되는데, 이런 시간이 지속될수록 우리와 타인 사이에 우정이 형성되어 어려울 때 쉽게 쓰러지지 않게 지켜줄 수 있다. 결과적으로는 행복감도 더 커진다.

이 이론은 또 다른 심리학 이론인 "모두에겐 '행복 설정값'이 있다"는 이론과 정면으로 배치된다. 행복 설정값 이론이란 우리가 느끼는 삶의 만족도가 어느 정도 고정돼 있어서 개인적으로 좌절을 겪거나 긍정적인 변화가 일어나더라도 시간이 흐르면 다시 예전과 같은 수준으로 돌아오는 경향이 있다는 것이다. 월급이 오르면 당장은 기쁘지만 그 감정이 오래가지 못하고 곧 이전과 비슷한 수준으로 돌아오게 된다. 마찬가지로 수입이 줄거나 심각한 부상을 입어 괴로운 마음도, 시간이 지나면 사라지고 또다시 예전과 같은 마음으로 돌아온다는 것이 행복 설정값 이론의 핵심이다. 인간은 적응하는 존재여서 새로운 환경을 접해도 결국 "뉴-노멀(New Normal)"해진다는 뜻이다.

프레더릭은 개인의 자질과 자원(마음챙김 함양, 더 커진 삶의 목적의식, 강화된 사회적 지원, 줄어든 질병 등)이 있다면 우울 증상이 줄어들고 삶의 만족도가 높아진다고 제시했다. 자애명상을 통해 얻는 모든 장점이 우리의 행복 설정값을 효과적으로 변화시키는 데 큰 도움을 준다는 뜻이다.

심리학과 교수인 베서니 코크는 2013년 한 연구에서 자애명상을 실시하면 건강해지고 행복해지는 자동 "선순환"이 일어난다는 증거를 발견했다. 코크 교수에 따르면 자애명상으로 생기는 긍정적인 감정들 덕분에 명상을 하는 사람들은 자신이 타인과 좀 더 연결돼 있다고 인식한다. 오랜 시간이 흐르는 동안 이들에게는 긍정적인 감정과 긍정적인 사회적 연결 경험이 쌓여서 미주신경 활동이 활발해지고, 그 결과 더 건강해진다. 정서적 건강의 척도라 여겨지는 미주신경 긴장도는 쉽게 변하지 않는 형질이라고 여겨져왔지만, 코크 교수는 이것도 명상으로 향상시킬 수 있다고 주장했다. 긍정적인 감정들, 긍정적인 사회적 연결, 향상된 신체 건강은 서로에게 영향을 미쳐서 우리의 정신적, 육체적 건강을 증진하는 방식으로 작동할 수 있다.

애리조나 대학교의 리타 로우 교수 또한 2011년 실시한 연구에서 단 10분만 자애명상을 해도 곧바로 긴장이 풀린다는 사실을 밝혀냈다. 심장 박동율 변동성의 증가를 관찰해서 얻은 이 결과에 따르면, 심장 박동율 변동성이 늘어나면 부교감 신경계가 활발하게 활동하면서 긴장이 풀리고 느긋해져 심적 균형을 이루게 된다. 자애명상을 하면 호흡도 느려지는데 이 역시 심신이 완화된다는 신호이다. 실험 참가자들은 짧은 자애명상만으로도 스스로를 좀 더 긍정적으로 느끼면서 스트레스로 인한 여러 부정적인 영향으로부터 자기 자신을 보호하는 결과를 얻었다.

엘리자베스 호그는 2013년 연구에서 자애명상을 한 여성들의 세포와 유전자의 노화가 느려지는 결과가 나타났다고 발표했다. M K 렝, A 루츠, T M 리를 포함한 수많은 학자들이 실시한 연구 결과, 자애명상은 마음챙김 명상처럼 정서 조절과 관련된 뇌 부위의 회백질이 늘어나는 효과가 있었다. 당연히 자애명상은 사람들로 하여금 자신과 타인 모두에게 좀 더 공감하고 돕고자 하며, 연민을 드러내게 했다.

텍사스 대학교 심리학과 부교수인 크리스틴 네프는 자기연민을 최초로 공식 정의한 연구자일 뿐 아니라 이를 임상과 심리학 연구 주제로 설정한 장본인이다. 그녀는 이 분야에서 세계적으로 가장 중요한 연구자가 됐으며, 자기연민 명상의 많은 장점을 밝혀냈다. 예를 들면 한 개인의 자기연민 수준으로 그의 정신적 건강을 정확히 예측할 수 있다는 점, 자기연민 수준이 높은 사람들은 자기 비판을 적게 한다는 점 등이다. 자기연민과 마음챙김 기술은 겹치는 부분이 많고, 자기연민 수준이 높은 사람은 자신의 불행을 되새기거나 자신의 행복감을 낮추는 생각을 반복해서 할 경향이 낮아서 불안해하거나 우울해질 확률도 희박하다. 이들은 또한 강박적으로 완벽해지려고 하는 경향이 별로 없다. 실수는 인생에서 피할 수 없는 일부이며, 자신이 완벽해지길 기대할수록 삶은 그저 고통스러워질 거라는 사실을 알기 때문이다.

다양한 자기연민 연구는 자기연민과 자기존중(스스로에게 긍정적인 견해를 갖는 것)을 대비시킨다. 이 둘의 주된 차이 중 하나는 자존감의 근원이 어디인가 하는 점이다. 자기존중은 종종 타인과의 비교를 통해 자신의 가치를 정한다. 하지만 이런 경쟁적인 비교는 우리의 행복감을 줄인다. 반면 자기연민이 있는 사람들은 자신이 선천적으로 가치 있다고 여긴다. 그러니 다른 사람과 비교할 필요도 없고, 아무 쓸모도 없는 비교를 할 위험에 빠지지도 않는다.

자아존중감이 높은 사람들은 자신의 가치를 판단할 때 다른 사람들의 의견에 크게 의존하는 경향이 있다. 만약 사람들이 까칠하게 대하면 자존감이 쉽게 떨어진다. 반면 자기연민이 높은 사람은 그렇지 않다. 이들은 자신이 선천적으로 친절한 대우를 받을 가치가 있다고 생각하기 때문에 스스로를 무조건 지지하고, 자신이 남보다 더 나은 존재이거나 더 나은 대접을 받아야 한다고 생각하지도 않는다.

자아존중감이 높은 사람은 자기연민이 높은 사람보다 자기도취에 빠질 가능성도 크다. 자아존중감이 높은 사람은 타인과 비교해서 자신을 좀 더 낫게 평가하기 때문에 자신의 장점과 성취가 타인의 것보다 얼마나 더 근사한지 비교하는 데 몰두한다. 다른 사람들이 이룬 성취나 뛰어난 장점을 보면 자신이 특별한 존재라는 느낌에 위협을 받기 때문에 아예 외면한다. 반면 자기연민이 있으면 자신의 강점뿐 아니라 타인이 가진 장점을 인식하면서도 어떤 위협도 느끼지 않는다. 또한 자신의 단점도 받아들이게 된다. 내가 타인보다 낫다고 생각할 필요도 없고, 자신에게 친절해지기 위해 남보다 특별해야 할 필요도 없다는 사실을 깨닫는다.

연민의 효과는 뇌가 작동하는 방식으로도 살펴볼 수 있다. 연민은 기쁨과 같은 낙관적인 감정과 관련된 좌뇌 전두엽 피질의 활동 수준이 올라가는 것과 관련된다. 스스로를 연민하는 사람들은 삶의 만족도가 높고 타인과 좀 더 연결돼 있다고 느낀다. 자기연민에서 비롯되는 낙관주의는 미래가 불행해질 거라고 상상하는 뇌의 부위가 줄어든 결과일 가능성이 크다. 자기연민 명상을 하면 불편하고 괴로운 느낌이 들 때도 스스로를 다독이고 지지하는 능력이 생기는데, 정서적인 회복 탄력성이 더 커지는 셈이다.

살아가면서 우리에게 닥치는 여러 가지 힘든 도전에 대처할 정서적 자원이 우리 안에 있다는 사실을 알게 되면, 누구라도 삶을 낙관적으로 보게 된다. 스트레스가 많은 업무를 요청했을 때 자기연민 명상을 할 수 있는 사람들이 덜 걱정했다는 연구 결과도 있다.

일련의 결과를 보면 우리는 굴욕적인 상황에 처했을 때, 별로 호의적이지 않은 피드백을 받았을 때, 과거에 있었던 부정적인 일들이 생각날 때 자기존중보다는 자기연민을 실천하는 게 마음의 균형을 찾는 데 더 도움을 받을 수 있다.

이토록 중요한 명상이라면

사회심리학자들은 "기만적 우월성"을 설명할 때 "와비건 호수 효과"라는 용어를 쓴다. 와비건 호수 효과란 자신의 능력이나 자질을 과대평가하는 현상을 뜻한다. 연구에 따르면 네브라스카 링컨 대학교 교수진은 자신의 강의 능력이 상위 25퍼센트 안에 들어간다고 대답했고, 90퍼센트 이상이 자신이 다른 교수들보다 훨씬 강의를 잘한다고 생각하는 것으로 밝혀졌다. 또 다른 연구에서는 스탠포드 대학교의 MBA 과정생 중 87퍼센트가 자신의 학업 성과가 평균 이상이라고 생각하는 것으로 나왔다.

기만적 우월성은 학계에만 있지 않다. 미국인의 90퍼센트 이상은 자신의 운전 실력이 평균 이상이라고 믿고 있고, 95퍼센트는 자신의 사고방식이 다른 사람들보다 훨씬 개방적이라고 믿었다. 이런 평가는 대다수 사람들이 자기기만을 하고 있다는 반증이다.

우리는 왜 스스로를 이렇게 비현실적으로 높게 평가할까? 우선, 스스로를 보호하기 위해서다. 우리는 흔히 자신과 타인을 비교해서 스스로의 가치를 판단한다. 일반적으로는 자신이 가진 상당수 특징이 평균치보다 낮기 때문에, 스스로를 정확하게 판단하면 행복감이 줄어들 가능성이 크다. 개인적인 자질과 능력을 좀 더 현실적으로 바라보는 사람들이 우울증에 시달릴 확률이 더 높은 것이 사실이다. 어쩌면 우울증에 걸린 사람들은 자신을 타인보다 좋게 보려는 시도 자체를 포기했을지도 모른다. 어느 쪽이든 기만적 우월성은 우리의 행복을 보호해준다.

그런데 일부 문화권에서는 이런 식으로 스스로를 속이지 않는다. 과대평가를 오랫동안 연구해온 코넬 대학교 심리학과 교수 데이비드 더닝은 이렇게 지적한다. "일본, 한국, 중국에서는 이런 과대평가 현상이 연기처럼 사라져버린다." 우리는 자신을 현실적으로 인지하면서도 자신이 가치 있는 사람이라는 느낌을 유지할 수 있다. 자신을 타인과 비교하는 자기존중을 포기하고 자기연민을 연습하면 스스로에 대한 불편한 진실을 알아차리는 순간에도 자신을 정서적으로 지지할 수 있다.

마음챙김 자기연민은 연습만 하면 충분히 배울 수 있는 명상 기술이기 때문에 꾸준히 노력하면 누구나 이런 장점을 경험할 수 있다. 2장에서 구체적인 방법을 소개할 텐데, 우리가 살면서 겪는 이런저런 어려움에 대응할 수 있도록 훈련하는 방법과 마음챙김과 자기연민의 기술을 체계적으로 배울 수 있는 방법을 소개했다. 명상은 연습이 정말 중요하니 꼭 실천해보길 권한다.

지금까지 소개한 장점은 자기연민의 수많은 장점 중 극히 일부인데, 막상 명상을 하려면 어쩐지 어색하거나 거부감이 드는 경우도 있다. 그리고 당신은 여전히 의구심을 느낄 수도 있다.

자기연민에 느끼는 반감 중 일부는 우리가 남들보다 훨씬 못한 존재라는 점이 드러났다는 데서 비롯된다. 또 일부는 우리에게 익숙한 "처벌 문화", 즉 인생을 효율적으로 살아가려면 스스로에게 어느 정도 가혹할 필요가 있다는 뿌리 깊은 믿음에서 비롯된다. 일부 원인은 어린 시절부터 스스로를 바라본 어떤 관점 때문일 수도 있다. 우리는 스스로에게 연민을 갖지 못하게 만드는 생각을 알아차리고 이해해야 한다.

2장

자기연민에 대한 반감

사람들이 자기연민을 부정적으로 바라보게 만드는 몇 가지 오해가 있다. 이런 오해를 바로잡지 않으면 자기연민의 방법을 익히기는커녕 시작도 못할 가능성이 크다. 2장에서는 우리가 품은 의구심과 반감을 찬찬히 살펴보면서 마음속에서 올라오는 저항감을 이해해보자.

자기연민에 대한 반감은 많은 사람들이 마음속 깊이 품고 있는 무의식적 가정이다. 이 가정이란, 인간은 천성이 나쁘고 게으르니 올바르게 처신하고 일을 잘할 수 있도록 늘 스스로를 닦달해야 한다는 것이다. 이 논리에 따르면, 스스로를 친절하게 대하면 응석받이가 되어 인생에서 실패할 가능성이 크다. 이런 생각을 하는 사람은 스스로를 다그쳐야 미래에 같은 실수를 하지 않을 거라 믿는 경우가 많다. 가혹하고 흔한 이런 시각 때문에 우리는 자신이 느끼는 여러 감정을 믿지 못해, 고통과 시련을 못 견디게 된다. 이런 시각 때문에 우리는 만약 우리가 아주 강해지면 더 이상 고통받지 않을 것이라고 믿고, 자기연민을 하는 건 일종의 나약함이자 자기방종이라고 두려워하게 된다.

하지만 다른 식으로 생각할 수도 있다. 스스로를 몰아붙이면 단기적으로는 성과를 낼 수 있지만 장기적으로 보면 스트레스를 받고 의기소침해진다는 점이다. 살면서 닥치는 여러 가지 어려운 일은 그 자체로도 이미 힘드니 스스로를 지지하고 격려할 필요가 있다는 사실을 알아야 한다. 그런 면에서 자기연민을 힘과 회복탄력성의 원천으로 인식하고 스스로에게 친절, 연민, 격려를 베푸는 것이 행복한 삶의 비결이라는 사실을 알 수 있다. 자기연민에 대해 사람들이 가장 흔하게 가지는 반발감을 살펴보자.

잘못된 믿음 1 자기연민은 고통에 빠져 뒹구는 행위이다

자기연민과 자기동정을 혼동하는 사람들이 있다. 그들은 자기연민이란 고통이 닥치면 하염없이 흐느껴 울고, 고통에 무너지고, 자기 삶이 너무 힘들다고 한탄하는 거라고 생각한다. 그들은 이렇게 되면 감정에 북받쳐서 기운을 잃고 상황에 제대로 대처할 수 없다고 생각한다. (물론 옳은 생각이다.) 이런 생각은 물론 바람직하지 못하지만, 이것은 분명 자기연민이 아니다.

자기연민은 자기동정과 완전히 반대다. 출간된 지 2000년 된 명상 교과서 《해탈의 길》에 따르면, 자기동정이란 "실패한 연민"이다. 자기동정은 우리가 고통을 견디지 못할 때 일어나고, 고통에 압도돼 어쩔 줄 모르게 한다. 반면 자기연민은 고통과 시련의 시기에 스스로를 지지하면서 거기에 압도되지 않고 적극적으로 헤쳐 나가는 방법을 배우게 한다. 마음챙김은 우리가 고통스럽거나 불편한 감정에 무의식적으로 반응하지 않고 그대로 받아들일 수 있게 도와준다. 한편 자기연민은 우리를 안심시키고 그 상황을 견딜 수 있게 자신감을 부여해준다. 자기연민은 약함이 아니라 강함이다.

나에게 명상을 배우는 레이첼은 자기연민 덕분에 과거에는 자기동정으로 반응했던 고통스런 감정과 어떻게 거리를 둘 수 있었는지 말해주었다. "몇 년 동안 고통스러웠던 과거를 되새기면서 힘들었지만 이제는 좀 더 여유를 가지고 제가 느끼는 감정들을 바라볼 수 있게 됐어요. 지금도 여전히 마음속에서 똑같은 말을 하는 목소리가 들리지만 예전처럼 고함을 지르는 게 아니라 속삭이는 수준이 됐어요."

레이첼은 불과 몇 주의 연습으로 그동안 고통을 증폭시켜온 자기동정에서 어느 정도 자유로워질 수 있었다. 여전히 마음속에는 자신을 괴롭히는 생각들이 있지만, 어느 정도 거리를 두고 물러서서 순간의 감정에 지배당하지 않는 방법을 배운 것이다.

이처럼, 자기연민을 한다고 결코 스스로를 대책 없이 동정하게 되지 않는다. 오히려 자유로워진다.

잘못된 믿음 2 ~~~~~~ 자기연민은 스스로에게 지나치게 관대하다

두 번째 오해는 자기연민은 인생을 살면서 마주하는 여러 문제를 피하고 쾌락적인 현실도피에 빠져들게 한다는 주장이다. 자기연민을 하는 사람은 끝없이 쇼핑을 하고, 욕조 속 거품에 잠겨 목욕을 하고, 손톱 관리를 받거나 눈 위에 얇게 썬 이국적인 과일 한 장을 올려둔 채 스파에 누워 있는 모습을 상상하게 될지도 모른다.

물론 이런 행동이 나쁘다는 뜻은 결코 아니다. 하지만 스파에서 느긋한 시간을 보내거나 광란의 쇼핑을 하는 것이 스스로를 돌보는 행동의 전부라면, 정말 이런 행동으로 자신의 감정을 마주보길 회피한다면, 스스로를 진정으로 돌보지 않는 일시적 보상이 될 가능성이 매우 크다. 자신을 돌보기 위해 하는 행동이 진정한 자기연민의 표현인지 아닌지 가늠해보기 위해 스스로에게 거듭 던져야 할 중요한 질문은 바로 이것이다. "내가 지금 나의 장기적인 행복과 건강을 염두에 두고 이런 행동을 하고 있나?" 쾌락주의는 장기간의 행복을 희생하고 단기간의 쾌락에 집중하게 만든다. 진정한 자기연민이라면 장기적으로 우리에게 도움이 되는 점들을 고려하게 만든다.

쾌락 추구도 분명 자기연민을 위한 삶의 일부이겠지만, 한 단면일 뿐이다. 8장에서 살펴보겠지만 자기돌봄은 스스로에게 연민을 베푸는 데 중요한 역할을 한다. 하지만 대부분의 자기돌봄은 쾌락 추구와는 아무 관계가 없다. 우리는 스스로를 인식하고 고통스러운 감정들을 받아들이고 스스로를 지지하는 방식으로 저마다의 감정을 보살필 수 있다. 예를 들면 새로운 기술과 지식을 배우거나, 좀 더 효율적으로 활동할 수 있도록 휴식하는 식이다. 또는 우리가 가진 경제적 자원을 어떻게 사용할지 유념하면서 재정을 관리할 수도 있다. 우리는 사랑하는 사람들과 관계를 맺고, 인생의 목적을 잊지 않고 타인과 연대함으로써 내면을 돌볼 수 있다. 물론 잘 먹고 운동하고, 병원에서 규칙적으로 검진을 받고 따뜻한 욕조에서 쉬거나 마사지를 받는 식으로 건강을 챙길 수도 있다.

자기연민이 쾌락만 추구하고 자신에게 지나치게 관대해지는 것이라는 두려움은 남자들 사이에 더 흔한 것 같다. 인스타그램에서 '자기연민'이란 해시태그로 검색하면 남자가 올린 포스팅을 찾기가 힘들다. 많은 남자들이 자기돌봄과 자기연민을 "여자들의 일"로 치부하고 그건 "남자답지 못하다"고 생각한다. 하지만 이는 근시안적이고 자멸적인 생각이며 또한 자기연민의 본질을 이해하지 못하게 하는 오해이다. 우리 내면에 있는 고통을 정면으로 바라보려면 아주 큰 용기를 내야 한다. 자신을 지지하는 방법을 배우면 외부에서 여러 가지 장애물이 생겨도 용기를 잃지 않을 수 있다. 미국의 인종, 성, 계급 차별에 비판적 시각을 가진 저명한 작가 제임스 볼드윈은 이런 말을 했다. "쉴 수 있는 방법을 찾지 못한 사람은 전투에서 오랫동안 살아남을 수 없다." 그러니 자기연민이 지나치게 스스로에게 관대해지는 거라는 생각이 들어 두렵다면, 다시 한 번 생각해보라고 격려하고 싶다.

잘못된 믿음 3 ～～～～～～～～～～～～～～～～～～～～ 자기연민은 이기적이다

이기적인 행동은 자신의 욕구가 타인의 그것보다 훨씬 더 중요하다는 믿음에서 비롯된다. 물론 자신의 고통과 자기 기분만 중요하다고 생각한다면 정말 그건 이기적인 태도이다. 하지만 자신의 욕구에 집중하는 게 항상 이기적인 것은 아니며, 가끔은 그렇게 해야 할 필요도 있다. 나는 비행기에서 기내 압력이 낮아지면 남을 돕기 전에 먼저 자신의 산소마스크부터 쓰라는 말을 처음에는 이해할 수 없었다. 이기적이라 생각했고, 만약 자녀와 같이 비행기를 탔다가 그런 상황에 처하면 본능적으로 아이들부터 챙길 것 같았다. 그러다 이런 상황에서는 내 욕구부터 해결하는 것이 이성적이고 현실적이고 옳다는 사실을 깨달았다. 만약 내가 아이들을 먼저 도와주려다 산소가 부족해서 기절하기라도 하면 다른 사람들에게도 폐를 끼칠 테니까.

부처는 가끔 우리 자신의 욕구부터 해결해야 할 필요가 있다고 알려준다. “자신도 늪에 빠져 있는 판국에 다른 사람까지 늪 밖으로 끌어당겨 구할 순 없다. 만약 누군가가 강물이 불어난 곳에 들어갔다가 급류에 휘말려 떠내려간다면, 어떻게 다른 사람들이 그 늪에서 나오도록 도와줄 수 있겠는가?” 자기연민이란 우리가 먼저 늪에서 나와 타인이 안전하게 발을 디딜 수 있도록 도와주는 행위이다.

현실에서 우리는 고통에 사로잡힐수록 자기 자신에게만 관심을 집중하게 된다. 자기연민은 우리의 고통에 공감, 친절, 연민으로 반응할 수 있는 길을 제시한다. 이런 자질을 이해하면 자연스럽게 타인에게 베풀 수 있다. 전통적인 명상 수행은 이 점을 알기 때문에 타인에게 친절과 연민을 베풀기 전에 먼저 스스로에게 베풀 수 있도록 이런 자질들을 키우라고 독려한다. 당신이 자기 자신과 맺는 관계가 인생에서 맺는 모든 관계의 분위기를 정하기 때문이다.

스스로에게 더 친절해지면 타인에게도 더 친절해진다. 자신을 위해 이런 자질들을 키우면, 타인에게도 친절할 수 있다.

잘못된 믿음 4 성과를 내려면 스스로에게 엄격해야 한다

형제자매와 우리를 비교하면서 면박을 주는 부모, 성과가 기대에 미치지 못했다고 동료들 앞에서 창피를 주는 상사, 아직 하지 않은 집안일을 가지고 계속 불평하는 동반자.

이들의 행동은 우리에게 좀 더 많은 것을 이루라고 이른바 "똥줄을 타게" 만드는 시도들이다. 대다수 사람들은 이런 작전에 많이 당하기 때문에 이것이 동기부여 전략이라는 생각이 마음속에

박혀 있다. 우리 내면에 있는 비평가는 우리가 제 기량을 발휘하지 못했다고 생각할 때 욕설을 퍼부어 벌을 주거나, 어떤 일을 아직 시작하지 못했을 때 게으르다고 크게 혼을 낸다. 하지만 이렇게 수없이 자기비판을 하면서도 대부분의 사람들은 여전히 그런 일을 해낼 정도로 스스로에게 동기부여를 하지 못한다. 이런 자기비판이 실패하면 대개 좀 더 자주 혹독하게 스스로를 다그친다. 스스로를 다그치지 않으면 뭐 하나 제대로 해내는 일이 있을까 궁금해할지도 모르겠다.

하지만 많은 연구 결과, 자기연민 수행을 하는 사람들은 스스로에게 비판적인 사람들보다 훨씬 더 효율적으로 일하고, 할 일을 미루는 경향도 적다. 텍사스 주 오스틴에 있는 성 에드워드 대학교의 심리학과 교수들이 과제를 일찍 하는 학생들과 마지막까지 미루는 학생들을 비교했다. 미루는 버릇은 사실 시간관리가 아니라 감정관리의 문제이다. 만만치 않은 일을 해야 할 때 우리는 대개 불안, 초조, 두려움을 느낀다. 이런 감정들을 제대로 다룰 수 없을 때 우리는 그 일 자체를 피하는 식으로 감정에서 벗어나려 한다. 하지만 불편한 일이 생겨도 스스로를 지지하고 격려하는 법을 배우면 도망치기보다 정면으로 맞설 수 있게 된다.

자기연민을 통해 좀 더 적극적으로 동기부여하는 근사한 방법

중 하나는 스스로를 친구로 대하는 것이다. 나는 집안일을 하기 위해 열심히 동기부여를 하다 이 방법을 찾았다. 어느 날, 잠자리에 들려다 싱크대에 아직 더러운 접시들이 있다는 걸 알았지만, 설거지를 하자니 너무 피곤해서 그냥 둘까 했다. 그런데 다음 날 아침 이 지저분한 모습을 보면 몹시 불쾌해질 게 뻔했다. 야밤에 맞닥뜨린 이 상황에서 나는, 내일 아침 일어나서 지저분한 부엌을 보고 어떻게 느낄지 생각했다. 과거 경험으로 미루어보건대 기운이 빠질 게 분명했고, 잠에서 깨어 깨끗한 부엌으로 들어갈 때 아주 행복하고 기쁠 거라는 사실도 알고 있었다. 나는 내일 아침의 나를 위해 좋은 일을 한다 생각하고 기분 좋게 설거지를 하기로 마음먹었고, 아침의 나는 전날 밤의 나에게 고마워했다.

이처럼 미래의 자신에게 감정이입을 하면 동기부여가 훨씬 쉬워지고, 스스로를 더 잘 돌보게 된다.

신경과학계에서도 연민을 바탕으로 하는 자기통제 접근법을 신뢰한다. 취리히 대학교의 알렉산더 조우체크 교수는 뇌에서 공감을 담당하는 우뇌의 측두두정접합에 자기장으로 오래 자극을 주면 피실험자가 스스로를 통제하는 능력에 지장이 생긴다는 점을 발견했다. 충동성 혹은 자제력 부족은 우리가 미래의 자신에게 연민을 가질 수 없을 때 일어난다. 단기적으로 사고하면 어려운 상황에 처했을 때 지금 이 느낌이 불쾌하니까 이건 그만할래 하며 쉽게 포기하고 도망치게 된다. 하지만 자기연민을 품으면 미래의 우리에게 어떤 것이 이익이 될지가 가장 중요해진다. 지금 이 감정은 불쾌하지만 나중엔 어떤 감정이 생길까? 다시 한 번 말하지만 자기연민은 지금 우리가 하는 행동이 우리의 장기적인 행복과 건강에 어떤 영향을 미칠지 고려하는 것이다.

자기연민 때문에 동기부여가 줄어든다는 건 잘못된 믿음이다. 오히려 그 반대다. 자기연민은 스스로에게 동기부여를 할 수 있는 아주 효과적인 방식 중 하나이다.

잘못된 믿음 5 자기연민은 해가 되는 행동을 수용하게 만든다

스스로를 증오하는 일은 고통스럽다. 자기혐오를 해결하는 방법은 스스로를 좋아하는 것이라고 생각하기 쉽다. 그런데 이 방법이 바람직할까? 혹은 가능할까? 질투, 증오, 탐욕 같은 충동성을 좋아한다는 건 무슨 뜻일까? 이런 욕구를 괜찮다고 생각해야 할까? 이런 감정을 받아들여도 될까? 이런 감정들이 제멋대로 날뛰게 놔두고 감정이 이끄는 대로 행동해도 될까?

다른 사람들처럼, 나에게도 행복해지려는 마음과 반대되는 습관과 충동이 있다. 예를 들어 가끔 나는 짜증을 내거나 화를 내거나, 사람들의 비위를 맞춰주려고 너무 애쓰거나, 일이 내 뜻대로 풀리지 않을 때 우울한 생각에 빠져드는 습관이 있다. 이런 성향은 행복감을 줄이고 가끔은 다른 사람들을 고통스럽게 만든다. 나는 이런 습관을 받아들이는 연습을 할 때 이것도 인간으로서 태어날 때부터 가지고 있는 다양한 감정의 일부라고 인식한다. 이런 성향을 내가 선택해서 가지고 있는 것이 아니니, 이것이 나의 일부라고 나 자신을 가혹하게 비판하는 일은 아무 의미가 없다. 단순히 내가 인간이라는 이유만으로 나를 증오할 필요는 없다. 나의 그런 면을 증오해서 내 인생에 더 많은 갈등을 불러오고 싶지도 않다. 자신을 증오하는 건 자신과 전쟁을 벌이는 것이다. 이 전쟁에서 누가 승자가 될 수 있을까? 부처의 가르침대로 증오로는 결코 증오를 이길 수 없다.

이런 습관을 받아들였다고 해서 지금 이대로도 괜찮다고 생각하는 건 아니다. 이런 습관 때문에 행복과 건강을 누릴 수 있는 능력이 저해된다는 점은 나도 알고 있다. 그렇다고 나의 이런 면을 좋아한다는 뜻도 아니다. 뭔가를 좋아하면 기분이 좋아야 하는데 분명 그런 기분은 들지 않기 때문이다. 충동적인 습관 때문에 고통스러워진다는 걸 알고 있으니 이것이 걷잡을 수 없이 날뛰게 내버려두지도 않을 것이다.

우리에게 도움이 되지 않는 성향을 좋아하는 건 바람직하지 않고 그것들이 멋대로 설치게 놔두면 문제가 생긴다. 그러면 어떻게 해야 할까? 가장 현명한 방법은 이런 타고난 성향에 즉각적으로 행동하거나 반응하지 않고 있는 그대로 받아들이면서 온 마음을 기울여 친절하고 지혜롭게 행동하는 쪽을 선택하는 일이다. 마음챙김 자기연민은 오래 행복하고 싶은 우리의 바람을 유념하고 우리 행동이 가져올 잠재적 결과를 볼 수 있게 해주고, 그에 따라 현명한 선택을 할 수 있도록 도와준다. 나는 짜증이 날 때 화를 내는 것은 고통스러운 일이며 나의 인간관계도 손상될 수 있다는 점을 알아차린다. 또한 내키는 대로 화를 내면 지금처럼 마음이 괴로운 상태가 더 길어진다는 점을 인지한다. 반대로 내 안에서 인내심과 친절을 찾아내면 타인과 유대를 쌓을 수 있다. 나의 이런 자질들이 강화되면, 그 덕분에 마음이 평화로워지고 행복해진다. 이런 대안들이 좀 더 선명하게 보이고 이것이 내 장기적인 고통이나 행복에 어떤 영향을 미치는지 알면 현명한 선택을 하기가 더 쉬워진다.

내가 부정적이고 시시한 감정을 "틀렸다", "나쁘다"라고 언급하지 않았다는 점을 눈치 챘을 것이다. 여기에는 부처의 가르침도 긴밀하게 연결돼 있다. 부처는 시시한 습관 덕분에 마음이 평화로워진다면, 굳이 그 습관들을 버리라 하지 않겠다는 파격적인 메세지를 전했다. 부처는 우리가 도덕이라고 부르는 매사를 좋다, 나쁘다, 라는 기준으로 판단하지 않는다. 불교에서 말하는 도덕적인 실천이란 단순히 선해지려는 노력이 아니라 장기적으로 우리와 타인에게 뭐가 좋은지 판단하고 그에 따라 행동하는 것이다.

이러한 시각은 우리를 어마어마하게 자유롭게 해준다. 이 시각은 우리가 "도덕적" 문제라고 생각하는 문제 혹은 윤리적 행동을 현실의 문제, 즉 어떻게 하면 '잘 살 것인가'로 바꾼다. 우리는 스스로가 착한지 나쁜지와 같은 추상적인 관심에서 시선을 돌려, 보다 구체적인 경험에 관심을 기울이게 된다. 예를 들면 어떻게 내면을 평화롭게 만들고 타인에게 이로운 방식으로 행동하고 말하고 생각할 수 있을까 같은 문제에 집중하게 된다.

자기 자신과 도덕적인 관계를 맺으면 다소 파괴적인 성향이 있어도 공감과 연민을 가지는 법을 배울 수 있다. 우리가 가진 이 모든 시시한 성향은 다 행복해지고자 하는 노력의 결과이다. 증오, 질투 같은 파괴적 습관은 고통이 우리를 찾아오지 못하게 막거나, 이게 있으면 마음이 편해지고 행복해질 거라 믿고 뭔가를 얻으려 하는 시도이자 전략이다.

문제는 이런 전략이 효과가 없다는 것이다. 우리는 좀 더 나은 전략을 찾아야 한다. 이것이 인생을 슬기롭게 사는 방법이다.

자기연민을 실천하는 것은 스스로에게 친절하고 현명한 부모가 되어주는 법을 배우는 것과 같다. 아이가 못된 행동을 할 때 미워하거나 그 행동을 찬성할 필요는 없다. 그저 친절하고 현명하게 이끌어주면 된다. 오래 성공하고 행복하고 싶다면 먼저 자신과 그런 관계를 맺는 법을 배워야 한다.

잘못된 믿음 6 나는 나를 연민할 자격이 없어

우리 부부는 이혼하기 전 아이들을 키울 때 아이들의 행동을 아주 신중하게 표현했다. 아이들에게 "착하다"라고 말하는 대신 이런 식으로 말했다. "네 친구가 넘어졌을 때 안아준 건 아주 잘 했다고 생각해. 친구 기분이 나아지게 정말 잘 도와줬어."

우리의 목표는 아이들의 행동을 칭찬해서 앞으로도 적절한 행동을 할 수 있도록 격려하고, 아이들이 자신이 한 행동의 결과를 알 수 있도록 돕는 것이었다. 가끔 아이들이 한 행동이 좋지 못한 결과를 불러와도 절대로 네가 나빴다는 말은 하지 않았다. 우리는 이런 식으로 말했다. “네가 친구 장난감을 가져가서 친구가 아주 속상해했어. 미안하다고 말하면 어떨까?”

우리는 절대로 아이들이 한 행동으로 아이가 이렇다, 저렇다 규정하지 않았지만 친척들은 저마다의 방식이 있어서인지 아이들에게 이렇게 물었다. “그동안 착하게 잘 지냈어?” 그러면 아이들은 친척들이 돌아간 후에 혼란스러워하면서 우리에게 묻곤 했다. “아빠, 내가 착해요?”

나는 아이들이 아주 일찍부터 자기가 한 행동으로 자신이 어떤 사람인지 규정된다고 생각하고, 그래서 자신의 가치를 의심하게 된다는 게 괴로웠다. 인간은 착하다, 나쁘다라는 빈약한 꼬리표 하나로 단정 짓기엔 굉장히 복잡한 존재이며, 근본적으로 그런 정의를 내리는 것 자체가 불가능하다.

우리는 스스로에 대한 어떤 의견도 갖지 않은 채 태어났고, 따라서 스스로를 비판하는 마음도 없다. 하지만 성장하면서 다른 사람들의 비판을 내면화하고, 스스로를 비판하기 시작한다. 우리가 자신과 타인을 완전히 다른 기준으로 판단하는 것 역시 도움이 되지 않는다. 우리는 타인을 바라볼 때 오로지 그들이 하는 말과 행동만 알 수 있다. 우리 역시 마음속으로 하는 생각의 아주 작은 일부만 겉으로 표현한다. 하지만 스스로를 관찰할 때는 자신의 생각, 감정, 믿음, 태도까지 속속들이 들여다볼 수 있다. 인간의 마음속엔 의심, 이기적 본능, 겉으로 드러나지 않는 비판적인 태도도 있지만 겉으로 드러나지 않기 때문에 남들은 그렇지 않다고 짐작하고 스스로를 더 가혹하게 평가하는 경향도 있다. 결국 우리는 자신에게 아주 나쁜 모습, 남들에게는 없는 독특한 결함이 있다고 믿게 된다. “이런 단점이 있는 사람이 어떻게 사랑받을 수 있지?” 하고 의심하다 보면, 결국 자신은 사랑받을 자격이 없는 사람이라고 생각하게 된다.

선불교 승려인 틱낫한 스님은 이렇게 말했다. “당신은 우주의 일부이다. 당신은 무수한 별들로 만들어졌다. 당신이 사랑하는 그 사람 역시 수많은 별들로 만들어졌고, 그의 내면에도 영원이 깃들어 있다. 이런 마음으로 상대를 바라보면 자연스럽게 존경심을 느끼게 된다.” 이 아름다운 말을 이렇게 바꿀 수도 있다. 당신이 사랑하는 그 사람이 가치 있는 존재인 것처럼 당신도 그런 가치를 지녔다고.

우리는 모두 독특하고 저마다 다르지만 차이점보다는 비슷한 점이 더 많다. 우리 모두는 영겁의 세월 동안 지구를 끝없이 순환한 존재들로부터 빌려온 똑같은 화학 원소로 이루어져 있다. 우리 모두는 근본적으로 깨어 있는 의식을 지니고 있으며, 그 의식은 서로 다르지 않고 물과 같아 우리 사이에 각기 다른 방식으로 흐르고 있을 뿐이다. 의식은 근본적으로 기적과 같다. 우리 존재 자체가 기적 같아서 설명할 수 없다는 뜻이다. 우리는 성장할 수 있는 역량이 있다. 우리는 각성할 수 있는 잠재력을 지니고 있다. 우리는 존경과 사랑을 받을 자격이 있다.

타인에게는 아주 쉽게 용서할 수 있는 모습도 스스로에게는 비난할 수 있다. 하지만 타인이 연민과 용서를 받을 자격이 있다면, 당신도 마찬가지이다. 당신은 그들과 중요한 면에서 하나도 다르지 않다.

그렇다, 당신은 완벽하지 않다. 하지만 세상에 완벽한 사람은 없다.

그렇다, 당신은 여러 가지 실수를 한다. 하지만 우리 모두 그렇다.

그렇다, 당신은 혼란스러워하고 의심한다. 가끔은 그런 모습 때문에 자신과 타인을 고통스럽게 한다. 하지만 그렇지 않은 사람이 어디 있겠는가?

자기 자신과 나누는 부정적인 대화는 우리의 가장 내밀한 생각과 감정을 드러낸다고 주장하는 이들도 있지만, 나는 그렇게 생각하지 않는다. 우리 마음속 깊은 곳에는 모든 생명이 가지고 있는 건강함과 충만함을 향한 갈망이 단단하게 자리 잡고 있다. 평화와 안녕과 행복을 찾으려는 본능은 인간의 가장 뿌리 깊은 갈망이다. 그것이 우리의 고갱이이다. 바로 이것이 우리의 정수일 것이다.

자기혐오와 자기비판은 이러한 갈망으로부터 멀어지게 만드는 잘못된 전략에 지나지 않는다. 우리는 '계속해서 나를 비판하면 결국엔 실수를 멈출 수 있을 거야. 그러면 난 완벽해질 거야. 그러면 난 행복해질 거야'라고 생각하지만 유감스럽게도 이 전략은 결코 효과를 볼 수 없다.

우리는 항상 이런 바람으로 행동한다. 아마 오늘 아침 당신은, 아침으로 먹고 싶었던 바로 그것을 먹었을 것이다. 씻고, 이를 닦고, 몸에서 좋은 향기가 나도록 신경 써서 관리를 했을 것이다. 당신은 좋아하는 옷을 골랐을 것이다. 당신이 대부분의 사람들과 비슷하다면, 하루 중 어느 시간대에 근사한 커피를 한 잔 마시거나 좋아하는 간식을 먹었을 것이다. 당신은 다치지 않도록 조심스럽게 길을 건널 것이다. 밤에는 좋아하는 프로그램을 볼 것이다. 어쩌면 그저 갖고 싶어서 구입한 와이드 스크린 TV로 그걸 볼지도 모르겠다.

간단히 말해 우리는, 말로는 자신을 사랑하지 않는다고 하지만 실제로는 스스로를 가장 사랑하는 친구처럼 대하고 있다. 부처는 이런 말을 남겼다. "사람들이 '나는 나를 사랑하지 않아'라고 말하지만 사실은 사랑하고 있다. 그럼 왜 이런 말을 할까? 그들이 스스로를 연인처럼 대하고 있기 때문이다."

우리의 문제 중 하나는 우리가 스스로에게 던지는 비판과 가혹한 말에는 주목하지만, 스스로를 돌보고 친절하게 대하는 것은 당연하게 생각하고 그 가치를 제대로 알지 못한다는 것이다. 이미 우리 안에 내재된 스스로에 대한 연민의 가치를 인정하는 것만으로도 자신을 좀 더 균형 잡힌 시각으로 바라보고 좀 더 행복해질 수 있다. 아무리 사소한 행위라도 스스로를 돌보고 있을 때는 이렇게 말하면 된다. “나는 지금 나를 돌보고 있어. 나는 친구를 대하듯 나를 대하고 있어. 나는 지금 나 자신에게 친절을 베풀고 있어.”

당신이 마실 커피나 간식을 살 때 혹은 소파에 기대앉아 TV를 볼 때도 이렇게 말해보자. 당신이 스스로를 보살피고 있다는 점을 좀 더 의식하기 위해 이러한 말을 마음속으로 읊어보자. 당연하게 받아들이는 대신 자신에게 베푸는 친절을 의식한다면, 스스로를 향한 연민을 실제로 더 잘 느낄 수 있을 것이다.

당신은 태어났을 때는 스스로에 대해 어떠한 생각이나 판단도 하지 않았겠지만 자기 자신을 사랑할 수 있는 능력만큼은 가지고 있었다. 이 능력은 행복과 안녕을 바라는 근원적인 바람과 다르지 않다. 이 능력은 그러한 바람의 가장 순수한 표현이다. 우리가 태어나면서부터 품고 있는 갈망은 사랑하고 사랑받는 것이다. 이것은 우리에게 있을지 모를, 혹은 있다고 상상하는 그 어떤 단점이나 한계보다 큰 우리의 핵심 감정이다.

가끔 우리는 사랑할 사람이 한 명도 없다고 고통스러워한다. 하

practice

매일 자신에게 베푼 친절한 행동 세 가지를 적어보자. 어쩌면 스스로를 가혹하게 대했던 일만 떠오를지도 모른다. 아주 사소한 것이라도 본인을 위해서 했던 행동을 의식적으로 떠올려보자.

지만 우리가 사랑할 수 있는 한 사람은 언제나 존재한다. 그 사람은 바로 우리 자신이다. 마음을 열고 스스로를 받아들인다면 지금 당장 사랑받고 있다고 느낄 수 있다.

우리가 사랑에 대한 동경을 드러내면 환희뿐 아니라 그보다 더 심오한 감정, 인생을 잘 살고 있다는 느낌, 인생에 목적과 의미가 있다는 확신, 마침내 모든 것이 하나로 완전히 연결된다는 느낌을 받는다. 비판, 초조, 분노, 증오, 잔인함과 같은 감정이 우리의 애정이 샘솟지 못하게 막으면서 우리가 사랑을 통해 경험할 수 있는 온갖 장점을 누리지 못하게 한다. 하지만 인간으로서 꾸준히 성장하면 우리의 사랑은 이러한 감정과 정면으로 맞설 수 있게 된다. "너는 나에게 어울리지 않아. 나를 향한 그 어떤 증오, 악의, 혐오도 이제는 놓아줘야 해."

우리 모두는 스스로를 친절하게 대하고 사랑할 자격이 있다. 하지만 자기연민에 저항하는 데는 한계가 있다. 우리는 그저 타고난 자기연민을 잘 간직하고 우리의 진정한 본성을 드러낼 수 있는 공간을 만들기만 하면 된다.

지금까지 여러분이 자기연민을 실천할 때 마주할지 모를 저항에 대응하는 여러 가지 방법을 소개했다. 그래도 저항이 느껴진다면 다른 방법을 제안하겠다.

바로 그 불편한 감정을 애정으로 대하는 것이다. 여러분의 몸에서 저항이 가장 강하게 느껴지는 부분에 주목하라. 아마 가슴이나 배일 것이다. 이제, 그 감정을 아기를 바라보듯 친절한 눈빛으로 바라보며 이렇게 말해보자. "괜찮아. 내가 너와 함께 있어. 우린 이 일을 해낼 수 있어."

마지막으로, 웨일 코넬 의과대학교 임상조교수이자 자기연민에 관한 세계적 권위자인 데니스 터치가 한 말을 소개한다. "당신은 스스로를 친절하게 대하는 것이 힘든 감정을 해소하는 데 정말 도움이 될지 의심할지도 모른다. 하지만 자기연민을 시도하지 않으면 언제든지 자신을 사정없이 두들겨 패던 과거로 돌아갈 수 있다는 점을 잊지 말기를 바란다."

3장

자기연민의 4단계

이번 장에서는 스스로를 친절하게 대하는 단계별 기술을 소개할 것이다.

자기연민은 총 4단계로 이루어져 있다. 이 네 가지는 마음챙김 자기연민의 핵심이니 반드시 알아두길 바란다.

1. 자신이 고통스럽다는 점을 인식한다.
2. 반사적으로 떠오르는 부정적인 이야기는 놓아준다.
3. 어떤 고통스러운 감정이 느껴져도 모두 받아들이고 관찰한다.
4. 고통스러운 마음을 안심시킨다.

이 4단계를 실천하다 보면 종종 우리가 저절로 달라지고 있다는 사실을 느끼게 될 것이다. 우리는 놀라운 방식으로 아주 자연스럽고 현명하게 고통에 대처하게 됐다는 사실을 깨달을 것이다. 이 과정을 다섯 번째 단계에 포함시키지 않은 것은, 이것은 위의

4단계와 달리 우리가 의도적으로 하는 행위가 아니라 우리 안에서 저절로 이루어지는 것이기 때문이다.

이 장의 마지막에는 4단계 기술을 우리 삶에 어떻게 구체적으로 적용할지, 그 결과 자신도 모르게 어떤 현명한 행동을 자연스럽게 하게 되는지 소개할 것이다.

1단계 ～～～ 자신이 고통스럽다는 점을 인정한다

자기연민을 실천한다는 것은 우리의 고통에 조심스럽고 친절하게 대응한다는 뜻이다. 그렇다면 자기연민을 실천하기 전에 우리가 아프다는 사실을 먼저 인식해야 한다.

기이하게도 우리는 종종 우리가 고통받고 있다는 사실을 간과한다. 한 가지 이유는 반사적으로 떠올리는 생각과 이야기에 너무 빠져 있어서 자신의 고통을 정확하게 바라보지 못하기 때문이다. 예를 들어 친구가 실수로 우리 마음을 아프게 하는 말을 했다고 가정해보자. 이런 일은 얼마든지 생길 수 있지만 우리는 이런 상황에서 친구가 그런 식으로 행동하면 안 된다는 당위에 매달리거나, 둘 사이의 우정이 끝날지도 모른다는 두려움에 빠져 현실을 정확하게 바라보지 못한다. 면접을 앞두고 실수할까 봐 걱정하느라 면접에 대한 걱정 자체가 우리를 고통스럽게 한다는 점을 알아차리지 못한다. 우리는 고통의 실재보다 고통을 둘러싼 생각 자체에 온 정신을 기울이는 경향이 있다.

우리가 고통을 간과하는 또 다른 이유는 자신의 취약성, 즉 자신이 상처받기 쉬운 존재라는 사실을 인정하고 싶지 않기 때문이다. 고통을 느끼는 것을 인간의 보편적 특성으로 보는 대신, 그것이 인생에서 실패했다는 신호이거나 오직 나약한 사람들만 느끼는 감정이라고 생각한다. 그래서 잘못된 일은 하나도 없는 척하면서 고통을 참고 철저히 부인한다.

따라서 자기연민을 실천할 때 가장 중요한 부분은 고통을 피할 수 없는 인생의 현실, 누구나 겪기 마련인 일로 바라보는 것이다. 불편이나 고통을 느낀다고 해서 창피한 일이 아니다. 고통은 인간이기 때문에 느끼는 아주 평범한 감각이며, 모든 사람이 겪는다.

우리가 고통을 간과하는 또 하나의 이유는, 고통을 고통이라고 인식하지 않기 때문이다. 어쩌면 여러분은 고통이라고 하면 심각한 부상을 당하거나 중병에 걸렸거나 전쟁으로 고향을 떠나는 난민이나 기근이 덮친 나라에서 굶주리는 아이들을 떠올릴 수도 있다. 이렇게 생각하다 보면 고통은 아주 특별하고 희귀한 사건처럼 보여서 우리에게는 해당되지 않는 것 같다. 하지만 우리는 매일매일 고통받고 있다.

- 사람들이 나에 대해 어떻게 생각할지 걱정된다
- 속상하거나 화가 난다
- 초조하다
- 창피하거나 수치스러운 경우가 많다
- 짜증나는 일이 있다
- 슬프거나 우울하다
- 질투가 난다
- 지루하다
- 거울에 비친 내 모습이 마음에 들지 않는다

우리는 매일 이런 기분을 느낀다. 물론 이런 일이 신문 1면에 "여성들이 8학년 때 호감 가는 남학생에게 강렬한 인상을 남기려다 실패하고 이불킥한 순간을 떠올리며 움찔한 이야기", "이미 지각인데 몇 번이나 빨간 신호에 걸려 짜증난 남자들" 같은 식으로 실리는 경우는 없다. 하지만 하루 날을 잡아서 우리의 마음을 찬찬히 들여다보면, 우리가 이런저런 괴로움에 빠져들었다가 다시 나오는 데 많은 시간을 보내고 있다는 사실을 눈치 챌 수 있다.

이런 일은 우리의 전반적인 건강과 행복에 영향을 미치고, 삶이 항상 불안하고 불편하다는 느낌 역시 더 자주 받게 된다. 주위 사람들도 나처럼 이런저런 고통을 받고 있다는 점을 알게 될 것이다. 우리 주변에 실제로 행복한 사람이 얼마나 있을까?

우리만 끝없는 고통에 빠졌다가 벗어나기를 반복하는 게 아니다. 배우자와의 갈등, 경제적 스트레스, 건강, 불안한 일자리처럼 만성적으로 힘든 상황을 더해보면 우리가 살아가면서 겪는 고통은 상당히 클 수 있다. 물론 우리가 겪는 모든 고통이 이렇게 일상적인 것만은 아니다. 때로 우리는 이혼, 사별, 실업, 중병같이 극도로 힘든 일을 겪기도 한다. 자기연민은 이런 다양한 고통에 직면했을 때 마음의 균형을 잃지 않고, 고통으로 인해 폭풍처럼 몰아칠 좀 더 심각한 감정적 고통도 무사히 헤쳐 나갈 수 있도록 도와준다. 자기연민을 실천하면 적어도 우리 자신은 고통이 끝날 때까지 스스로를 지지하고 격려해준다고 보장할 수 있다.

뇌가 느끼는 1차 고통
몸이 느끼는 2차 고통

우리는 정서적 고통을 두 단계로 경험한다. 인류 역사의 초기부터 진화해온 뇌의 일부인 편도체와 기저핵 등은 계속해서 우리의 안녕에 위협이 되는 요소를 찾아 내면과 외부 환경을 감시한다. 이들은 위험이 될 만한 요소를 감지하면 생리적 변화를 일으킨다. 그러면 우리는 몸이 불편해지거나 통증을 느끼면서 재빨리 위협에 반응한다. 그런데 유감스럽게도 고통스러운 상황에 반응하는 이러한 방식 때문에 우리는 종종 더 힘들어진다.

이런 과정이 어떻게 일어나는지 예를 들어보자. 약속에 늦지 않으려고 서둘러 가는데 계속해서 빨간 신호에 걸린다. 어쩌면 우리는 평소보다 조금 늦게 출발하는 바람에 이동 중에도 계속 예상 도착 시간을 생각하다 보니, 조금이라도 늦을 가능성에 극도로 예민해져 있을지도 모른다. 그러다가 신호등이 빨간색으로 바뀌는 걸 본다. 이것은 우리의 안녕에 위협으로 해석된다. 우리는 온몸으로 이 위협을 감지하는데 이것이 바로 원시적 고통이라 할 수 있다.

이 고통이 감지되면, 뇌의 다른 부분이 위협을 처리하기 위해 반응한다. 좀 더 정확하게는, 위협에 부정적으로 반응하기 위해 개입한다. 우리는 약속에 늦었을 때 상대방이 보일 못마땅한 표정을 상상하면서 어떻게 비난을 피할지 해명하는 연습을 할 수도 있다. (늦게 출발했다고 말하기보다 길이 막혀서 늦었다고 하는 편이 우리 입장에서는 훨씬 더 받아들이기 쉽다.) 아마 우리는 그 신호등에 화가 나거나, 신호 체계를 설계하는 사람들에게 화가 날지도 모른다. 심지어 세상으로부터 부당한 대우를 받고 있다고 생각할지도 모른다. "나한테만 항상 이런 일이 일어난다니까!" 혹은 출발하기 전에 일을 하나만 더 끝마치려 했던 자신에게 화가 날지도 모른다.

그런데 이런 생각은 아까보다 더 큰 고통을 초래하면서 육체적으로도 더 긴장하게 된다. 배가 더 조여들고 심장은 더 빨리 뛴다. 온몸은 긴장으로 뻣뻣해진다. 약속 장소에 도착해 변명할 생각을 하니 수치스러워진다. 이런 점들은 모두 2차 고통에 해당한다. 뇌가 1차 고통에 반응하면서 몸에서 2차 고통이 일어나는 것이다.

여기서 주목할 점은 2차 고통은 꼭 일어날 필요가 없다는 것이다. 우리는 위협에 반응할 필요가 없다. 이런 생각을 할 필요가 없기 때문이다. 우리가 이렇게 하는 이유는 그저 습관이 됐기 때문이다. 우리가 고통을 자초하고 있다는 사실을 알아차릴 만큼 충분히 명상을 훈련하지 못했고, 고통에 반응하는 다른 방식이 있다는 점을 알아차리지 못했을 뿐이다.

우리가 주목할 또 한 가지는 2차 고통이 1차 고통보다 훨씬 극심하고 오래간다는 것이다. 1차 고통에 대한 '반응'은 더 큰 고통을 야기한다. 배가 조이고 심장이 무너질 것 같은 1차 고통에 반응하지 않고 긴장을 풀면서 잠시 쉬면, 이내 부교감신경이 작동해 고통은 1~2분 내에 사라진다. 하지만 싸우고 도망치게 하는 교감신경이 작동하면 반응이 제어되지 않아 좀 더 흥분하게 된다. 위험한 상황에 처하지 않았는데도 필요 이상으로 분노하거나 좌절하거나 후회하면서 계속 스트레스를 받고, 지금이 비상 상황이라는 느낌을 강화시키는 것이다.

언뜻 사소해 보일 수 있지만, 사소한 스트레스도 반복되다 보면 만성적인 고통이 된다. 그리고 정확히 같은 방식 — 원시적인 고통을 느낀 후 반사적으로 떠오르는 부정적 생각 때문에 2차 고통이 일어남 — 으로 처절한 고독, 극심한 불안과 우울증 같은 좀 더 극심한 정신적 고통에 시달리게 된다.

자신에게 쏘는 화살을 멈추려면

부처는 우리가 처음 겪는 1차 고통과 2차 고통의 관계를 화살에 맞은 고통에 비유했다. 이 고통은 감기에 걸리거나 근육을 다쳤을 때 느끼는 육체적 고통일 수도 있고, 속상한 일이 있거나 깜짝 놀라거나 외로울 때 느끼는 정신적 고통일 수도 있다.

이런 고통을 접했을 때, 적어도 우리가 명상을 하지 않는 평범한 사람이라면 우리는 그 고통에 '저항'한다. 부처는 이 저항을 정신적 반응이란 맥락에서 "슬픔, 비탄, 한탄" 등으로 묘사했는데, 여기서는 그러한 반응을 '분노, 자기동정, 최악의 상황을 상상하기'라는 맥락에서 다뤄보겠다.

부처는 이런 습관적인 반응 때문에 우리가 느끼는 고통이 더 커지며, 처음 화살에 맞았을 때 우리가 보이는 반응은 마치 고통스러워하는 자신에게 화살을 하나 더 쏘는 것과 같다고 비유했다. 우리는 스스로를 인간 과녁으로 만들어 계속 아프게 한다. 첫 화살은 피할 수 없고, 우리의 몸과 신경계가 제대로 작동하는 한 육체적, 감정적 고통을 겪을 수밖에 없다. 하지만 고통스러워하는 자신에게 또 다른 고통을 더 가할지 여부는 결국 우리 자신에게 달려 있다. 두 번째 화살은 맞지 않을 수 있다는 뜻이다.

만약 우리가 명상을 하지 않는 평범한 사람이 아니라 "제대로 훈련받은 명상 수행자"라면, 첫 번째 화살에 맞아 원시적 고통이 느껴질 때 그 고통에 일일이 반응하지 않고 받아들였을 것이다.

practice

매일 다양한 활동을 하는 와중에 자신과 타인이 고통이나 불편을 겪는 작은 방식에 주의를 기울여보자. 고통스러운 경험은 실패했다는 신호가 아니라 그저 인간으로 살아가면서 피할 수 없는 삶의 일부라는 점을 기억하자. 스스로에게 이렇게 말해주는 것도 좋다. "이 고통은 순간일 뿐이야. 누구나 고통받고 있어. 마음챙김으로 이 경험을 받아들이자."
일상의 어느 순간에 어떤 고통이 느껴진다면, 반사적으로 떠오르는 생각을 놓아주고 대신 몸에서 일어나는 느낌을 찬찬히 살펴보자.

하지만 자기연민을 실천하기 위해 반드시 초인적인 능력이 있어야 하는 건 아니다.

무엇보다 우리가 해야 할 일은 고통이 느껴질 때 먼저 그 사실을 인식하는 것이다. 지금 느끼는 이 고통이 첫 번째 화살에 맞은 결과인지 아니면 두 번째 화살까지 맞은 결과인지 상관없이 말이다. 일단 우리가 불편하고 힘들고 고통스러운 상황에 처했다는 걸 인식하면, 반사적으로 자신에게 쏘게 되는 부정적 화살을 내려놓을 수 있다. 이런 식으로 불필요한 고통을 초래하는 습관을 멈출 수 있다.

2단계 최악의 상상은 이제 그만

인류가 받은 아주 큰 선물 중 하나인 과거를 반추하는 능력은 한편으로는 저주가 될 수 있다. 인간의 정신은 과거의 경험을 다시 떠올리고 그것을 통해 배우는 능력을 발전시켜왔다. 이러한 배움의 일환으로 우리는 종종 어떤 일이 발생한 이유를 설명하는 이야기를 만들어낸다. 이 일이 발생했고, 그다음에 이 일이 생겼어. 어쩌면 둘이 연결된 게 아닐까?

이렇게 과거를 되새기고 원인과 결과를 연결하는 능력 덕분에 인간은 많은 문제를 풀고 문학, 심리학, 과학, 기술을 발전시킬 수 있었다. 하지만 이야기를 만들어내는 능력 때문에 문제도 생겼다. 우리가 겪는 고통을 설명하기 위해 우리가 만들어내는 이야기들이, 고통도 만들어낼 수 있기 때문이다.

만약 당신이 보낸 문자에 친구가 신속하게 답장하지 않는다면? 당연히 친구가 당신에게 관심이 없다는 뜻이다! 답장을 받지 못해 느끼는 첫 번째 화살인 고통스러운 실망감은 고작해야 1~2분이면 사라지겠지만, 우리가 만들어낸 두 번째 화살은 더 큰 고통을 가져와 더 오래 지속시킬 수 있다. 순간적으로 일어난 고통스러운 사건에 무의식적으로 대응하다가 몇 년간 지속될 분노, 걱정, 우울감에 꼼짝없이 갇힐 수도 있다.

스스로 만들어낸 고통 속에서 우리는 남을 탓하거나, 지금 겪고 있는 고통이 참을 수 없다거나 결코 일어나서는 안 되는 일이었다고 말하고 있을지도 모른다. 심지어 존재하지도 않는 거짓 위험을 만들어낼 수도 있다. 예를 들어, 엄청난 재앙이 일어날 거라는 미래 시나리오를 아주 정교하게 상상하면서 극심한 불안에 빠질 수도 있다. 우리가 만들어내는, 실체는 없지만 아주 강력한 이야기 중 하나는 나는 어떤 사람인가, 나는 남들이 싫어하는 사람인가, 나는 원래 나쁜 사람인가에 대한 것이다.

그런가 하면 우리는 스스로 만들어낸 이야기의 그럴싸한 "정의"를 철석같이 믿기도 한다. 오래전 내가 명상센터를 운영할 때, 한 팀원이 급하지 않은 업무를 보러 외출했다가 전원 참석해야 하는 회의에 늦는 바람에 오래 기다려야 했던 일이 있다. 팀원을 기다리는 동안 나는 "이런 식으로 우리 시간을 낭비하다니 자기가 아주 대단한 사람인 줄 아는 모양"이라고 말했다. 그러자 내 친구가 그렇게 말해봤자 상황은 달라지지 않는다고 지적했다.

나는 조금 다른 방식으로 내 생각을 다시 말했고, 친구는 또다시 그런 발언은 이 상황에 도움이 되지 않는다고 지적했다. 상황이 이쯤 되자 나는 화가 머리끝까지 나서 큰 소리로 불평하기 시작했다. 나는 회의에 지각한 동료가 우리보다 자신을 얼마나 더 중요하게 생각하는지 산술적으로 계산하려 했다. "그런 태도는 정말 누구에게도 도움이 안 된다니까."

그때 내 친구가 다시 말했다. 나는 결국 친구의 말이 옳다는 사실을 인정했고, 내 행동은 스트레스와 갈등만 초래한다는 점을 알았다. 하지만 그때까지도 나는 내가 만들어낸 이야기를 전적으로 확신하고 있었다.

우리가 스스로 만들어낸 이야기에 집착하며 내려놓지 못하는 이유는 그것이 어느 정도는 진실이고 쓸모가 있으며, 심지어 우리의 안정과 행복에 필요하다고 믿기 때문이다. 어쨌든 이런 이야기는 우리의 방어기제로 진화해왔다. 분노는 위험을 쫓기 위해 공격성을 드러내는 식으로 진화했다. 자기동정은 고통을 드러내어 다른 사람들이 우리를 달래고 안심시키게 한다. 타인을 비난하는 행위는 곧 자신을 보호하는 행위이다. 타인을 비난하는 동안 타인은 나쁘고 나는 선하고 가치 있는 존재라고 믿을 수 있기 때문이다. 뭔가를 걱정하는 동안에는 위험요인에 정신을 집중하면서 문제를 예상하고 피할 수 있다. 이 모든 이야기는 결국 우리를 고통에서 벗어나게 하려는, 하지만 결코 성공하지 못하는 시도이다.

우리가 만들어내는 이야기들은 힘이 아주 세다. 이것은 사실이 아니고 고통만 초래할 뿐이라고 인식해 머릿속을 비우고 비워도 계속 다시 떠오른다. 하지만 원래 그런 법이니 괜찮다. 그저 두 번째 화살이 나타나면 계속 놓아주면 된다. 그렇게 할 때마다 고통에 대한 집착은 줄어들고, 아주 조금씩이라도 우리가 지고 있는 고통의 짐이 줄어든다.

"이야기"라는 단어를 오해할 수도 있다. 가끔 첫 번째 화살에 대한 저항감은 머릿속에 떠오르는 단어가 아니라 정신적으로 "확 밀쳐내듯" 나타나기도 한다. 몸에서 어떤 증상이 나타날 수도 있다. 마치 "충격에 대비하듯" 온몸이 잔뜩 긴장하기도 한다. 하지만 어떤 형태로 저항하든 고통만 키울 뿐이다. 다행인 것은, 아무

practice

하루에도 몇 번씩 느껴지는 다양한 감정에 주목하면서 그 감정에 호기심을 가져보자. 특히 불쾌한 느낌이 들 때 이 방법을 시도해보자. 신체의 어느 부위에 그런 느낌이 드는가? 그 느낌의 형태와 질감은 어떤가? 시간이 흐를수록 그 느낌이 어떻게 변하는가? 다른 상황에서 신체의 변화를 의식하고 호기심을 가지는 것처럼 불쾌한 상황에서도 그렇게 할 수 있는가? 그런 느낌으로 인해 촉발된 생각을 버리고, 몸에서 일어나는 감각에 계속 집중할 수 있는가?

리 끊임없이 저항해도 그때마다 우리 스스로 그 고통을 놓을 수 있다는 사실이다.

언제든 고통스러운 이야기에 사로잡혀 있다고 의식하게 되면 거기서 빠져나오자. 그 이야기는 놓아주자. 가만히 앉아서 아무것도 하지 말라는 뜻이 아니다. 고통에 저항하려는 우리의 에너지와 관심의 방향을 돌려, 지금 이 순간 느끼는 감각과 경험에 집중하며 주의를 기울이자. 머릿속에서 끝없이 펼쳐지는 이야기에서 빠져나와 몸에서 느껴지는 감각과 느낌을 인식하자. 그런 다음 첫 번째 화살이 주는 고통을 느끼면서 사랑과 지지와 격려를 보내야 한다.

최초의 두 단계, 즉 고통받고 있다는 사실을 알아차리고 그 고통의 근원이 되는 이야기를 놓아주는 순서가 바뀔 수도 있다. 당신이 감정을 "느끼는" 타입이 아니라 "생각하는" 타입이라면, 먼저 자신에게 도움이 안 되는 익숙한 이야기에 빠져 있다는 사실을 알아차리고 거기서 빠져나온 뒤에야 그 이야기 때문에 고통받고 있었다는 점을 깨달을 수 있다. 가끔은 이 두 단계가 거의 동시에 일어나는 것처럼 보이지만, 사실 순서는 중요하지 않다.

practice

하루 동안 여러분이 하는 모든 활동과, 생각과 느낌 사이에 어떤 연관성이 있는지 주의를 기울이자. 여러분을 불행하게 만드는 일련의 생각에 빠져 있다는 걸 인지했다면 즉시 중단하고 다시 몸과 호흡에 정신을 집중하자.

고통을 향해 고개를 돌리는 건 완전히 직관에 어긋나는 행동처럼 보일지 모른다. 인간의 본능은 오랫동안 고통을 피하거나 고통에서 도망치는 쪽으로 진화해왔다. 하지만 고통을 의식하고 받아들이는 것은 스스로에게 연민을 가지고 친절하게 대하기 위한 필수 전제조건이다. 고통을 받아들인다는 말은 무슨 뜻일까? 고통을 밀어내거나 부정적으로 반응하는 게 아니라 기꺼이 고통이 느껴지는 자리에 머무르겠다는 것을 뜻한다.

우리는 마음을 열고 고통을 기꺼이 받아들이도록 스스로를 격려함으로써 고통에 저항하려는 본능에 맞설 수 있다. 우리 몸에서 일어나는 감각에 호기심을 가지듯이, 감정적인 고통에도 그럴 수 있다. 그 특별한 느낌이 대체 뭔지, 바라보고 이해할 수 있다. 우리는 신체의 정확히 어떤 부분에서 그런 느낌이 일어나는지 알아차릴 수 있다. 그 크기가 어느 정도인지, 몸에서 어느 정도 자리를 차지하는지, 고통의 질감이 어떠한지도 알아차릴 수 있다.

어쩌면 그것은 묵직하거나 어둡게 느껴질 수도 있다. 어떤 사람들은 특정한 색을 보고 특별한 감정을 떠올리기도 하는데 당신은 그렇지 않다면 굳이 그런 감정을 느끼려고 애쓸 필요는 없다.

그냥 자신의 몸과 마음에서 일어나는 변화에 주의를 기울이며 그 순간에 머물면 된다. 어쩌면 그 고통 때문에 긴장이나 압력이나 움직임이 느껴질 수도 있다. 그 느낌에 이름을 붙여보는 것도 도움이 된다. 하지만 지금 느껴지는 감정에 이름을 붙일 수 없다면 그것도 괜찮다.

고통스러운 느낌을 향해 고개를 돌릴 때 가끔 스스로를 안심시켜야 하는 경우가 있다. 그럴 땐 이렇게 말하면 된다. "고통을 느껴도 괜찮아. 이렇게 느껴도 괜찮아. 한번 그대로 느껴봐." 이렇게 스스로를 격려하면 부정적이고 두려운 생각으로 가득 찰 마음에 자신감이 가득할 수 있다. 고통을 향해 고개를 돌리는 연습은 하면 할수록 점점 더 쉬워지고, 불편과 고통에 대한 두려움이 줄어들면서 더 용감해진다.

느낌이라는 건 단순히 유쾌하거나 불쾌한 것이지 옳거나 그른 것이 아니라는 점을 알면 고통을 받아들이기가 훨씬 쉬워진다. 이것은 불교에서 강조하는 부분이기도 하다. 느낌은 의지에 좌우되지 않으며 도덕적으로 좋거나 나쁘지도 않다. 느낌은 우리가 선택할 수 없기 때문에 도덕적으로 아무 의미가 없다. 그 느낌에 대해 어떻게 생각하고 말하고 행동하느냐가 중요할 뿐이다. 그러니 여러분이 한 경험에 대해 어떤 느낌이 들더라도 수치스러워할 필요가 없다. 느껴지는 그대로 느끼자. 그 느낌을 있는 그대로 받아들이는 것 자체가 심오한 자기연민이다.

고통스러운 감정을 관찰할 때 임상연구를 하듯 냉정해질 필요는 없다. 얼마든지 따뜻하게 자신을 지지해주면서 애정 어린 시선으로 다가갈 수 있다. 이렇게 자기연민을 수행하는 네 번째 단계로 넘어가면, 자신의 어떤 부분이 고통받고 있는지 알아차릴 수 있다.

4단계 ~~~ 우리는 연민을 받을 자격이 있다

고통스러운 상황을 알아차리고 그 상황과 관련해 스스로 만들어낸 극단적인 상상을 버리고, 고통 그 자체에 관심과 주의를 용감하게 집중하면 스스로에게 친절과 지지와 격려를 보낼 수 있다. 따뜻하고 친절한 시선으로 자신을 바라보면서 애정 어린 방식으로 고통이 느껴지는 부분에 말을 걸고, 어루만지고, 안심시켜주면서 자신을 보살피자.

우리는 나의 불안과 걱정을 덜어주는 사람으로부터 사랑받는다는 느낌이 어떤 건지 잘 알고 있다. 누군가가 연민에 찬 마음으로 우리를 대해준다면 얼마나 큰 위로와 힘이 될까? 또한 우리는 누군가를 애정과 연민 어린 시선으로 바라보는 것이 우리 스스로에게 어떤 느낌을 주는지 알고 있다. 우리 모두에겐 그런 능력이 있다. 이 말은 우리 스스로의 고통에 대해서도 친절하고 다정한 시선으로, 신체의 눈이 아닌 내면의 눈으로 바라보고 친절과 연민을 베풀 수 있다는 뜻이다.

고통스러워하는 친구에게 말하듯 스스로에게 말할 수도 있다. "그저 내가 네 옆에 있다는 사실을 알았으면 해. 네가 힘들어하고 있다는 거 알아. 난 널 아끼고 있어. 네가 고통에서 벗어났으면 좋겠어."

이런 지지와 연대의 표현은 마음을 치유하는 힘이 있다. 당신은 마치 다친 아이나 두려워하는 반려 동물을 다독이거나 힘들어하는 친구를 위로하듯, 고통이 가장 강하게 느껴지는 몸의 특정 부위에 부드럽게 손을 대고 따뜻한 손길로 쓰다듬을 수 있다. 다정한 눈길, 친절한 말, 따뜻한 손길이라는 세 가지 도구를 함께 쓰면 불안이나 걱정을 좀 더 효과적으로 덜 수 있다.

자기연민이 마음속 불편함을 없애기 위해 쓰는 일종의 "속임수" 같다고 느껴질 수 있다. 고통을 우리 안에 있는 "나쁜" 것으로 보고, 어떻게든 없애고 싶어 하기 때문이다. 만약 그렇다면, 우리는 고통에 부정적으로 반응하는 패턴에 갇혀 있는 셈이다. 그리고

practice

어딘가에서 고통스럽거나 불편한 느낌이 감지된다면, 그쪽으로 고개를 돌려 아주 다정하게 바라보자. 바로 그 부분에 어떤 지원이 필요한지 바라보려고 노력하자. 그 부분에 대고 안심시키는 말을 건네보자. 가능하다면 고통이 가장 강하게 느껴지는 부위에 손을 대고 다독여보자.

고통을 없애겠다고 두 번째 화살을 쏘아, 결과적으로는 더 많은 고통을 초래한다. 사실 고통을 제거하는 수단으로 자기연민을 이용한다면, 이것은 진정한 연민이 아니라 두려움과 혐오일 뿐이다. 다만 그러다 어느 시점에 이르면 자신도 모르게 고통에 저항하려 애쓰고 있다는 사실을 알아차리고 저항을 멈춘 후에 진심으로 고통을 받아들이기 시작한다.

당신은 연민을 받을 자격이 있다. 우리는 고통을 없애기 위해서가 아니라 고통에도 친절과 연민과 지지가 필요하기 때문에 그것을 제공한다. 연민은 고통에 보일 수 있는 가장 적절한 반응이다. 육체적 고통이든 정신적 고통이든, 자신의 고통이든 타인의 고통이든 상관없다. 만약 당신이 무서워서 울고 있는 아이를 돌본다면, 아이에게 소리를 지르면서 멍청하다고 말하거나 그 아이를 실패한 인생으로 간주하진 않을 것이다. 아이는 그저 자기가 아는 유일한 언어로 자신의 괴로움을 표현하고 있다. 아이의 울음에 아무 공감도 하지 않거나, 두려워하거나 혐오스러워하면 아이가 느끼는 고통은 더 심해질 뿐이다.

우리 모두에게는 두려움에 떠는 아이 같은 면이 있다. 고통으로부터 도망칠 수도 없고 그렇다고 냉정하게 대하면 고통은 더 커진다. 대신 우리는 고통에 애정을 보이는 방법을 배울 수 있다. 그리고 자신이 사랑과 지지를 받고 있다는 사실을 알면 고통은 진정된다.

앞에서 나는 단순히 고통을 없애겠다는 목적으로 자기연민을 하면 안 된다고 말했지만, 고통을 진심으로 연민하면 경우에 따라 정말 빨리 사라지기도 한다. 나는 상처를 받았다는 사실을 알아차리는 즉시 자기연민의 네 단계를 거쳤고, 몇 분 만에 고통이 사라지는 경험을 아주 많이 했다. 하지만 가족을 잃었을 때처럼 며칠, 몇 주, 길게는 몇 달 동안 반복되는 고통 속에서 살아야 하는 시기도 있다. 고통은 그만의 속도에 맞춰 우리를 통과한다. 고통이 우리에게 머물러 있는 한 계속 지지하고 애정을 주어야 한다. 고통을 무조건 빨리 없애고 싶은 마음은 도움이 되지 않을뿐더러 오히려 가중시킨다. 오랫동안 괴로움에 빠져 있던 시기에 나는 어떤 위기를 겪고 있든 그것이 지나갈 때까지 외면하지 말아야 한다는 점을 깨달았다.

일단 고통을 인식하고, 스스로 지어낸 상상 속 이야기를 버리고, 고통을 향해 고개를 돌려 연민을 베풀면서 자기연민을 실천하면 상황은 종종 극적으로 변한다. 자기연민 명상을 통해 정지 상태에 머물러 있다 보면 때로 우리에게 있는 줄도 몰랐던 지혜와 다른 내면의 자원이 흘러나오는 파이프를 발견할 수 있다. 이 과정은 우리가 의식적으로 하는 일이라기보다는 정지 상태일 때 일어나는 자발적이고 창조적인 본질에 가깝다.

여기까지가 바로 자기연민의 네 단계이다. 지금까지 각 단계에서 어떤 일이 일어나는지 살펴봤으니, 이제는 고통스러운 순간에 각 단계를 활용할 수 있는 몇 가지 예시와 이때 일어나는 창조적인 반응의 예를 들어보겠다.

자기연민 4단계의 다섯 가지 예시

예시 1, 친구가 기분 나쁜 말을 했을 경우

평소 같으면 반사적으로 나오는 부정적인 감정에 휩쓸려 친구에게 화를 내거나, 친구와 헤어진 후 스스로를 불쌍히 여기며 우울감에 젖어 있는 경우가 많다. 아마 당신도 지금 본인이 고통에 빠져 있다는 사실을 알아차릴 것이다. 이때 상황을 악화시키는, 분노를 키우거나 스스로를 동정하는 이야기들을 버리고 마음의 상처를 지켜볼 수 있다. 정말 육체적인 공격을 당한 것처럼, 심장에 멍이 든 것처럼 느껴질지도 모른다. 그럴 때 호기심을 가지고 그 고통에 집중하면서 지금의 느낌을 받아들이자. 고통이 잘못된 것이라든가 당신이 나약하다는 신호가 아니라 그저 뇌의 아주 오래된 부분이 위험을 감지하고 경고를 보내는 거라고 이해하고, 연민 어린 시선으로 이 느낌을 받아들이면서 스스로에게 안심시키는 말을 해주자.

이제 당신은 아까보다 좀 더 지지와 이해를 받고, 힘이 생긴다는 느낌이 들 것이다. 그러면 친구를 비난하지 않고 평소보다 좀 더 침착하고 다정하게 이렇게 말할수 있다. “사실 네가 아까 한 말에 상처받았어. 좀 다르게 표현할 수는 없었니?”

이런 상황이 되면 용기를 내어 친구에게 당신의 나약한 부분을 드러내고 솔직하게 의사소통을 할 수 있다. 이것이 저절로 일어나는 창의적인 반응이다.

예시 2, 건강검진을 앞두고 최악의 경우를 상상할 경우

당신이 건강검진을 앞두고 최악의 경우를 상상하는 동안, 이런 생각 때문에 고통받고 있다는 점을 눈치 챘다면 최악의 시나리오에서 빠져나와 불안을 향해 고개를 돌리자. 명치 주위에서 불쾌하게 욱신거리는 느낌이 들고 심장이 벌렁벌렁하는 게 느껴진다면, 그런 느낌이 가장 강하게 느껴지는 부위에 손을 대고 이렇게 말해주자. “네가 두려워한다는 걸 알아. 하지만 난 너와 같이 있어.”

친절한 눈빛으로 마음속 불안을 바라보자. 소중한 친구가 느끼는 불안에 공감하듯 스스로를 달래주는 눈빛으로 마음속 불안을 바라보는 것이다. 아마 검진 결과가 나올 때까지 계속 걱정하다가 말다가 하겠지만, 적어도 이제는 스스로를 위로하고 안심시킬 수 있다는 사실을 깨달을 것이다. 당신은 고통을 느끼면서도 동시에 마음이 평화로울 수 있다는 점을 알게 된다. 그러면 스스로에게 이렇게 말해줄 수 있다. '나는 지금 안전해. 나는 지금 괜찮아.' 이런 반응이 자연스럽게 나온다면 내게 임박한 위험이 없으며 이 순간 두려워할 건 없다는 현실을 인식하는 것과 같다.

예시 3, 시간이 촉박한데 사람들이 내 앞을 막는 것 같을 때

정신없이 바쁜데 인파로 붐비는 거리를 지나가려면 짜증이 난다. 만약 "제발 좀 빨리 가!"라고 외치고 싶은 생각이 떠오를 때마다 당신이 점점 더 힘들어진다는 점을 알아챘다면 불편한 마음과 고통도 점점 커질 것이다.

이때 당신은 마음속에 가득한 분노를 버리고, 당신의 몸에서 느껴지는 불편한 감각을 관찰할 수 있다. 넓은 부위에서 느껴질지도 모르지만 대체로 가슴과 배에 집중돼 있을 것이다. 불편한 부분에 대고 이렇게 말해보자. "네가 잘 지내기를. 네가 행복하기를. 네가 평화롭기를."

이제 상황이 달라지기 시작한다. 당신은 무의식중에 앞으로 숙이고 있던 자세를 고치면서 걷는 속도를 조금 늦춘다. 호흡이 좀 더 느려지고, 깊어진다. 세상이 나를 중심으로 돌아가고 있고 만사가 내 뜻대로 이뤄져야 한다고 생각하고 있다가, 이제 그 생각에 의문을 제기할 수 있다. 이제는 사람들이 일부러 당신의 앞을 막고 있는 게 아니란 사실을 알아차린다. 그들은 그저 자신의 삶을 사느라 바쁜 것이다.

이제 당신은 모든 사람이 자기 삶의 중심이라는 점을 인지한다. 그러자 미소 짓게 되고, 사람들에게서 온기를 느끼게 된다. 조금 전만 해도 미치고 팔짝 뛸 정도로 느릿느릿 가던 사람들에게 말이다.

내면에서 저절로 나오는 이 창조적인 반응은, 세상의 중심이 당신이 아니라는 통찰력에서 비롯된다.

예시 4, 수많은 요구사항에 압도될 때

당신은 긴 하루를 마치고 피곤해진 몸으로 아이들을 위해 요리를 하느라 정신없이 바쁘다. 재료를 손질하고 보글보글 끓는 냄비를 계속 지켜보는 것만으로도 이미 스트레스가 가득한 상황에서, 설상가상으로 아이들은 계속 자기들끼리 싸우고 있다. 평소 같으면 당신은 화가 머리끝까지 나서 아이들에게 소리를 지를 것이다. 지금도 그러고 싶은 충동이 들지만, 점점 커지는 좌절감으로 온몸이 뻣뻣하게 굳어간다는 사실을 알아차린다. 마치 몸 안의 압력이 서서히 높아지는 것 같다.

이때 당신은 애정에 찬 눈길로 그 불편한 느낌을 바라보고 심호흡을 할 수 있다. 그리고 미소를 짓는다. 이제 친절, 연민, 인내심이 당신의 내면에 들어왔으니 아이들도 그렇게 대할 수 있다. 당신은 아이들에게 소리를 지르는 대신 말을 건넨다. 그것도 거친 어투가 아니라 친절하고 다정한 어투로.

아마 지금까지는 당신이 스트레스를 받을 때 아이들이 말을 잘 들어야 하고, 그러려면 소리를 질러야 한다고 생각했다는 사실을 깨달을 것이다. 하지만 아이들에게도 그들만의 방식이 있기 때문에 항상 당신 뜻을 따르길 기대할 수 없다는 사실을 알게 될 것이다. 그리고 아이들이 당신이 원하는 방향으로 행동하게 만들려면 친절과 농담이 훨씬 더 효과적이라는 사실도 알 것이다.

예시 5, 공개된 자리에서 실수를 해서 창피할 때

업무 메일을 발송한 후 실수했다는 사실을 알아챘거나, 발표용 슬라이드에 뭔가가 잘못됐을지도 모른다. 사람들이 당신을 바보라고 생각하는 장면을 계속 상상하다 보면 발밑에 갑자기 거대한 구멍이 생겨서 어딘가로 사라지고 싶을 수도 있다.

그러다 이내 자신이 이렇게 상상하면서 자학하는 식으로 스스로를 더 고통스럽게 만들고 있다는 점을 알아차리게 된다. 당신은 고통과 수치심을 자아내는 생각에서 한 발짝 떨어져서 당신의 불편한 부분, 즉 화끈거리는 얼굴과 조여드는 가슴과 배, 이대로 한없이 작아져서 사라져버리고 싶은 민망한 마음을 정면으로 바라본다. 그리고 그 고통을 달래며 친절하게 말할 수 있다. "괜찮아. 사람은 다 실수하잖아. 만약 다른 사람이 똑같은 실수를 했다면 넌 그에게 걱정하지 말라고 말했을 거야. 나도 지금 너에게 같은 말을 하고 싶어. 괜찮아, 걱정하지 마."

스스로에게 이런 연민을 베풀고 나면 당신은 자연스럽게 좀 더 깊이 숨을 들이쉬면서 몸의 긴장이 풀리기 시작했다는 걸 깨닫게 된다. 조금 전까지 하던 걱정이 완전히 사라지진 않았지만 어느 정도는 줄어들었을 것이다. 이제 당신은 자연스럽게 나오는 통찰력 덕분에 창피하다고 느껴도 괜찮다고 생각한다. 창피한 마음은 시간이 흐르면서 옅어질 것이고, 그것이 완전히 사라질 때까지 스스로를 지지해줄 거라는 사실을, 그리고 한동안 고통이 느껴지겠지만 견딜 수 있을 거라는 사실을 당신은 알고 있다.

내가 두 번째 예시에서 묘사했던 통찰력, 즉 "나는 지금 안전해"라는 인식은 우리가 자신의 인생과 관계 맺는 법을 변화시킬 수 있는 아주 강력한 방식이다. 주치의가 내게 암일지도 모른다고 말한 후에 내가 최악의 상황을 가정하고 있다는 걸 깨달았던 순간, 나는 내가 죽어가는 모습을 상상하고 있었다. 다시는 아이들을 보지 못할 가능성, 그리고 의료보험이 없었던 내가 파산해서 노숙자가 되는 모습까지도. 나는 최선을 다해 마음챙김을 하면서 이런 무시무시한 가능성을 직시했고, 내가 이런 상상에 빠져 있다는 걸 알아차릴 때마다 나의 몸, 나의 환경, 지금 하고 있는 일로 주의를 돌리려고 애를 썼다. 하지만 너무나 겁이 난 나머지 그 무서운 시나리오들이 계속 떠오르곤 했다.

사실 당장 그런 일이 일어나진 않는다. 내가 느낀 두려움은 그저 내 마음속에서 나온 것이었다. 나는 고통을 되새기기엔 최적의 시간대인 샤워 시간이나 잠들기 전마다 최악의 상황을 상상했고, 그러다 나를 포함한 모든 상황이 괜찮다는 사실을 깨달았다. 나는 따뜻한 집에서 안전하게 있었고, 숨을 쉬고 있었다. 부엌에는 음식이 있었고, 내 심장은 정상적으로 뛰고 있었다. 몸에는 어떤 통증도 없었다. 내 모든 신체 기능은 아주 잘 작동되고 있었다.

"지금 너는 안전해. 모든 것이 괜찮아." 나는 스스로에게 이렇게 일깨워주었다. 크나큰 근심이 가져온 불쾌한 증상들이 모두 사라지진 않았지만 그것도 괜찮았다. 나는 세차게 뛰는 심장과 불안도 받아들여, 마음챙김을 하면서 그 상태에 머물러 있었다. 내가 괜찮다는 사실을 일깨워주기만 해도 불안한 마음이 상당히 진정되면서, 좀 더 많이 긴장해 있는 부분에게 지금 이 순간 실질적인 위험은 하나도 없다고 신호를 보냈다. 가끔은 이런 증상이 한꺼번에 다 사라지고 편안함이 밀려오기도 했다.

두려움이 너무 커져서 한밤중에 잠에서 깰 때면 줄리아 노리치(중세 시대 영국의 은자-옮긴이)가 했던 말을 떠올렸다. "다 잘될 것이고, 모든 일이 잘될 것이며, 모두 다 잘될 것이다." 이 말을 만트라처럼 계속 읊고 있으면 아주 큰 위로가 되었다. 이렇게 한다고 나쁜 일이 일어나지 않을 거라는 확답을 받는 건 아니지만, 어떤 일이 일어나든 헤쳐 나갈 수 있는 자원이 내 안에 있었다.

우리가 느끼는 여러 가지 감정은 우리에게 위협이 되거나 도움이 되는 것을 감지하는 뇌의 특정 부위 때문에 나타난다고 앞에서 설명했다. 이 말이, 뇌가 우리가 느끼는 위협을 항상 똑같이 평가하기 때문에 고통을 느끼는 패턴도 매번 똑같이 작동된다는 뜻으로 들릴지도 모르겠다. 다행히 우리의 뇌는 유연하며 쉽게 변할 수 있는 성질이 있다. 뇌는 이전에는 위협으로 받아들였던 일이 사실은 무해하거나, 적어도 공황상태에 빠질 정도는 아니라는 점을 인지할 수 있다. 앞서 친구가 우리 기분을 상하게 하는 말을 했던 예시를 살펴보면, 뇌를 다시 프로그래밍해서 위기를 우리의 실존에 관한 위협이 아니라 의사소통의 문제, 혹은 타인과 좀 더 잘 연결될 수 있는 법을 배우는 흥미로운 기회로 여기게 할 수 있다. 우리의 뇌를 변화시킬 수 있다는 말은 글자 그대로 뇌가 변한다는 뜻이다. 새로운 걸 배우면 우리의 뇌신경은 새롭게 연결되고 재조직된다.

힘든 상황에서도 고통을 느끼지 않는 방향으로 뇌를 다시 프로그래밍 할 수도 있다. 예를 들어 당신만 고통받고 있는 게 아니라는 사실을 알게 되면, 당신이 잘나가는 것처럼 보이는 다른 사람들보다 자질과 능력이 부족해서 실패했다는 생각을 할 때와는 다른 반응이 나타난다. 자기중심적인 생각에서 좀 더 자유로워지면 우리를 우주에서 가장 중요한 존재로 봐주지 않는 세상과 마주할 때 느껴지는 좌절감에서 벗어날 수 있다.

자기연민 명상을 하면서 누릴 수 있는 고요하고 평화로운 정지 상태 덕분에 애초에 우리를 고통스럽게 만든 생각과 규칙들을 새롭고 좀 더 현실적이면서도 도움이 되는 시각으로 대체할 수 있다. 우리의 고통은 이런 식으로 줄어든다. 그렇다고 살면서 다시는 고통을 느끼지 않을 수는 없지만 마음챙김 자기연민 명상을 통해 뇌신경을 재배열하는 능력을 사용하면 좀 더 평화롭고 조화롭게 마음의 균형을 유지할 수 있다.

이 네 단계 방식은 우리 삶에서 일어나는 어떤 고통에도 적절하게 적용할 수 있으며, 그 과정에서 때로는 아주 놀라운 반응이 일어난다. 내게 명상을 배우는 학생들도 이런 경험을 했다. 스웨덴 스톡홀름에 사는 의대생은 28일간의 온라인 자기연민 명상 강좌를 들은 후에 편지를 보냈다. "한 달 전만 해도 제가 스스로를 가혹하게 대했고, 저에게 더 큰 상처를 주는 내면의 이야기들에 반응했다는 점을 믿기 힘들 정도입니다. 지금은 그런 이야기들을 전보다 더 빨리 알아차리고, 버리려고 노력하는 중이에요. 저에게 상처를 주는 말과 상상 속 이미지들이 더는 이전처럼 오랫동안 마음속에 남아 있지 않아요. 이제는 몸의 감각에 집중하면서 이렇게 말할 수 있게 됐습니다. '아, 이건 그저 내 뇌가 고통스럽다고 신호를 보내고 있는 것뿐이야.' 그러자 마음이 한결 편해졌습니다."

'뇌가 고통스럽다고 신호를 보내는 것일 뿐'이라는 인식은 우리를 정신적 구속에서 해방시키는 아주 강력한 통찰력이다.

앞에서 강조했듯 네 단계를 모두 실천한다고 고통이 완전히 사라지진 않는다. 중요한 건 스스로에게 연민을 베풀면 자기비판, 분노, 자책 같은 두 번째 화살을 쏘지 않을 수 있어서 쓸데없는 고통이 추가되지 않는다는 점이다. 마음챙김, 용기, 수용, 지혜와 같은 습관을 키우면 결국 이것들이 우리 삶의 일부가 되어 더 이상 "수행"하는 것이 아닌 삶의 방식이 된다.

4장

지금, 여기 존재하는 기적

시인인 윌리엄 스태포드는 이렇게 말했다. "세상 그 누가 당신에게 지금이라는 바로 이 순간을 줄 수 있을까?"

바로 지금, 바로 이 순간 당신이 보고 듣는 것에 주목하자. 의자나 바닥에 닿아 있는 몸의 감각을 느껴보자. 숨을 들이마시고 내쉴 때의 몸의 움직임에 주목하자. 아무 판단도 내리지 말고, 당신의 감각이 유쾌하거나 불쾌한지 느껴보자. 쾌감과 불편을 나와 상관없는 감각인 것처럼 관찰해보자.

다시 한 번 아무 판단도 내리지 않을 때 어떤 생각이나 충동이 이는지 관찰해보자. 한동안 이런 생각에 빠져 있다는 걸 알아챘다면, 또는 뭐든 판단하고 있다는 걸 눈치 챘다면 그 점을 인정하고 다시 지금 느껴지는 감각에 주목하자. 원한다면 눈을 감고 몇 분 동안 이 상태에 머물러보자.

방금 당신이 한 행동이 마음챙김 연습이자 자기연민 명상의 첫 번째 기술이다. 마음챙김은 시시각각 일어나는 우리의 경험에 있는 그대로 자연스럽게 주의를 기울이는 것이다. 새로울 건 하나도 없다. 많은 사람들이 말하는 것처럼 영적이지도 않다.

물론 마음챙김에는 신성한 면이 있다. 19세기 뉴햄프셔의 작사가인 존 그린리프 아담스는 슬픈 생각을 놓아줄 때 우리 내면에서 어떤 일이 일어나는지에 대해 이렇게 썼다. “잠시 멈춰야 한다. 심오한 현실, 인상적인 생각, 근사한 가르침, 말할 수 없는 감정으로 가득 찬 성스러운 정지의 순간을 느껴야 한다.”

마음챙김은 이런 성스러운 정지 순간을 만들어낸다. 그 안에서 우리는 적어도 어느 정도는 우리의 평범하고 반사적이며 부정적인 습관들을 놓아줄 수 있다. 마음챙김의 순간에 자기비판, 분노, 자기동정을 내려놓을 기회가 생긴다. 우리는 좀 더 현명하고 좀 더 연민에 차고 좀 더 진실한 반응을 느낄 수 있으며, 인내와 수용과 친절이 활짝 피어날 수도 있다. 자기인식과 책임감을 가질 수도 있다. 이 순간에 영적 수행이 시작된다. 바로 이때 우리는 성장한다. 여기서 자기연민이 태어난다. 꽃이 자라기 위해선 흙이 필요하듯이, 자기연민이 가능하려면 마음챙김이 필요하다. 흙이 없으면 꽃이 피지 않듯이 마음챙김이 없으면 자기연민도 없다.

마음챙김은 정의를 내리기보다 묘사하는 편이 훨씬 쉽고, 이것이 대체 뭔지 잘 전달할 수 있는 가장 단순한 방법은 우리에겐 너무나 익숙한 유무념과 대조하는 것이다. 가끔 목적지에 도착한 후 어떻게 여기까지 왔는지 기억이 전혀 나지 않아 당황한 적이 없는가? 가끔 걱정되거나 불쾌한 생각이 끝도 없이 떠올라 한없이 고통스러웠던 적이 없는가? 마치 잠시도 눈을 뗄 수 없는 영화를 보는 것처럼 마음속에서 떠오르는 생각에서 벗어날 수 없는 느낌이 뭔지 알 것이다. 이것은 모두 우리가 일상에서 겪는 유무념의 대표적인 예이다.

이런 상태에서 우리는 마치 자동으로 조종되는 것처럼 무의식 상태가 된다. 우리의 의식은 집 안 곳곳을 돌아다니며 부딪치는 로봇청소기처럼 작동한다. 청소기는 잘 가다가 장애물에 부딪치면 방향을 바꾼다. 이건 자동으로 나오는 반응이기 때문에 자신이 지금 뭘 하고 있는지 의식하지 않는다. 청소기에겐 스스로 뭘 할지 선택할 권한도, 자유도 없다. 서글프게도 우리 역시 대부분의 시간을 그렇게 보낸다.

하버드 대학교 심리학과의 매트 킬링스워스가 박사학위 연구를 위해 모든 연령대를 대상으로 온갖 직업을 가진 수천 명을 연구했다. 참가자들에게 임의로 정해둔 시간에 땡 소리가 나는 메시지를 보내어 그때 그들이 뭘 하고 있었는지, 어떤 생각을 하고 있었는지, 그때 느낌은 어떤지 조사한 것이다. 연구 결과, 주의 산만은 우리가 뭔가를 하면서 딴 생각을 하고 있을 때 일어났다. 우리는 어떤 활동을 할 때 그 시간의 대략 47퍼센트 정도는 잡생각을 하는 데 쓴다는 사실이 밝혀졌다. 이건 단지 평균 수치이지만, 특정한 활동을 할 때는 평소보다 훨씬 더 오래 집중하기도 한다. 예를 들어 메이크업처럼 별 생각을 하지 않아도 되는 일상적이고 습관적인 행동을 할 때는 전체 시간의 65퍼센트 정도는 딴생각을 할지도 모른다. 그런데 섹스처럼 정신이 집중되는 행위를 할 때도, 그 시간의 10퍼센트 정도는 딴생각을 한다.

킬링스워스는 이 연구 결과의 가장 중요한 점으로 모든 명상 수행자가 알고 있지만 여전히 유효한 결론을 내렸다. 우리의 마음은 한 곳에 집중하지 못하고 아주 많이 떠돌 뿐 아니라, 그렇게 산만해지면 우리의 행복감도 줄어든다는 점이다. 마음이 산만하다는 건 행복하지 않다는 뜻이다. 한곳에 집중하지 못할 때는 고통스러운 갈망, 근심, 의심, 혹은 불만이 있기 때문인 경우가 많다. 예를 들어 킬링스워스는 심각한 교통체증을 겪을 때처럼 지극히 불쾌한 상황에서도 "그 순간"에 존재하면서 집중하는 편이 같은 상황에서 한없이 속상해할 때보다 훨씬 더 행복하다는 점을 알아냈다. 불쾌한 상황에서 도망치기 위해 우리를 행복하게 만드는 것들을 떠올리는 거라고 말할 수도 있지만, 사실상 그런 효과는 거의 없다. 산만할 때 우리의 생각은 의식의 지도를 따라 질서정연하게 나아가는 것이 아니라 습관적이고 자동적으로 튀어나오기 때문이다. 마치 바닥을 돌아다니는 로봇청소기처럼 우리의 생각은 이리저리 반사적으로 돌아다니면서 여러 정신적 집착 사이를 흘러다니게 된다.

마음챙김의 가장 결정적 특징은 우리의 마음이 관찰하는 상태로 돌입한다는 것이다. 마음챙김을 하고 있을 때는 마음 역시 우리가 지금 생각하고 느끼고 행동하는 것에 관심을 기울인다. 스리랑카 승려인 헤네폴라 구나라타가 했던 이 말처럼 말이다. "마음챙김이란 지나가는 경험의 흐름을 지켜보는 것이다." 《완벽한 재앙과 같은 삶》이란 책을 쓰고 마음챙김을 임상에 적용한 존 카밧진은 마음챙김을 "몸과 마음을 의식적으로 관찰하면서 그 순간의 경험을 시시각각 펼쳐서 있는 그대로 수용하는 과정"이라고 정의했다.

"마음이 산만할 때 우리는 관찰하지 않고, 주의를 기울이지 않고, 그때 그 순간 일어나는 일을 평가한다. 길잡이가 없는 마음은 우리를 기분 나쁘게 하는 생각들을 계속 좇을지도 모르고, '잠깐. 지금 너 스스로를 비참하게 만들고 있어. 이런 생각의 흐름을 놓아주거나 다른 방식으로 생각해보는 건 어때?'라고 말해줄 내면의 조언자도 없다.

우리는 일상적인 활동을 하는 도중에, 그러니까 설거지나 빨래를 개거나 커피를 마시거나 이동할 때도 온 마음을 기울여 마음챙김 수행을 할 수 있다. 일상 활동을 하는 도중에 일어나는 생각과 느낌에 집중하기만 하면 된다. 대개 우리는 몸의 의식을 하나의 닻으로 쓰고 있다. 몸의 움직임과 감각을 관찰하면 일련의 생각에 따라 산만해지는 대신 이 순간에 머무르는 데 도움이 된다. 몸의 감각을 배경으로 우리의 느낌을 의식할 수 있고 심지어 무수한 생각의 흐름에 사로잡히지 않은 채 담담하게 지켜볼 수 있게 된다.

마음챙김 수행을 한다고 해서 잡념이 멈추진 않는다. 예전처럼 걱정되고 불만이 생기고 의심스럽고 갈망에 찬 생각과 이야기들이 여전히 떠오르지만, 마음챙김을 하고 있을 때는 그걸 관찰하게 된다. 우리의 생각을 지켜보고 있을 때는 거기에 휘말리지 않는다. 대신 한 발짝 뒤로 물러나 머릿속에서 일어나는 생각의 흐름을 찬찬히 살펴보게 된다. 그것은 마치 흘러가는 강물에 잠겨 아무런 도움도 받지 못한 채 쓸려가는 게 아니라, 강둑에 앉아 강물이 흘러가는 풍경을 지켜보고 있는 것과 같다.

이렇게 우리의 느낌과 생각을 지켜보는 단순한 행위만으로도 새로운 변화가 일어난다. 마음챙김 덕분에 자신의 생각을 관찰하거나, 자신에게 도움이 되지 않는 방식으로 반응하던 방식에 선택권이 생긴다. 잡념을 놓아주고 생각이 흘러가는 방향을 바꿀 수 있는 선택권 말이다. 이제 우리는 인생을 긍정적으로 강화할 수 있는 다른 자질을 키울 수 있다. 궁금해하는 쪽을 선택할 수도 있고 인내심을 가지는 쪽을 선택할 수도 있다. 친절해지는 쪽을 선택할 수도 있다. 우리 안에 있는 어려움을 용감하게 마주보는 쪽을 선택할 수도 있다. 우리는 자기연민을 포함해 마음챙김으로 모든 종류의 긍정적 자질을 의식적으로 키울 수 있다. 마음챙김 없이는 이런 일들을 할 수 없다. 그래서 마음챙김 없이는 자기연민도 없다.

어떤 활동을 하든 도중에 마음챙김을 연습할 수 있다. 명상은 일종의 "마음챙김 운동"으로 발전해왔는데 이 안에서 좀 더 체계적으로 마음챙김 기술을 기를 수 있다. 서서, 누워서, 걸으면서도 명상을 할 수 있지만, 대개 명상은 앉아서 한다. 보통은 몸에서 일어나는 감각에 주의를 기울이고, 호흡하면서 생기는 감각에 집중하면서 한다. 호흡은 우리의 신체 경험 중에서 가장 확실하고 역동적이다. 명상에 대해 가장 흔하게 하는 오해가 명상을 할 때는 몸에 대해 생각하거나 몸을 시각화한다는 것인데, 명상을 할 때는 그저 몸의 감각을 관찰하면서 자연스럽고 느긋하게 몸에 주의를 기울이면 된다. 공기가 몸 안으로 들어왔다가 빠져나가는 감각, 오르락내리락하는 가슴과 배, 미세하게 옷과 스치는 피부의 감각까지 주의를 기울일 수 있다.

명상을 처음 하는 사람들은 명상을 할 때 잡생각이 너무 자주 떠오르거나, 거기에 번번이 빠져드는 자신에게 실망하는 경우가 많다. 그래서 명상 초기에 자기연민을 더 발전시킬 기회를 갖게 된다. 정신이 산만해지는 것이 정상임을 이해하고 받아들이는 것이 바로 자기연민이다. 덕분에 좀 더 인내심을 기르면서 더 많은 것을 수용할 수 있으니 말이다. 정신이 산만해져서 실패하는 게 아니라 인간이기 때문에 그렇다. 언제든 정신이 산만해진다면 자신을 비판하지 말고 그때까지 빠져 있던 생각을 놓아주고 다시 몸과 호흡으로 주의를 돌리자. 시간이 흐르다 보면 생각을 놓아주고 몸으로 시선을 돌리는 단순한 행위가 마음을 고요하고 평화롭게 하면서 긴장이 풀리는 걸 느끼게 된다.

누구나 처음에는 정신이 산만해지는 데만 집중하느라 마음챙김의 순간이 계속 자연스럽게 이어진다는 점을 간과한다. 맞다. 마음은 종종 정처 없이 떠돌지만 그러다가도 항상 다시 돌아온다. 꿈을 꾸듯 이리저리 흩어지는 생각들도 결국은 멈추게 마련이고, 우리는 그런 상태에서 "깨어나" 다시 좀 더 깊은 마음챙김 상태에 들어가게 된다. 당신의 마음이 가끔은 잡념을 만들어내는 기계처럼 보일지도 모르지만, 마음챙김을 만들어내는 기계이기도 하다. 그 점을 알아두면 힘이 된다.

일련의 생각의 흐름에서 막 빠져나왔음을 인식하는 순간은 영적으로 아주 소중한 기회이다. 그런 일이 일어날 때마다 인내, 수용, 친절, 감사를 실천할 수 있는 여유가 생긴다. 가끔 나는 명상을 배우는 학생들에게 길을 잃은 아기 고양이를 어미 고양이에게 돌려주는 마음으로 자신의 마음을 부드럽게 다뤄보라고 제안한다.

앉아서 명상을 하면 몸과 관계 맺는 방식으로 친절과 자기연민을 연습할 수 있다. 스스로에게 불친절해지는 방법 중 하나는 긴장한 채로 있는 것이다. 우리는 뭔가를 비판하거나 완고한 기대를 할 때 긴장한다. 오래 앉아 있기 힘든 불편한 자세로 있을 때도 긴장한다. 명상 수업에 처음 오는 사람들은 몸이 그다지 유연하지 않은데도 종종 양반다리를 하고 앉으려 한다. 남들에게 근사해 보이고 싶어서 그런 것 같은데 우리는 누구에게도, 심지어 스스로에게도 잘 보일 필요가 없고 우리가 따라야 할 "완벽한" 자세도 없다. 그러니 각자 편한 방식으로 앉으면 된다. 대신 안락의자에 앉아 쉬듯이 허리가 구부정해지면 안 된다. 허리를 구부리면 가슴이 눌려서 제대로 호흡하기 힘들어진다. 호흡이 제한되면 뇌에 산소가 충분히 공급되지 못해서 잘 집중할 수 없다. 허리를 똑바로 세우고 긴장을 풀고 편하게 앉는 자세가 명상하는 데 가장 좋다. 한마디로, 품위 있게 앉으면 된다.

누워서 하는 명상은 정신을 집중하기 어려우니 가능하면 피하는 것이 좋다. 일자로 누우면 잠이 들 가능성도 크다. 대신 다쳤거나 똑바로 앉을 수 없다면 누워서 해도 좋다.

몸의 감각이나 느낌 같은 내면의 상태를 인지하는 기능을 "내면지각"이라고 한다. "내면의 상태를 알거나 관찰한다"라는 뜻이다. 이런 능력은 처음에는 그다지 발달되지 않을 수도 있다. 내면을 들여다봐도 별다른 게 보이지 않을 수도 있다. 우리의 몸은 다소 지루하고 우리의 느낌은 종잡을 수 없어 보이는 반면, 우리의 생각은 생생하고 강력하다. (그래서 우리가 그토록 쉽게 산만해지는 것이다.) 하지만 이것도 연습으로 바꿀 수 있고, 감각을 세밀하고 풍부하게 인지하는 능력은 내면에 관심을 가질수록 점점 커지기 마련이다. 시간이 지나면, 몸의 감각을 관찰하는 일은 명상할 때뿐만 아니라 일상 생활을 할 때도 아주 강렬하고 충만하며 즐거운 경험이 된다. 아일랜드 시인이자 철학자인 존 오도너휴는 이렇게 말했다. "이 세상에 이렇게 살아 숨 쉬면서 육체를 가지고 걸어다니고, 온 세상이 내 안에 있는 동시에 온 세상을 내 손끝으로 움직일 수 있다는 건 기이하고도 마법 같다. 이것은 어마어마한 특권이며 이 세상에 존재한다는 기적을 사람들이 잊어버릴 수 있다는 것이야말로 놀랍다."

마음챙김은 어릴 때는 아주 익숙했던 이 일상의 기적을 재발견하도록 도와준다. 마음챙김을 하면서 무수한 생각이 잠잠해지면, 몸의 감각이 생기발랄하게 살아나고 모든 미세한 동작이 충만해지면서 이전에는 의식하지 못했던 에너지의 흐름이 느껴진다. 호흡의 모든 과정이 — 공기가 코로 들어와 횡경막을 거쳐 허리띠에서 느껴지는 변화무쌍한 압력에 이르기까지 — 우아하고 조화롭게 이루어지는 걸 경험하면서 아름다움과 기쁨을 느낄 수 있다. 호흡은 우아하고 품위 있는 춤과 같다. 이런 변화 덕분에 잡념을 떨쳐내기도 훨씬 쉬워진다. 우리가 지금 느끼는 이 감각이 잡념보다 훨씬 더 흥미롭기 때문이다.

명상하면서 우리의 몸과 마음의 느낌을 관찰하면 생각과 느낌이 연결돼 있다는 점도 알게 된다. 산들바람에 연못의 수면이 잔잔하게 흔들리는 것처럼, 우리의 생각은 우리의 느낌에 영향을 미친다. 좋아하는 음식이나 사랑하는 이의 얼굴을 떠올리는 식으로 여러분이 사랑하는 것을 떠올리면 즉각 경험할 수 있을 것이다. 여러분의 가슴과 배에서 일어나는 느낌, 즉 연못에 이는 바람의 변화를 의식해보자. 호기심을 가지고 그 감각을 관찰하고, 특징에 주목해보자. 따뜻한가 아니면 차가운가? 늘어나나 아니면 줄어드나? 매끄러운가 아니면 거친가? 유쾌한가 아니면 불쾌한가? 정지

돼 있는가 아니면 움직이는가?

이제 당신을 불쾌하게 만드는 것을 하나 떠올려보자. 당신이 싫어하는 사람이나 음식, 혹은 역겨운 상황을 떠올릴 수 있을 것이다. 불쾌한 느낌이 들면 종종 그걸 밀어내고 싶은 충동에 휩싸이지만, 그걸 그대로 놔둘 수 있을지도 고민해보자. 다시 호기심을 가지고 그 느낌에 집중하자. 느낌이 생각의 영향을 받듯 생각도 느낌의 영향을 받는다.

기분이 나쁠 때는 좀 더 비판적이 되는 경향이 있다. 반대로 기분이 좋으면 좀 더 긍정적이고 감사하게 된다. 지금 당신이 처한 상황에 도움이 되지 않는 생각을 하고 있다고 의식하면 불쾌한 느낌을 멈출 수 있고, 지금 기분이 좋지 않다는 점을 의식하면 부정적인 생각을 피할 수 있다. 우리가 할 수 있는 가장 귀한 일 중 하나는 이런 느낌과 생각의 축을 관찰하는 것이다. 이러한 축은 우리에게 에너지를 주는 발전기와 같으며, 이 축이 어떻게 작동하느냐에 따라 고통 또는 평화가 찾아오기 때문이다.

마음챙김은 단순히 우리의 경험만 변화시키지 않고 몸에도 영향을 미친다. 마음챙김 수련을 몇 주만 해도 뇌에 구조적인 변화가 일어난다. 우리는 마음챙김 명상을 하면 뇌에 "싸우거나 도망치는" 반응을 유도하는 편도체가 눈에 띄게 줄어든다는 사실을 확인했다. 좀 더 고차원적인 사고, 예를 들어 계획, 인식, 집중, 의사결정, 감정 통제 등을 담당하는 전전두엽 피질이 더 두꺼워진다는 점도 알게 되었다. 전전두엽 피질은 뇌에서 가장 인간적인 부분이기 때문에, 마음챙김이 글자 그대로 우리를 더욱 인간적으로 만들어준다고 말할 수 있다.

어떤 이들에게는 마음챙김을 배우는 것이 즉시 고통을 덜어주는 해결책이 된다. 이들은 전보다 더 큰 자유를 느끼고 마음도 더 편해진다. 이들은 현재에 머물면서 몸과 마음의 느낌에 주목하는 과정을 즐긴다. 하지만 마음챙김을 익히기 힘든 사람들도 있다. 이들은 자신의 마음이 얼마나 제멋대로인지, 자신의 생각이 얼마나 부정적이고 시시한지 알아차리고 충격을 받는다. 당신도 이런 경험을 했다면 이것은 아주 흔한 일이며 당신만 그런 게 아니라는 점을 명심하자. 그저 스스로에게 좀 더 비판적인 사람들이 거쳐야 할 단계란 점을 알아두면 된다. 먼저 자신의 반응 방식을 인식하지 않고 이 문제를 해결하기란 불가능하다. 마음챙김을 제대로 배우기란 쉽지 않기 때문에, 자애명상이나 자기연민 명상을 같이 배워서 마음챙김 명상과 번갈아가며 해본다면 훨씬 도움이 될 것이다.

생각과 느낌을 동시에

앞에서 명상을 하면 우리가 하는 경험의 여러 가지 면이 서로 어떻게 연결되는지 볼 수 있다고 말했다. 예를 들면 호흡할 때의 모든 동작과 감각은 서로 연결되어 있다. 호흡은 온몸으로 하는 경험이다. 그리고 우리의 느낌과 생각 역시 밀접하게 연결되어 있다. 하지만 우리는 종종 익숙한 방식으로 자신의 경험을 관찰하기 때문에 의식적으로 마음챙김 수행을 하고 있을 때도 이 연관성을 눈치 채지 못하는 경우가 많다. 흥미롭게도, 우리가 눈으로 뭔가를 보면서 관계 맺는 방식이 마음으로 뭔가를 바라보면서 관계 맺는 방식에도 영향을 미친다.

이것이 우리에게 미치는 영향을 알아보기 위해 아래 연습을 한 번 해보길 권한다.

대부분의 사람들은 뭔가에 초점을 맞추면 눈이 가늘어지고 몸이 굳고 긴장하면서 불안해진다. 호흡이 빠르고 가빠지면서 가슴 위쪽이 답답해지고, 아마 생각도 많아질 것이다. 그와 반대로 시선이 열리면, 초점이 넓어지고 눈 주위의 근육을 풀리면서 몸의 긴장도 풀리고 마음도 훨씬 편해진다. 호흡이 느리고 깊어지면서 복식 호흡을 하게 되고 마음이 고요해져서 어떤 생각이 떠올라도

practice

우리의 시각과 관계 맺는 두 가지 방식

먼저 바닥이나 벽의 텅 빈 부분을 편하게 바라볼 수 있는 곳에 자리를 잡자. 깨끗한 공간이 없다면, 물건을 하나 정해서 한 부분을 응시하자. 거기에 1~2분 정도 정신을 온전히 집중하려고 노력해보자. 응시하는 도중에 초점이 흔들릴 수도 있는데 그래도 괜찮다. 그러다 보면 터널 안에 있는 것처럼 시야 주변이 어두워지는데 그것도 괜찮다.

집중해서 관찰하는 동안 어떤 느낌이 드는지 주의를 기울여보자. 몸이 긴장돼 있는가, 아니면 이완돼 있는가? 호흡이 깊거나 얕은지, 빠르거나 느린지도 주목해보자. 마음이 바쁘게 요동치는지 아니면 고요한지도 주의를 기울여보자.

이제 그 시선에서 힘을 조금 빼보자. 그냥 허공을 바라보듯 눈 주위 근육의 힘을 풀고, 초점을 넓혀서 시야에 들어오는 모든 걸 의식해보자. 특별히 하나에 집중하려 하지 말고, 시야에 들어오는 모든 걸 다 보려고 애쓰지도 말자. 그냥 시야에 들어오는 모든 걸 가볍게 훑

어보자.

이번에는 어떤 느낌이 드는지 다시 한 번 관찰해보자. 몸의 여러 부위가 긴장하고 있는지 아니면 이완돼 있는지 주목해보자. 호흡의 깊이와 속도를 관찰해보자. 마음이 고요한지 활발한지 살펴보자.

가볍게 흘러가는 걸 느낄 수 있다.

이런 차이는 우리가 사물을 바라보는 방식이 자율신경계의 각기 다른 부분을 작동시키기 때문이다. 좁은 시선으로 바라보는 방식은 싸우거나 도망치는 반응을 담당하는 교감신경계의 활동을 촉진시킨다. 그래서 우리는 경계 태세가 되면 세부사항에 초점을 맞춰 상대의 표정을 세심히 살핀다. 수렵채집인으로 살던 과거였다면 초원에 나타난 약탈자의 행동을 주시했을 것이다. 반면 열린 시선으로 바라보는 방식은 긴장이 풀려 우리를 쉬게 하고 균형을 잡게 해주는 부교감신경계를 촉진시킨다. 안전하다고 느낄 때 마음의 긴장을 풀게 되는데, 그때 사색을 하는 것이다.

우리는 이때 곰곰이 생각하면서 여러 가지 아이디어를 창의적으로 결합한다. 또한 허공을 바라보며 몽상에 잠긴다. 이렇게 눈의 초점을 좀 더 넓히면 내면의 경험과 관계 맺는 방식에도 심오한 변화가 생길 가능성이 생긴다. 눈에 힘을 주고 내면의 시야를 좁히면 한 번에 한 가지에만 초점을 맞출 수 있다. 예를 들어 호흡의 아주 작은 일부, 혹은 우리의 생각이나 느낌만 관찰하는 식이다.

손전등처럼 아주 좁은 범위에만 집중하는 상황에서는 모든 감각을 경험하기가 불가능하다. 다양한 경험이 서로 어떻게 연결되는지도 인지할 수 없다. 게다가 경험의 지극히 일부만 의식하기 때문에 우리의 관심을 사로잡는 대상도 많지 않다. 다만 생각은 예외인데, 다른 모든 것과 비교할 때 생각은 아주 강력하고 풍부한 경향이 있다.

반면, 눈의 긴장을 풀고 내면의 시야가 열려 있으면 동시에 여러 감각을 인식할 수 있다. 이때 우리의 관심은 호롱불과 같아서 넓은 범위를 비출 수 있다. 호흡을 하면서 몸 전체의 감각을 느낄 수도 있다. 생각과 느낌을 동시에 인식할 수 있어 이 둘이 서로 어떻게 연결됐는지 알 수 있다. 몸에서 일어나는 많은 감각에 주의를 기울이기 때문에 다채롭고 풍요로우며 만족스러운 경험을 할 수 있다. 당연히 정신이 산만해질 가능성도 줄어든다. 그런 와중에도 여전히 이런저런 생각이 떠오르겠지만, 그건 우리가 겪는 경험의 일부일 뿐이고 이전보다 그 힘이 크지 않다는 사실을 알게 될 것이다.

이렇게 시야를 넓히면 눈을 감고 하는 명상만이 아니라 일상생활에서도 명상을 할 수 있다. 걷고 친구와 대화를 하고 발표를 할 때도 명상이 가능하다. 눈 근육의 긴장을 풀고 주의력의 범위를 넓히고 열린 마음으로 세상을 받아들이면 일상생활을 하면서도 마음챙김 수행을 할 수 있다.

명상은 마음챙김을 발전시키는 중요한 무대이다. 크게 보면 명상의 목적은 마음챙김이다. 지금까지 명상의 일반적인 원칙을 설명했다면, 이제 여러분이 연습할 수 있는 세 가지 명상에 대해 소개하겠다.

마음챙김 명상 1 ~~~ 3분 호흡 명상

3분 호흡 명상은 오늘날 명상의 모범과 같다. 이 우아한 명상은 아주 짧은 시간만 명상을 해도 매우 효과적이라는 점을 보여준다. 그리고 쉽게 할 수 있다. 처음부터 매일 20~30분씩 시간을 내어 명상을 연습하기는 힘들지만, 3분은 누구나 낼 수 있다.

1. 준비하기

앉거나 선 채로 머리, 목, 척추를 일자로 정렬한다. 이때 몸의 무게가 아래쪽으로 쏠리는 걸 느낀다. 눈을 감아도 되지만 뜨고 싶다면 바로 앞에 보이는 한 점을 가볍게 바라본다.

이제 온몸에 어떤 감각이 느껴지는지 집중한다. 주변의 소리, 빛, 공간을 느끼고 몸이 닿는 부분이나 몸에서 느껴지는 압력을 의식한다. 지금 어떤 생각이 드는가? 어떤 느낌이 드는가? 뭐든 바꾸려 하지 말고 여러분 자신과 주위에 있는 것을 지켜보고 받아들이자.

2. 호흡하기

호흡과 관련된 몸의 감각에 집중하자. 몸속으로 들어왔다가 나가는 공기의 흐름, 흉곽의 움직임, 오르락내리락하는 배를 주목하자. 여러분이 편하게 느끼는 부위에 따라 호흡의 여러 감각을 관찰하거나, 배나 머릿속 통로를 통해 이동하는 공기의 흐름에 집중해도 된다. 어떤 생각이 떠올라도 그 생각을 없애려고 애쓰지 말자. 그저 다시 호흡으로 관심을 돌리자.

3. 확대하기

이제 범위를 넓혀 머리, 척추, 어깨, 팔, 손, 골반, 엉덩이, 다리, 발까지 몸 전체를 주목해보자. 다시 한 번 무엇이 어떻게 느껴지는지, 마음은 어떤지 주의를 기울이자. 마지막으로 여러분을 둘러싼 공간과 그 공간에 있는 소리와 빛을 의식해보자. 눈을 감고 있다면 눈꺼풀을 통해 들어오는 빛을 느껴보자. 이제 천천히 몸을 움직이면서 아주 부드럽게 눈을 떠보자.

글자 그대로 딱 3분만 맞춰서 할 필요도 없고, 각 단계를 정확히 같은 시간과 간격으로 진행하지 않아도 된다. 원한다면 3분 동안 타이머를 맞춰도 되지만 꼭 그럴 필요는 없다. 이 연습을 얼마나 하든 도움이 될 것이다. 중요한 점은 감각에 주목하는 시간을 가짐으로써 명상에 친숙해질 수 있다는 점이다. 일상생활 도중 약간의 여유가 있을 때, 예를 들어 마트 계산대에서 줄을 서 있거나 신호 대기 중이거나 회의 시작 몇 분 전에 정신을 집중하고 심호흡을 몇 번 하는 것으로도 명상을 할 수 있다.

마음챙김 명상 2

호흡에도 연습이 필요하다

내가 아는 모든 전통적인 명상에는 마음챙김 호흡 연습이 포함되어 있다. 다양한 명상법마다 이 연습이 포함되어 있는 이유는 여러 가지이다. 첫째, 호흡은 우리를 몸과 연결시켜준다. 그리고 몸에 집중하면 그만큼 잡생각이 덜 든다. 호흡은 또한 우리를 정서와 연결시켜준다. 호흡하는 속도와 깊이는 우리의 감정에 좌우되기 때문이다. 호흡은 본질적으로 항상 변하기 때문에 좀 더 정적인 감각으로 관찰하기 쉽다. 그리고 우리는 항상 호흡하고 있기 때문에 특별한 도구가 필요하지도 않다.

이 단계는 호흡을 조절하는 연습이 아니다. 우리는 여기서 어떤 식으로든 호흡을 바꾸는 게 아니라, 그저 몸과 마음에서 일어나고 있는 일들을 아주 부드러운 호기심으로 관찰할 뿐이다. 이 단계에서 하는 연습은 3분 호흡 연습과 다르지 않다. 단지 호흡에 좀 더 오랜 시간을 할애할 뿐이다.

1. 준비하기

명상을 시작하기 전에 부드러운 소리가 나는 타이머를 맞춰두면 좋다. 처음에는 10분을 목표로 하자. 그 정도면 인내심을 시험할 만큼 길지 않으면서 일상에서 의미 있는 변화를 이끌어낼 수 있기 때문이다. 그보다 더 길면 지루하거나 불편해져서 빨리 끝내고 싶은 마음이 들지도 모른다. 거기다 초반부터 실패했다는 느낌을 받으면 명상 자체를 포기하게 될 가능성이 크다.

앉은 자세로 하는 명상이 가장 이상적이지만 양반다리로 앉는 게 익숙해서 그 자세가 편하지 않다면 굳이 그렇게 앉을 필요는 없다. 그럴 때는 의자에 앉아서 연습하는 편이 낫다. 앉은 자세를 취하면 허리가 뻣뻣하거나 구부정해지지 않으며, 우아하게 척추를 세우고 가슴을 연 채 긴장을 풀면 가장 바람직하다. 사무용 의자나 식탁 의자에 앉는다면 의자에 등이 닿게 엉덩이를 깊숙이 밀어넣고 허리를 세워 구부정해지는 자세를 피할 수 있다. 이러면 의자 등이 골반이나 척추 아랫부분을 지지해주어 큰 힘을 들이지 않고 자세를 유지할 수 있다.

목 뒤쪽 근육의 긴장을 살짝 풀어보자. 종종 여기에 힘이 들어가는 경우가 많다. 목 뒤 근육이 부드럽게 풀리면서 이완되면 고개 각도도 교정된다. 머리가 척추 위에서 아주 가볍게 균형 잡힌 상태로 살짝 들리고 턱을 안쪽으로 살짝 넣으면 가장 이상적이다.

이제 눈을 감자. 숨을 두세 번 깊게 들이마신 후에 내쉬면서 긴장을 최대한 풀어주자.

2. 시작하기

몸에서 느껴지는 여러 감각에 집중하면서 편하게 감각이 머물 시간을 주자. 눈을 감은 상태에서도 눈꺼풀을 통해 빛을 의식할 수 있다. 눈 주위 근육의 긴장을 풀고, 허공을 보듯 눈의 초점도 부드럽게 풀어주자. 주변의 소리와 공간에도 집중하자. 바닥이나 의자와 닿아 있는 피부의 감각을 느껴보자. 근육, 관절, 피부, 기도를 통해 들어왔다가 나가는 공기의 움직임에 주의를 기울이자.

3. 호흡 탐구

호흡에 관심을 가져보자. 호흡이란 뭘까? 거기엔 어떤 감각이 있을까? 호흡은 어디서 끝나고 비호흡은 어디서 시작될까?

우리 몸에서 호흡의 영향을 받지 않는 부분이 있을까? 호흡은 "숨", 그러니까 단순한 공기 이상이라는 점을 주목하자. 물론 호흡에는 숨이 포함되지만, 마찬가지로 공기가 들어가고 나갈 때의 몸의 움직임과 연결되는 모든 감각도 호흡에 포함된다.

흉곽이 움직일 때 호흡의 가장 뚜렷한 감각이 일부 느껴진다. 흉곽은 몸 앞에서만 움직이는 게 아니라 옆과 뒤에서도 움직인다. 배의 움직임도 두드러진 감각이다. 복근이 척추를 포함해서 몸통을 완전히 둘러싸고 있다는 점을 눈여겨보자. 호흡은 단순히 근육과 갈비뼈가 움직이는 감각일 뿐 아니라 배와 가슴을 덮은 피부의 감각이기도 하다.

숨을 쉬는 동안 횡격막이 이완되는 사이에 배의 압력이 올라갔다가 내려간다. 숨을 마실 때는 척추가 길어졌다가 내쉬면 제자리로 돌아간다. 어깨가 올라갔다가 내려간다. 어깨가 올라갔다 내려가고 가슴이 조였다가 풀어지면서 팔이 움직인다. 골반강에서도 압력이 올라갔다 내려가는 게 느껴진다. 의자에 닿아 있는 엉덩이의 압력이 올라갔다가 내려가는 게 느껴질 수도 있다. 심지어 다리와 팔에서도 리드미컬한 감각의 변화를 눈치 챌 수 있다.

이제 여러분이 느낄 수 있는 감각이 아주 많으며 호흡이 신체의 모든 부분에 아주 많은 영향을 미친다는 점을 알았을 것이다.

어쩌면 호흡을 밀물과 썰물처럼 전신을 부드럽게 쓸고 가는 감각의 파도로 느낄 수도 있다. 그렇다고 해서 몸의 모든 감각을 자세히 살펴볼 필요는 없다. 우리가 인식하고 감지할 수 있는 감각은 아주 방대해서 그렇게 할 수도 없다. 그러니 수많은 감각을 느끼기 위한 최적의 상황을 찾기 힘들다고 스트레스를 받을 필요는 없다.

호흡을 관찰하는 동안 마음은 조금 고요해질지 모르지만, 그래도 계속 여러 생각이 떠오를 것이다. 가끔 이런 잡생각은 우리의 관심을 끌지 않고 조용히 뒤로 물러나 있는데, 거기에 신경을 쓸 때만 정신이 산만해지니 크게 거슬리지 않는다면 가만히 내버려두자. 대신 또다시 잡생각에 정신이 흐트러지는 게 느껴진다면, 그 사실을 깨닫는 즉시 놓아주자. 이것은 그저 명상 연습의 일부일 뿐이다. 호흡을 따라 가다가 정신이 흐트러지면 다시 호흡으로 돌아가기. 이것이 바로 명상으로 하는 일이다. 강력하게 튀어 오르는 잡생각을 계기로 다시 눈 근육의 긴장을 풀고 주의력을 손전등에서 초롱불로 바꿔보자.

마음챙김과 주의산만의 이러한 순환은 부드러운 자기연민을 불러올 수 있는 좋은 기회이다. 명상을 하다가 정신이 흐트러졌다고 심하게 자책할 필요는 없다. 잡생각에 빠져 있음을 자각하는 순간 이것이 정상임을 알고, 스스로에게 좀 더 친절하고 관대한 태도를 취하자. 또 딴생각에 빠져들었다고 스스로를 탓하는 대신 원래 있어야 할 곳으로 돌아온 마음에게 고마워하자. 계속 호흡에 집중하다가 마음이 돌아와 다시 집중하면, 타이머가 울릴 때까지 계속하면 된다.

4. 다음 단계로 넘어가기

원한다면 조금 더 오래 앉아 명상의 효과를 느껴보자. 천천히 여유 있게 몸의 감각에 집중하면서 어떤 느낌인지, 지금 마음이 뭘 하고 있는지 살펴보자. 외부의 감각에 관심을 기울여보자. 의자와 닿아 있는 느낌, 바닥에 닿은 느낌, 피부에 닿는 공기의 느낌부터 시작해보자. 그다음 빛, 소리, 공간같이 간접적인 감각에 주의를 기울여보자. 눈을 감은 채 가만히 앉아 있느라 뻣뻣해졌을지도 모를 몸을 조금씩 풀어보자. 아주 부드럽게 눈을 뜨자. 그런 다음 마치 물속에서 움직이듯이 아주 천천히 우아하게 자리에서 일어나 움직이자. 호흡을 좀 더 느끼고 싶다면 그래도 된다.

나는 오랫동안 나의 명상 스승들을 따라 "이제 명상을 끝낸다"거나 "명상을 마친다"라는 식으로 말했다. 하지만 이제는 그렇게 말하지 않는다. 이 말은 종이 울리는 순간 마음챙김을 멈춘다는 뜻이기 때문이다. 그래서 요즘은 끝내거나 마친다고 말하는 대신 다음 단계로 넘어가 마음챙김을 수행한다고 말한다.

마음챙김 명상 3

걸으면서 명상을 할 수 있을까

우리가 하는 거의 모든 일이 명상을 연습할 수 있는 기회가 된다. 식기세척기에서 설거지가 끝난 접시를 꺼내거나, 운전을 하거나, 장을 보러 가는 평범한 일도 명상 연습의 일부가 된다. 걷기도 우리가 마음챙김을 할 수 있는 일상적인 활동 중 하나이다. 마음챙김을 하며 걸을 때의 장점 중 하나는 움직일 때 몸의 감각을 인식하기가 훨씬 더 쉽다는 것이다. 명상을 처음 하는 사람들은 앉아서 명상할 때 몸의 감각을 느끼기 어려워하지만, 걸을 때는 그런 감각이 훨씬 두드러지게 느껴진다. 이 말은 걷기가 우리의 집중력을 잡아둘 수 있는 아주 강력한 닻이 된다는 뜻이다.

우리는 걷기를 아주 당연하게 받아들인다. 흥미로운 곳에 걸어갈 수는 있지만, 걷는 행위 자체는 기본적으로 지루하다고 생각할지도 모른다. 하지만 걷는 행위도 아주 풍요롭고 충만한 경험이 될 수 있다. 일상적인 활동을 마음챙김으로 하면 그것들이 아무 의미 없는 활동이 아니라는 점을 알게 되고, 평범한 하루하루를 기적으로 볼 수 있다. 우리가 매일 하는 동작이 춤이 되고 매일 들리는 소리가 음악이 되고 지루한 일상이 매력적인 활동으로 다가온다.

걷기 명상은 오랜 전통이기도 하다. 걷기 명상이란 굉장히 느린 속도로, 평소에는 몇 초 만에 이동할 거리를 몇 분을 들여 걷는 것이다. 나는 이런 명상을 아주 좋아하고 주변에도 추천하지만, 이 책에서 제시하는 연습법은 좀 다르다. 이 명상은 우리가 우편함이나 버스 정류장이나 기차역에 갈 때, 공원을 산책할 때, 또는 일상에서 어떤 목적으로 걷든 상관없이 그때 느껴지는 몸의 감각에 주의를 기울이는 방식으로 이루어진다.

걷기 명상을 연습하려면 우선 걷기 전에 잠시 멈추고 가만히 서 있을 때의 감각을 느껴야 한다. 땅을 누르는 몸의 무게와, 우리를 똑바로 서게 해주는 신체의 복잡한 균형감을 인지해야 한다. 눈 근육의 긴장을 풀고 시야에 들어오는 모든 것에 주의를 두길 권한다. 걷는 동안 마음챙김 상태를 유지할 수 있도록 여기저리 둘러봐선 안 된다. 가게 쇼윈도 안을 들여다보거나 다른 사람들이 지나가는 모습을 쳐다보는 일은 하지 말아야 한다.

계속 앞을 보면서 걷되, 살짝 고개를 숙이는 건 괜찮다. 자연스럽게 걷지만 평소보다 속도를 조금 늦춘다. 평소와 같은 속도로 걸으면 여러분의 마음도 평소와 비슷하게 산만해질 것이다. 대신 평소보다 속도를 조금 늦추면 익숙한 습관에서 좀 더 멀어지게 된다.

걸으면서 마음챙김을 할 때의 핵심은 몸에서 일어나는 감각을 관찰하는 것이다. 땅을 디디는 두 발이 어떤 패턴으로 움직이는지 살펴보는 것으로 시작하면 쉽고 구체적이어서 관찰하기 좋다. 이런 리드미컬한 감각이 여러분의 닻이 될 수 있다. 잡생각이 든다는 사실을 깨달을 때마다 다시 집중할 수 있는 지점이 되어주기 때문이다. 거기서부터 다른 부분을 의식하면 된다. 종아리 근육이 조였다가 풀리는 감각, 옷이 피부를 스치는 감각, 발바닥이 땅에 닿으면서 살, 뼈, 관절로 퍼지는 감각을 느껴보자. 허벅지와 골반의 감각과 움직임도 느낄 수 있을 것이다. 척추와 배와 가슴도 마찬가지이다. 호흡할 때의 모든 동작을 관찰하고, 그것이 걷기와 어떻게 자연스럽게 어우러지는지 살펴보자. 어깨가 움직이고 팔이 흔들리고 머리가 움직이는 방식을 살펴보자.

눈을 부드럽게 뜨고 시야를 넓히면, 걸을 때 느껴지는 모든 감각이 신체의 다른 감각들과 어떻게 연결되는지 알 수 있다. 호흡부터 시작해서 손끝까지, 공기의 흐름이 이어지는 모든 동작을 하나로 합친 우아하고 매혹적인 춤이 바로 걷기이다.

나쁜 명상은, 하지 않는 명상

가끔 명상은 만만치 않다. 우리는 말로는 명상을 하고 싶다고 하면서 하지 않을 이유를 찾아내기도 한다. 어떤 느낌을 피하고 싶을 수도 있다. 스스로를 위해 뭔가를 하는 것이 이기적이라고 걱정할지도 모른다. 명상에 빠지면 일을 제대로 못할 거라고 두려워할지도 모른다. 그래서 우리는 종종 명상을 피할 변명을 찾는다.

내게 이런 일이 일어났을 때, 나는 이 느낌을 계기로 왜 내가 명상에 저항하려 하는지 이해할 수 있을 거라 생각했다. 하지만 그렇게 생각한다고 자리 잡고 앉아 다시 명상을 시도하기가 쉬워지진 않았다. 결국 가장 중요한 것은 명상하기 싫은 마음을 분석하거나 그것과 다투지 말고, 기꺼이 그 마음을 껴안는 것이었다. 이것 역시 명상에서 아주 중요한 연습이다.

여러분도 명상을 포기하고 싶은 마음이 들면 거기에 뒤따르는 느낌을 관찰해보자. 그 느낌이 몸의 어느 부위에서 감지되는가? 어떤 형태, 어떤 질감인가? 거기서 어떤 생각이 일어나나? 이런 점에 주목하면서 저항하는 마음 옆에 머물러보자. 이것을 마음챙김의 대상으로 삼자. 저항이란 마음이 갈등을 일으키는 상태이고,

거기엔 두려움도 있을 수 있다. 이런 느낌이 모여 고통이 된다. 이 고통을 친절하게 대하며 안심시켜보자. "괜찮아. 넌 괜찮아질 거야. 내가 잘 보살펴줄게."

마음속 저항감에 주목하는 순간 당신은 이미 명상을 하고 있는 셈이다. 당신의 저항은 더 이상 마음챙김을 방해하는 장애물이 아니라 마음챙김을 할 수 있는 기회가 된다. 그러니 어디에 있든 그냥 눈을 감아보자. 그리고 숨을 들이마시면서 그 저항을 느껴보자. 숨을 내쉬면서 그걸 느껴보자. 당신의 두려워하는 마음에게 계속 말을 걸어보자. "안녕. 난 너를 내 경험의 일부로 받아들이고 있어. 너에게 마음이 쓰이고 네가 편했으면 좋겠어. 원한다면 계속 내 마음속에 있어도 돼. 나랑 같이 명상해도 좋고." 명상을 연습하는 동안 저항감이 든다면 마음이 고요해질 때까지 계속 이렇게 말을 걸어보자.

당신이 느끼는 저항감이 구체적으로 어떤지는 중요하지 않다. 당신이 느끼는 의심은 십중팔구 계속 당신 주위를 맴돌 테니 의심과 논쟁해봤자 상황만 악화된다. 당신의 의심은 당신이 정확히 무슨 말을 할지, 어떻게 당신을 작고 무능하게 느껴지도록 만들지 잘 알고 있다. 당신은 그동안 이런 경험을 아주 많이 해왔고, 당신이 모르는 한 가지는 이 저항감을 어떻게 바라보고 받아들여야 할지 여부이다. 그러니 당신의 저항감과 입씨름을 벌이는 대신 그보다 한수 앞서 나가자. 저항감을 마음챙김과 친절로 감싸자. 저항감이 매일 느껴지면 명상에 할애하는 시간을 5분으로 줄여도 좋다. 5분이면 아주 짧은 것 같지만 중요한 건 명상에 걸리는 시간보다 얼마나 규칙적으로 하는가이다.

기억하자, 유일하게 "나쁜 명상"은 하지 않는 명상이다.

5장

인간으로 산다는, 그 어려운 일

오래전, 내가 대학생이었을 때의 일이다. 어느 날 나는 수업이 끝난 후에 여자 룸메이트인 리즈, 카렌과 오래된 미니 쿠퍼 안에 앉아 함께 하교할 다른 친구를 기다리고 있었다. 두 친구는 내 앞에서 수다를 떨고 있었고, 나는 말없이 뒤에 앉아 있었다. 당시에 나는 침울하고 짜증을 잘 내는데다 걸핏하면 남의 트집을 잡곤 했다.

친구를 기다리던 그날 오후, 두 사람은 각자 자기 아버지가 매는 넥타이에 대해 이야기하고 있었다. 나는 이런 대화에 짜증이 났다. 그때 나는 스스로가 철학, 문학, 클래식 음악과 예술에 관심이 있는 진지한 청년이라고 생각했다. '쟤들은 왜 저런 시시한 것에 집착하지? 대홧거리가 저렇게 없나?' 속으로 혀를 찼다.

둘의 대화가 계속되면서 그들을 향한 나의 혐오는 더 격렬해졌고, 어느 순간 내 마음이 고통스럽다 못해 좌초되는 게 느껴졌다. 나 스스로 마음속에 악감정으로 똘똘 뭉친 격렬한 폭풍우를 일으키고 있었던 것이다. 그러자 몇 주 전에 배웠던 자애명상이 기억났다. 이 명상은 우리가 자신과 타인을 좀 더 친절과 연민으로 대하도록 이끈다. 그때 배운 기법 중에 "내가 잘되기를. 내가 행복하기를. 내가 고통으로부터 자유롭기를"이란 말을 계속 읊는 단계가 있었다. 처음 이 말을 읊을 때 이러한 메시지가 나를 더 친절하게 만들어준다는 느낌은 없었지만, 확실히 기분이 더 좋아지고 편해진 건 사실이다.

그날 차 안에 앉아 있는 동안 이 말을 반복해봤자 기분이 달라질 것 같지 않았지만, 그래도 지금 느끼는 악감정을 해소해줄 뭔가가 절실하게 필요했다. 그래서 마음속으로 내가 잘되기를 바란다는 말을 하고 또 했다. 그렇게 2, 3분쯤 지났을 때 갑자기 내가 행복하다는 걸 깨달았다. 나는 안도하면서 동시에 놀랐다. 마치 어둡고 음울하고 보기 싫은 방을 잠시 나갔다가 돌아오니 누군가 그사이에 방을 완전히 바꿔놓은 것 같았다. 그러자 내 룸메이트들에게 따뜻하고 다정한 느낌이 들었다.

나는 이제 두 사람이 아주 인간적인 방식으로 유대감을 쌓고 있다는 점을 알아차렸고, 그동안 배웠던 자애명상 연습의 기저에 깔려 있는 원칙을 이해할 수 있었다. 처음 명상을 배울 때 우리의 감정은 날씨처럼 그냥 생겨나는 게 아니란 점을 깨닫고 놀랐던 기억이 난다. 감정은 습관과 같다. 우리 행동의 결과라는 뜻이다.

아마도 가장 놀라웠던 점은 마음속에서 일어나는 감정의 날씨를 바꿀 능력이 우리에게 있다는 것이지 않을까. 명상이 우리가 느끼는 방식을 바꿀 수 있다는 말은 설득력이 있지만, 그날 그 차에 앉아 있기 전까지는 별 효과가 없었다. 그런데 이제 내 마음대로 활용할 수 있는 아주 강력한 도구가 생긴 것이었다. 내가 느끼는 방식과 내 삶을 바꿀 수 있는 도구 말이다.

시간이 흐른 뒤에야 자신과 타인이 잘되기를 바라는 도구에 공감을 더할 때 훨씬 더 강력한 힘이 발휘된다는 점을 알았다. 이것이 바로 자기연민의 두 번째 기술이다. 그렇다면 공감의 중요성을 알아보기 전에 먼저 자애명상을 연습하는 방법을 살펴보자.

친절해지는 능력은 누구에게나 있다

처음 명상을 배울 때 내가 함양하는 것이 "자애심"이라고 배웠다. 요즘은 이 단어를 간단하게 "친절"이라고 표현한다. 자애심이란 팔리어인(고대 인도의 통속어로 불교 경전에 쓰인 말-옮긴이) 메타(metta)를 영어로 번역한 것이다.(산스크리트어로는 maitri)

나의 스승님들은 이 말이 "보편적인 친절", "보편적인 사랑"이라고 설명해주셨는데 안타깝게도 이 뜻은 아주 숭고하고 멀고 낯설게 느껴진다. 대부분의 사람들은 명상을 배우기 전에는 자애심이라는 말을 들어보지 못하는데, 우리가 일상적으로 쓰는 어휘가 아니기 때문에 익숙한 감정이 아닌 것 같다고 느낀다.

실제로 나는 많은 사람들이 자신이 "자애심"을 느낀 적이 있는지, 앞으로도 그런 감정을 느낄 일이 있을지 모르겠다며 회의감을 품는 모습을 보았다. 많은 사람들이 명상을 하면서 "보편적인 사랑"이라는 강렬한 감정이 일어나길 기대했다가, 느껴지지 않으면 절망하면서 자신이 실패했거나 명상을 잘못한 게 아닌가 하는 회의감에 빠졌다. 그런 이들에게 자애명상이 자기의심과 자기비판이 곳곳에 박혀 있는 정서적 지뢰밭이 된 것은 사실이다. 당연히 나쁜 경험을 한 사람들은 자애명상을 피하고, 좀 더 단순한 마음챙김 명상에만 집중한다.

메타 명상을 자애명상이 아니라 친절함으로 생각해보자. 이제 우리는 단순하게 자신과 타인에게 좀 더 친절해지기를 목표로 삼으면 된다. "친절"은 평범하고 접근하기 쉬운 말이다. 이 말을 들어도 주눅이 들지 않고, 숭고하거나 멀게 느껴지지도 않는다. 이것은 구체적이고 친숙하다.

우리 모두는 한번쯤은 친절을 경험한 적이 있다. 잠깐 짬을 내

practice

타인에게 친절했던 시기와 그때 자신의 모습을 떠올려보자. 당신이 누군가를 친절하게 대할 때 당신의 몸에서 어떤 감각이 느껴지나? 당신은 어떻게 말하는가? 어떤 기분이 드는가?

우리가 스스로를 비판할 때는 친절한 면을 인식하기 힘들다. 그럴 때는 반려동물이나 갓난아기에게 어떻게 대할지 상상해보자. 어떤 식으로든 친절해지기로 결심했다면, 당신은 아주 단순한 자질을 타고났다는 점을 알아두자. 지금보다 더 친절해질 수 있다는 자신감을 갖자. 어쩌면 지금 이 순간에도 그런 일이 일어날 수 있다. 과거에 누군가에게 친절했던 경험을 떠올리다 보면 실제로 좀 더 친절해질 가능성이 커진다.

서 당신이 아는 친절한 사람을 생각해보자. 그들이 어떻게 보이고 어떤 느낌이 드는가? 아마 당신은 그들의 친절을 도움이 되거나, 관대하거나, 다정하면서도 강인한 기질이라고 여기거나 겸손의 표시로 볼 지도 모른다. 어쩌면 친절한 사람은 진실한 사람이라고 느낄지도 모르겠다.

하지만 무엇보다 당신은 그들이 당신의 행복과 건강에 관심을 가진 사람이라고 느낄 것이다. 이것이 바로 친절의 본질적 특징이다. 나는 우리 모두 자신이 유독 친절했던 때를 기억할 수 있다고 확신한다. 그렇다면 우리가 이미 가지고 있는 친절을 인식하는 것도 어렵지 않다.

만약 당신이 자애명상을 시도한 적이 있다면, 자애명상이란 단어를 친절로 바꿔보는 이 방법이 도움이 됐으면 좋겠다. 나는 이렇게 한 후로 확실히 명상이 쉬워졌다. 아주 간단하다. 친절은 단순하고 소박하다. 친절은 평범하며 인간적이다. 친절은 연민의 기초이며, 고통과 마주할 때 연민이 솟아나게 한다.

친절은
공감에 의지한다

아일랜드의 시인 존 오도나휴는 연민과 공감이 어떻게 연결되는지 이렇게 묘사했다. 이 말은 연민뿐 아니라 친절에도 적용된다.

"연민은 타인의 입장이 되어보는 것이 어떤 느낌인지 생생하게 상상할 수 있는 능력이자 개인이라는 섬에서 타인이라는 섬으로 다리를 놓아주는 힘이다. 연민은 당신만의 시각, 한계, 자아 밖으로 나갈 수 있는 능력이자 타인에게 자신의 약점을 드러내면서 타인을 격려하고, 비판적이고도 창의적인 방식으로 배려하는 능력이다. 연민은 상상을 통해 당신과 완전히 다른 세계로 들어갈 수 있는 능력이자, 다른 사람들이 느끼는 감정을 자신도 느끼는 능력이다."

타인이 감정이 있는 존재임을 인식하고 공감하지 않는 한, 우리는 친절할 수도 연민을 가질 수도 없다. 친절은 타인도 우리처럼 감정이 있다는 사실을 인지하는 것을 기본으로 한다. 당신이 고통받는 것처럼 그들도 고통받는다. 당신이 기쁨을 느끼듯 그들도 기쁨을 느낀다. 당신의 감정이 당신에게 현실적이듯 타인에게도 마찬가지이다. 그리고 타인도 당신처럼 고통보다 행복을 더 좋아한다. 이런 사실을 공감하고 인식하고 절실하게 느낄수록, 타인에 대한 우리의 행동은 저절로 달라진다. 그들이 하는 말을 들어주고, 그들을 소중하게 여기고 감정이 있는 존재로서 존중받는다고 느낄 수 있게 행동하게 된다. 그들의 오랜 행복과 안녕을 고려한다. 그들이 다칠 수 있는 그 어떤 말과 행동도 하고 싶어 하지 않는다. 이것이 친절이다.

전통적인 불교 문헌은 공감과 친절의 관계를 이렇게 표현한다. "내게 불쾌하고 싫은 것은 남도 마찬가지이다. 내게 불쾌하고 싫은 일을 어찌 남에게 할 수 있겠는가?" 부처가 한 또 다른 유명한 말이 있다. "모두 폭력 앞에서는 덜덜 떤다. 목숨은 누구에게나 중요하다. 남의 입장에 서면, 살인을 해도 안 되고 남이 살인을 하게 만들어서도 안 된다."

친절과 연민의 관계는 상당히 단순하다. 친절은 안녕과 행복을 바란다. 고통은 그 목표를 이루는 데 방해가 되기 때문에 연민은 고통을 없애길 원한다. 따라서 연민은 기본적으로 친절과 고통이 만날 때 생겨난다.

꽤 오래전에, 친구와 함께 시간을 보내면서 기분이 아주 좋았던 적이 있다. 자애명상을 할 때 종종 느꼈던 기쁨이 마치 내 심장을 따뜻하게 에워싸는 온기처럼 느껴졌다. 그런데 지금 내 마음이 기뿜으로 가득 찬 게 느껴진다고 말하자 친구는 이렇게 말했다. "넌 지금 기쁨으로 가득 찬 사람처럼 보이지 않는데. 사실 네 생각에만 빠져 있는 것 같아." 친구의 말에 잠시 혼란스러워지면서 창피했지만 곧바로 친구의 말이 옳다는 점을 깨달았다. 나는 행복하다고 느꼈지만 친구와 마음이 통하지 않았고, 심지어 나 자신에게도 공감하지 못하는 상태였기 때문이다.

그날 친구는 나에게 한 가지 중요한 사실을 가르쳐주었다. 우리가 사랑이나 친절이라고 부르는 메타는 단순한 느낌이 아니라는 것이다. 마음속에 친절이 가득해도 별 느낌이 들지 않을 수도 있고, 기분이 아주 좋지만 상대에게 별로 공감되지 않을 수도 있다.

친절은 갈망이다. 친절은 타인의 안녕을 소중하게 생각하고, 타인이 잘 지내길 바란다. 당신이 누군가에게 친절할 때 당신의 감정은 그들의 행복과 불행의 파장에 맞춰져 있다. 당신은 그들이 안심하길 바란다. 그들이 고통받길 원하지 않는다.

감정은 당신의 바람이거나 자유의지이다. 친절은 당신의 바람에 감정이, 특히 다정함과 온기와 환희 같은 감정이 포함된 것과 같다. 하지만 감정은 친절과 공감 없이도 존재할 수 있고, 친절과 공감 역시 감정 없이 존재할 수 있다.

친절이 느낌이라는 추정은 "자애명상"을 할 때 많은 사람들이 겪는 문제의 근원이다. 일부 명상은 사람들에게 마음속 사랑의 느

practice

짬을 내서 누군가를 사랑과 애정으로 바라보는 것이 어떤 느낌인지 기억해보자. 다정함, 친절, 배려, 연대와 같은 성향이 그 시선에 깃들게 해보자. 이런 성향이 듬뿍 담긴 마음을 품어보자. 그 마음에서 어떤 감정이 솟아나는지 관찰해보자.

아마 당장은 어떤 감정도 생기지 않을 것이다. 그래도 괜찮다. 어느 한쪽으로 치우치지 않은 마음을 친절하게 살펴보자. 기분이 좋아진다면 그 기분 역시 친절한 눈으로 바라보자. 불쾌한 느낌이 든다면 그 또한 애정 어린 눈으로 바라보자.

친절은 우리가 찾는 특정한 대상이 아니며 우리의 시선이 먼저 친절해야 한다는 점을 잊지 말자.

낌을 찾은 다음, 그걸 자신과 주변에 퍼뜨리라고 가르친다. 하지만 마음에 사랑이 없는 경우도 왕왕 있다. 어떤 사람들은 자신의 마음속에서 사랑이 샘솟게 하려고 아무리 열심히 노력해도 그런 감정이 생기지 않으면, 자기에게 뭔가 근본적인 결핍이 있다고 여긴다. 그래서 자신은 살면서 사랑이라는 근사한 영적 자질을 경험할 수 없다고 생각한다. 이런 사람들은 한동안 명상을 해보려고 애를 쓰다가 결국 자기혐오를 견디지 못하고 포기하게 된다.

그런데 친절이 감정이 아니라 의도라는 점을 깨달으면 이런 일을 피할 수 있다. 친절할 때 기분이 좋아지면 도움이 많이 되지만, 친절과 연민 그 자체는 감정이 아닌 갈망이라는 점을 기억하자.

세 가지 차원의 공감

플로리다 주에 있는 에커드 대학교의 심리학자 마크 데이비스에 따르면, 공감에는 세 가지 차원이 있다. 나는 그것을 인지적 공감, 정서적 공감, 연민 어린 관심이라고 표현하겠다.

이 세 가지를 설명하기 위해 여러분이 길을 걷다가 새끼 고양이 한 마리가 높은 나뭇가지에 매달려 덜덜 떨고 있는 모습을 봤다고 상상해보면 좋겠다. 새끼 고양이는 눈을 크게 뜬 채 울고 있다. 여러분은 이 고양이가 무서워하고 있다는 점을 이해하는가? 이것이 바로 인지적 공감이다. 인지적 공감으로 우리는 다른 사람의 감정과 갈망과 생각을 이해할 수 있다.

우리는 고양이가 무서워한다는 걸 알고 있다. 고양이가 땅에 내려오고 싶어 하고 그러다 떨어질까 봐 두려워서 움직이지 못한다는 점도 이해하고 있다. 그렇지만 모든 사람이 이 고양이에게 마음을 쓰지는 않는다. 타인의 고통을 보며 쾌감을 느끼는 반사회적 인격 장애자도 인지적 공감은 한다. 이런 사람들은 타인을 조종하고 해코지하려고 인지적 공감을 이용하기도 한다.

두 번째로 정서적 공감이 있다. 우리의 마음은 타인의 고통에 반응한다. 데이비스는 이걸 "개인적 고통"이라고 불렀다. 고양이가 두려워하는 모습을 상상할 때 여러분의 마음이 움직이는 게 느껴지는가? 고양이를 보고 걱정이 되었다면 여러분의 심장이 빨리 뛰고 뭔가 행동하려고 준비할 것이다. 여러분은 고양이가 겪는 상황을 알고 이해했을 뿐만 아니라 그 고통을 나누려 한다. 하지만 이 고통은 여러분에게나 고양이에게나 도움이 되지 않을 수도 있다. 여러분은 너무 마음이 괴로운 나머지 고양이가 매달려 있는 나무 밑에서 아무것도 못할지도 모른다. 정서적 공감이 나쁜 건 아니지만, 정도가 지나치면 상황에 대한 통제력을 잃을 수도 있다.

세 번째로 연민 어린 관심이 있다. 이 차원에서는 타인의 고통을 동정할 뿐 아니라 그들을 돕고 싶은 감정을 느낀다. 새끼 고양이의 고통을 덜어줄 의욕이 있는가? 구해주고 싶은가? 이 연민어린 관심이 우리를 자극해서 상황에 따라 나무 위로 직접 올라가거나 소방대에 고양이를 구조해달라고 신고하게 만든다. 이런 공감은 근본적으로 친절과 연민과 같다.

인지적 공감과 정서적 공감 없이는 친절과 연민을 품을 수 없다. 고양이의 두려움을 이해하지 못하거나 마음이 움직이지 않았다면, 연민은 생기지 않는다. 그러니 연민을 키우고 싶다면 먼저 인지적 공감과 정서적 공감을 강화시키는 일부터 시작해야 한다.

공감을 강화하기

내가 처음 자애명상을 배울 때만 해도 공감을 언급하는 경우는 거의 없었다. 나는 마음을 고요하게 하고, 몸과 마음이 하나가 된 후에 앞서 언급했던 구절들을 반복해서 읊으라고 배웠다. "내가 잘되기를. 내가 행복하기를. 내가 고통으로부터 자유로워지기를." 그다음에는 다른 사람들을 떠올리면서 이 말을 반복하라고 배웠다. 이렇게 곧바로 타인의 행복을 빌어주는 단계로 들어가다 보니, 나는 공감이라는 게 마음속에서 저절로 솟아나는 것이라고 짐작했다.

하지만 나의 경험으로 보건대, 그리고 지난 몇 십 년 동안 같이 수행했던 다른 명상가들의 의견을 듣건데 그렇지 않았다. 자애명상을 어렵게 생각하는 건 이 때문이라고 생각한다. 그들이 어려워했던 이유는 친절해지려면 먼저 인지적 공감과 정서적 공감이란 토대를 쌓아야 했는데 그러지 못했기 때문이었다.

친절을 기르기 전에 공감이라는 토대를 튼튼하게 쌓아두면 자애명상을 좀 더 효과적으로 할 수 있다. 그럼 공감을 어떻게 강화하는 걸까? 나 같은 경우는, 먼저 인간으로서 처한 실존적 상황을 인지하고 이해한 다음, 나 자신을 위한 정서적 공감을 개발하는 단계로 나아갔다. 이런 단계를 다 거치자 마지막으로 친절 즉 연민어린 관심을 키울 수 있는 좋은 환경이 마련되었다. 이런 식으로 스스로에 대한 친절을 키우면, 자연스럽게 타인에게도 친절해진다.

이제 아래 글을 천천히 읽고, 하나하나 시간을 들여 이해한 다음 마음속으로 연습해보길 권한다. 그리고 이 책에서 소개하는 방법을 지금까지 살아온 경험과 최대한 솔직하게 비교해보면서 자신이 완벽하다는 생각, 인생에서 "성공"했다고 여기고 싶은 욕망

practice

공감에서
친절과
연민으로

1. 바닥이나 의자에 앉아서 쿵쿵 뛰는 심장과 오르락내리락하는 호흡을 함께 느껴보자. 내 몸은 나이 들어가고 있으며, 다른 사람들이 그러하듯 다치고 아프기 쉽다. 당신이 몸이라는 형체를 가진 살아 있는 존재로서 지구에서 영원히 살진 않을 존재란 점을 인식하자. 이런 생각이 불편하다면, 그 느낌을 받아들이고 친절한 눈으로 바라볼 수 있을지 한번 살펴보자.

2. 당신은 느끼는 존재라는 점을 인식하자. 바로 이 순간에도 당신은 별다른 느낌이 없을 것이고, 가끔은 고통스러워하고 때로는 행복해한다. 이런 현실을 고려해보자. 행복했던 순간과 불행했던 순간을 떠올리고, 당신의 느낌이 중요하다는 점을 인식하자.

3. 당신의 가장 깊은 소망은 당신이 안녕, 행복, 평화를 향해 다가가고, 가능하면 고통이 없는 곳으로 도망치는 것이라는 점을 생각해보자. 불행했던 순간들을 떠올릴 때, 그 고통에서 자

유로워지고 싶은 갈망이 있나? 평화롭거나 행복하거나 잘 지냈던 때를 떠올릴 때, 그 순간에 머무르고 싶은 마음이 있나? 당신은 행복해지고자 하는 가장 큰 갈망을 품고 있는 존재란 점을 인식하자.

4. 행복은 연기처럼 자주 내 손에서 빠져나가며, 고통은 우리가 생각하는 것보다 더 자주 찾아온다는 점을 잊지 말자. 스스로를 분투하는 존재, 인간으로 살아가는 힘든 일을 하는 존재라는 점을 인식하자.

5. 마지막으로 몇 분 동안 다음과 같은 말로 스스로에게 친절과 지지를 베풀어주자. "내가 잘 지내길. 내가 행복하길. 내가 편안하길."

이나 방어적인 태도를 버리고, 나약한 면을 있는 그대로 솔직하게 느껴보길 바란다. 각 단계는 1~2분 정도 하고, 마지막 단계에서는 좀 더 오래 머물러보길 바란다.

이 연습으로 당신은 스스로를 느끼는 존재로 자각했다. 당신은 스스로를 지지가 필요하고 지지받을 가치가 있으며, 마지막 단계인 연민어린 관심 혹은 진정한 연민을 표현하기 전에 스스로를 위해 인지적, 정서적 공감을 키울 만한 가치가 있는 존재라는 사실을 알게 되었다. 사실 마지막 단계에 이르면 이미 자발적으로 스스로에게 친절, 격려, 지지를 베풀고 싶은 마음이 느껴질 것이다.

이런 식으로 스스로를 돌아보다가 심적 고통을 느끼는 경우도 많다. 행복과 평화와 안녕을 갈구하는 면을 생각하다 보면 자기방어 차원에서 혹은 그동안 의무감에서 억눌려왔던 갈망들과 마주하기 때문이다. 우리는 지금까지 대부분의 시간을 스스로에게나 타인에게나 실제보다 훨씬 더 행복한 척하거나 고통에서 회복 중인 척하며 살아왔다.

위에서 소개한 연습은 자신의 취약성을 경험할 수 있도록 우리의 마음을 활짝 열어젖히는 만큼, 불편할 수 있다. 불편한 감정은 완벽하게 정상이며 부정적인 감정이 생기면 긍정적인 발전으로 받아들여야 한다. 이것도 모두 정서적 공감의 일부이기 때문이다.

practice

우리가 해야 할 일 중 하나는 친절해야 한다는 점을 기억하는 것이다. 친절을 잊지 않도록 상기시켜줄 간단한 만트라 하나를 찾아보길 권한다. "감정이 있는 존재"라는 단순한 구절이 있는데, 이 구절은 당신이 타인과 관계를 맺을 때 그들의 안녕을 염두에 두어야 한다는 점을 상기시킨다.

가끔 나는 "평화와 사랑"이란 문구를 떠올린다. 이 말은 마음챙김과 친절 두 가지를 일깨운다. "친절"이라는 간단한 말 하나로도 자신과 타인에게 좀 더 공감하고 다정하게 대하는 데 도움이 될 수 있다. 여러분도 이런 마음을 일깨워줄 비슷한 구절이나 표현을 찾아보길 권한다.

당신이 처한 상황에 마음이 움직이고 있다는 뜻이고 스스로를 안타깝게 여기고 있는 것이라고 생각하자. 이런 감정이 크나큰 고통을 유발하지 않게 하려면, 마음챙김과 친절로 이들을 껴안아야 한다. 스스로에 대한 연민 어린 관심은 정서적 공감이 자기동정으로 변하지 않도록 막아준다.

이 연습을 통해 친절을 키우면, 먼저 스스로에게 공감하고 연민 어린 관심을 주는 그 방식대로 타인도 그렇게 대할 수 있다. 타인도 나처럼 자기 인생을 살아가느라 애쓰며, 감정이 있는 존재로 바라본다. 인간으로 살아가는 힘든 일을 한다는 공통점 덕분에, 우리는 타인에게 공감하고 진심으로 그들이 잘되기를 이전보다 훨씬 더 쉽게 바랄 수 있다.

의사소통으로서의 자기친절

자애명상을 하다가 우연히 이 접근법을 발견했을 때 내 수행이 좀 더 깊은 차원으로 들어갈 수 있으리라 짐작했다. 자기공감을 바탕으로 나와 주변의 행복을 바라는 내 마음이 좀 더 진심으로 느껴졌다. 또한 더 이상 이런 표현을 기계적으로 반복하면서 효과가 있길 바라지 않게 되었다. 좀 더 깊은 차원의 자기공감을 바탕으로 스스로를 지지할 수 있게 된 것이다. 내가 스스로에게 하는 말들은 선천적으로 친절하고 연민에 찬 마음에서 우러나온 진심 어린 메시지로, 지지와 격려가 필요한 힘든 순간에 나의 내면으로 전달되었다.

내가 하는 말들도 달라지기 시작했다. 나는 "내가 스스로와 타인에게 친절하기를"이라는 말을 세 번째 표현으로 쓰기 시작했다. 이 방법도 친절을 키우기 위한 것인데, 이 말을 반복하면서 스스로에게 그 목표를 일깨워주니 훨씬 더 도움이 되었다. 가끔 나 자신과 대화를 할 때 1인칭이 아닌 2인칭을 써보기도 했다. "당신이 잘 지내기를. 당신이 행복하기를. 당신이 자신과 타인들에게 친절하기를." 명상을 할 때 "나"라는 말을 빼니 기분이 한결 좋았고, 나 자신을 마치 사랑하는 친구처럼 대하는 것도 신선했다. 가끔은 대상을 우리로 바꾸기도 했다. "우리가 잘 지내기를. 우리가 행복하기를. 우리가 자신과 타인들에게 친절하기를." 덕분에 나라는 존재가 하나가 아닌 삶의 기복을 함께 겪는 각기 다른 요소들의 집합이라고 인식할 수 있었다.

익숙한 말이 사라지고 대신 마음에서 우러나오는 말을 반복하기도 했다. "괜찮아. 난 그저 내가 옆에 있다는 걸 알아줬으면 해.

내가 너를 좋아하고 네가 행복하길 바라는 마음을 알아주면 좋겠어. 가끔 사는 게 힘들지만 네가 혼자가 아니란 걸 알면 좋겠어. 우린 함께 이 어려움을 헤쳐 나갈 거야."

학생들에게 이런 방식으로 스스로에게 말을 걸어보라고 하면 많은 경우 쑥스러워서 뭐라고 해야 할지 모르겠다고 대답했다. 그러면 나는 일단 이렇게 시작해보라고 권했다. "난 그냥 네가 알아줬으면 좋겠어……." 그다음으로 자신에게 공감할 때 자연스럽게 흘러나오는 말을 해보라고 했다. 이런 식으로 자신과 소통하는 경험은 놀라울 정도로 다정하고 따뜻하며, 친밀하고 진심을 담을 수 있다. 이런 방법들을 하나하나 써보면서 어떤 것이 본인과 제일 잘 맞는지 알아보길 바란다.

자신 자신에게 공감하려면

자기공감이란 발상이 새로울 수도 있고, 어쩌면 이상하게 들릴 수도 있다. 나는 이 표현을 아내에게 처음 들었는데 그때는 우리가 어느 정도 행복한 결혼생활을 하고 있던 시절이었다. 그런 개념이 존재한다는 사실을 아는 것만으로도 아주 큰 계시를 받은 것 같아서 아내가 처음 그 말을 했을 때 우리가 어디 있었는지 아직도 정확하게 기억이 난다. 나는 스스로에게 공감한다는 발상을 지금까지 한 번도 떠올리지 못했다는 데 깜짝 놀랐다. 이 발상은 내가 품고 있던 수많은 의문을 해결해주었는데, 그중 하나는 바로 전년도에 몇 주 동안 원인을 알 수 없는 심각한 우울증에 시달렸다는 것이었다.

그때 나는 내가 왜 불행한지 알 수 없었다. 객관적으로 보면 모든 일에 문제가 없었다. 아내와의 관계는 만족스러웠다. 내가 제작한 CD 하나는 1년 동안 아마존 명상 부문 베스트셀러에 올라와 있었다. 나는 몇 년 만에 처음으로 돈 걱정을 안 해도 될 정도로 충분히 벌고 있었고, 건강했다.

그런데, 모든 게 좋았지만 인생의 낙이 없었고 가끔 크나큰 절망과 무력감이 밀려와 꼼짝할 수 없었다. 아침에 침대에서 일어나지 못했고, 생활이 안 될 정도로 심각하진 않았지만 어쨌든 우울했다. 상태가 너무 나빠져서 의사를 찾아 내가 우울하다는 사실을 인정했고, 의사는 항우울제를 처방해주었다. "금방 효과가 나타나길 기대하진 마세요. 적어도 몇 주는 지나야 차도가 느껴질 겁니다. 그리고 서서히 좋아질 거예요."

의사의 말을 들은 다음 날, 갑자기 먹구름이 걷히고 태양이 뜬 것처럼 기분이 바뀌었다. 마음을 무겁게 짓누르던 슬픔과 절망이 사라졌다. 내 마음은 한없이 가볍고 기쁨으로 가득 찼다. 약을 딱 한 알 먹었는데, 그 변화는 약과는 아무 상관이 없었다. 변화가 일어난 이유는, 내가 도움이 필요하다고 타인에게 표현했기 때문이었다.

인생이 순조롭게 풀리고 있을 때도 우리는 더 많은 걸 바랄 수 있다. 내가 바로 그랬다. 나는 일에서 좀 더 많은 성공을 거두고 싶었다. 그런데 현실은 그러지 못해서 불행했던 것이다. 그것이 첫 번째 화살이었다. 그리고 그 불행의 바로 밑에서 작은 목소리가 속삭였다. "당신은 사람들에게 더 행복해지라고 가르치면서 정작 자신은 행복하지 않군. 자기 일 하나도 제대로 못하고 말이야. 당신은 엄청난 사기꾼이야!" 이 두 번째 화살 때문에 잠깐 불만스러웠다가 말았을 증세가 병원까지 가야 할 심각한 우울증으로 발전했던 것이었다.

그때 내가 겪은 문제는 바로 스스로의 고통에 공감할 수 없었다는 점이었다. 나는 내 고통스러운 갈망이 인간으로 살아가는 이 힘든 여정의 피할 수 없는 일부라는 점을 몰랐다. 나는 스스로에게 공감하는 대신 비난했다. "넌 고통스러워하면 안 돼. 고통은 인생에 실패했다는 증거잖아. 넌 무능해. 넌 사기꾼이야." 이렇게 비난받은 불만이 절망으로 변한 것이었다.

처음 불만이 생겼을 때 거기에 공감할 수 있었다면 나 스스로를 인간적으로 지지하면서 아마 이렇게 말했을 것이다. "저런. 넌 고통스러워하고 있구나. 정말 안쓰럽네. 난 너를 아끼고 있고, 네 마음이 편해지면 좋겠어. 괜찮아. 난 네 옆에 있어."

아마 내가 그때 친구에게 내 상황을 말하고 공감을 얻었다면 나 자신을 좀 더 잘 이해했을지도 모른다. 그때 명상을 했다면 평소의 낙관적인 나로 돌아갔을 것이다. 하지만 나는 그러지 못했고 몇 주 동안 비참한 기분에 빠져 있었다. 내 고통을 살피고 공감하지 못한 무능함이 더 깊은 고통을 초래했던 것이다.

우리의 인생은 고통받게 되어 있다

18세기 스코틀랜드 목사인 존 왓슨은 이안 맥클라렌이라는 필명으로 설교문에 이렇게 썼다. "만나는 모든 사람에게 친절하세요. 그들은 힘겨운 전쟁을 치르고 있습니다." 여기서 "모든 사람"에 당신이 가장 자주 만나는 당신 자신도 포함된다. 당신은 인간으로 살아간다는 아주 힘든 일을 하고 있다. 우리 모두처럼 당신도 고통받게 되어 있다.

우리가 고통받는 이유는 인생에 실패해서가 아니라 기나긴 세월 동안 인간이 그렇게 진화했기 때문이다. 앞에서 말한 것처럼 모든 생명체는 자신의 안녕을 추구하고 고통을 피하는 쪽으로 설정되어 있다. 식물은 빛을 향해 자란다. 아주 단순한 아메바조차 독성이 있는 물질을 피하고 영양소를 향하게 되어 있다. 우리라고 다르지 않다. 행복을 추구하고 고통에서 도망치는 것이 우리의 가장 뿌리 깊은 욕구라는 말은 바로 이런 뜻이다. 모든 것이 바로 이 욕구에서 생겨난다. 결국 우리가 하는 모든 행동은 절박한 욕망을 충족시키려는 시도이다.

아이러니하게도 우리의 좀 더 파괴적인 충동 역시 인생의 안녕과 행복을 추구하려는 갈망의 결과이다. 예를 들어 어떤 사람이 뭔가에 중독되어 생계나 인간관계가 위태로워졌다면, 중독되고자 하는 갈망에 굴복해야 현실의 고통으로부터 도망칠 수 있다고 확신했기 때문인 경우도 많다. "좋았어. 지난 100번은 잘 안 됐지만, 이번에는 잘될지도 몰라." 우리는 오랜 진화를 통해 자신의 안녕과 행복을 추구하고 싶은 욕구를 갖게 됐지만, 실제로 그걸 가질 도구는 제대로 갖추지 못했다.

사실 우리는 인생의 안녕과 행복을 유지하려는 시도 때문에 더 큰 고통을 받는 경우가 많다. 우리는 모순되는 우선순위를 갖게 되었다. 알다시피, 우리의 뇌는 처음부터 정교하게 설계된 것이 아니라 단순한 세포로 시작해 수억 년의 세월이 흐르는 동안 새로운 세포와 단위들이 겹겹이 발전하면서 완성되었다. 그래서 우리의 본성은 "자아"나 "뇌" 같은 단어로 단순하게 표현하기에 좀 더 복잡하고 모순된다.

지난 20세기에 신경과학자들은 뇌에 "삼위일체" 같은 구조가 있다고 생각했다. 이제는 그 모델이 뇌의 실제 구조와 다르다는 점을 알지만, 여전히 뇌 구조는 종종 모순되는 충동을 이해하는 쓸모 있는 방식이다. 뇌의 세 구조는 파충류 시스템, 오래된 포유류 시스템, 새로운 포유류 시스템이다. 이 세 구조가 서로 상호작용하기 때문에 우리는 어쩔 수 없이 고통받게 된다.

파충류 시스템은 본능을 따르며 경직된 패턴으로 작동한다. 이것은 우리를 위험한 상황으로부터 보호하는 데 초점이 맞춰져 있어서, 위협이 느껴지면 도망치거나 싸우거나 그 자리에서 얼어붙는 식으로 반응한다. 진화의 역사를 보면 파충류 시스템은 우리의 목숨과 신체를 위협하는 상황을 찾아다닌다. 다행스럽게도 오늘날에는 이런 기능은 덜 작동하지만, 기본적으로는 우리를 보호하느라 목숨이 위태롭지 않은 일상적인 사건에도 마치 지금 초원에서 살아남으려고 발악을 하듯이 공황상태에 이르는 반응을 유발한다.

면접을 보는 자리에서 당신은 심사위원들에게 질문을 받는 게 아니라 당신을 갈기갈기 찢어발길 야생의 동물 무리와 마주하고 있는 것처럼 심장이 사정없이 뛸지도 모른다. 이런 반응 때문에 긴장을 풀고 최선을 다하는 모습을 보여주기가 더 힘들 것이다. 당신의 내면에 있는 도마뱀은 당신을 보호하려고 애쓰다 결국 당신을 더 고통스럽게 만든다. 하지만 이건 당신의 잘못이 아니다. 당신은 원래부터 이렇게 만들어져 있었다. 자기연민 명상을 할 때 우리가 하는 일의 대부분도 바로 이 파충류 뇌를 안심시키는 것이다.

삼위일체 뇌의 두 번째 요소는 오래된 포유류 시스템으로, 뇌의 대뇌변연계 또는 감정적 회로를 구성하고 있다. 오래된 포유류 뇌는 유대, 소속감 같은 부분에 관심이 있고 보상을 추구한다. 이 뇌는 호기심이 많고 가만히 있질 못하며, 불안해하고 때로는 다정하다.

파충류와 비교하면 포유류는 다양하고 복잡한 감정을 느낀다. 우리는 배우자와 자녀들과 감정적 유대 관계를 맺는다. 오래된 포유류 뇌에서 만들어내는 이런 유대감은 큰 만족감을 준다. 하지만 오래된 포유류 뇌 역시 우리를 고통받게 만든다. 우리는 소속감을 확인하고 싶어 하기 때문에 자주 타인이 우리를 받아주는지 여부에 관심을 가진다. 우리는 우리가 속한 다양한 집단에서 우리의 위상을 알고 싶어 자주 안달한다. 우리는 다른 사람들이 우리를 소중하게 여기는지 알고 싶어 한다. 그래서 자주 자신감이 사라지고 불안해하며 고통받는다.

집단 내에서 우리는 다른 사람들과 협력하는 동시에 경쟁하면서 서열을 만들어낸다. 그래서 다른 사람들과 갈등이 생기는데 특히 직장에서 더 그렇다. 가끔 가장 친밀한 사람하고도 어울리지 않는 경쟁 구도를 끌어들인다. 내 친구의 경우, 남편이 아이들에게 화를 내고 나서 사과를 하지 않는다고 고민한 적이 있다. 친구 말로는, 그 남편은 자신이 먼저 사과하면 아이들에게 나약한 아버지로 보인다고 걱정했다. 그 사람은 가정에서 자신의 위상을 걱정하느라 아이들을 사랑하는 마음을 표현주지 못해서 고통과 긴장을 유발하고 있었다.

이와 비슷하게 많은 부부가 배우자와의 관계에서 지지 않는 데만 너무 집중하는 경향이 있다. 예를 들어 그동안 누가 집안일을 더 많이 했는지 일일이 기억했다가 따지면 부부 관계에 금이 간다. 다른 사람들이 당신을 받아들이고 제대로 인정해주는지 확신할 수 없어 종종 불안하고 힘들어지는 건 당신 잘못이 아니다. 우리는 원래 그렇게 느끼도록 설계되었다.

삼위일체 뇌의 세 번째 요소는 새로운 포유류 시스템(신포유류 콤플렉스)이다. 해부학적으로 대뇌 신피질에 해당되는 이 부분은 인간을 포함한 고등 포유류에게만 발견된다. 이 부분은 언어, 반추, 큰 그림을 보는 능력, 장기 계획, 감정조절과 연민을 담당한다.

지금까지 살펴보았듯 생각하고 반추할 수 있는 인간의 능력은 양날의 검이다. 그 능력 덕분에 여러 문제를 해결할 수 있지만 문제를 만들고 키우기도 한다. 대뇌 신피질은 편도체처럼 감정을 담당하는 부분과 많이 연결돼 있어서 이론상으로는 우리의 감정을 조절할 수 있다. 하지만 이 부분은 또한 편도체에 "싸우거나 도망치라는" 경고를 울려, 모든 상황을 걱정하고 공황상태에 빠지게 하는 데 집중시키기도 한다. 출처는 알려지지 않았지만 이런 맥락에서 나온 말이 있다. "내 인생의 모든 문제 중에서 최악은 아직 일어나지 않았다." 이 말은 우리가 생각 때문에 종종 고통받는다는 사실을 지적한다. 우리는 현실에서는 결코 일어나지 않을 시련을 상상 속에서는 수천 번 겪는다.

그러니 우리가 고통받는 건 당연하다. 우리의 뇌는 우리가 행복해지기 어렵게 만든다. 우리의 뇌는 잠재된 위험을 예상하고 피할 수 있도록 우리를 조마조마하고 불안하게 만드는 방향으로 진화했다. 우리의 뇌는 우리를 하나로 합치고 싶어 하지만 그만큼 자주 우리를 흩어지게도 한다. 뇌는 우리가 쉽게 안도하고 마음의 평정을 잃지 않으면서 살아가는 방식으로 진화하지 않았다. 뇌의 이런 속성은 우리가 선택한 것이 아니라 타고난 것이기 때문에 우리가 고통받는다는 사실을 수치스러워하며 실패했다고 느낄 필요는 전혀 없다.

뇌가 마음에 안 들어도 적응하는 수밖에

과학자들이 고기로 컴퓨터를 만드는 데 성공했다고 상상해보자. 이 컴퓨터는 퍼즐을 풀거나 간단한 연산 문제를 상당히 정확하게 풀 수 있다. 어쩌면 당신은 이 뉴스를 듣고 경악하거나, 조금 소름 끼칠 수도 있다. 그리고 지금 당신은 이 책을 고기로 만든 컴퓨터로 읽고 있다. 당신의 뇌는 주로 단백질과 지방으로 구성되어 있으며, 습한 환경에서도 잘 돌아가고 세상을 이해하는 능력까지 있다.

어떤 면에서 정말 놀라운 사실은 우리는 고기로 만든 컴퓨터가 도저히 할 수 없을 것 같은 일들을 하길 기대한다는 것이다. 우리는 집중하고 싶지만 끝없이 잡념이 떠오른다. 우리는 중요한 것들을 기억하고 싶지만 계속 잊어버린다. 우리는 고통스러운 일을 잊고 싶지만 계속 마음속에 떠오른다. 우리는 행복하고 싶지만 인생의 대부분은 그다지 만족스럽지 않다. 우리의 특성상 고통은 보장된 것이나 다름없다.

자기연민이 나에게 일깨워준 중요한 측면은 내 안에 장착된 고깃덩어리 같은 컴퓨터가 얼마나 변덕스럽고, 손상되기 쉽고, 믿을 수 없는지 이해하게 됐다는 것이다. 우리 뇌는 포도당이 떨어지면 기능이 떨어지고 하루 스물네 시간 중에서 여덟 시간 동안 전원을 꺼놓지 않거나, 결정할 일이 너무 많아 과부하가 걸리면 제대로 돌아가지 않는다. 젊었을 때 나는 배가 고프면 화가 아주 많이 났다. 그럴 때면 나를 둘러싼 세상이 멍청한 사람들로 가득한 끔찍하고 짜증나는 곳이라고 확신했다. 나중에서야 그때 내가 얼마나 화를 잘 내고 비판적인지 깨달았고, 문제는 세상이 아니라 나에게 있다고 생각하게 되었다. 요즘은 혈당수치가 떨어지면 짜증이 날 것을 미리 눈치 채고, 이것이 세상이나 나의 잘못이 아니라는 사실을 깨닫는다. 이건 그저 나의 고깃덩어리 컴퓨터를 작동시킬 연료가 떨어졌기 때문이다. 이 기본적인 사실을 알면 자신에게 일어나는 일들을 개인적으로 해석할 필요가 없어진다. 비난할 필요도 없다. 그저 생리적인 문제이기 때문이다.

잠을 충분히 못 자도 이런 맥락에서 생각하게 된다. 많은 사람들이 그렇듯 나도 잠이 부족하면 우울해져서 일이 잘 안 풀릴 것이고, 아무도 나를 좋아하지 않는다는 식으로 나쁜 생각만 하는 경향이 있다. 그러다가 내가 지금 피곤해서 이렇게 부정적인 생각을 하는 거라고 알아차리면 곧바로 내 탓이나 세상 탓을 멈춘다. 세상이 나를 싫어해서 이런 일이 일어난 게 아니라고 다시 생각하게 되는 것이다.

이런 배려를 자신뿐 아니라 다른 사람들에게도 할 수 있다. 누가 뭘 잊어버리고 속상해하면 그에게 괜찮다고 다독일 수 있다. 어쨌든 고깃덩어리 컴퓨터가 완벽하게 작동하리라고 기대할 순 없으니 말이다. 배우자가 짜증을 내거나 우울해하면 그들이 당신을 일부러 힘들게 하려고 애를 쓰거나 그들이 잘못했다고 단정 짓는 대신, 그들에게 공감하면서 지금 일상생활을 제대로 할 수 있는 몸 상태가 아닐 거라고 위로할 수도 있다. 어쩌면 그들은 휴식이나 간식, 당신의 친절한 배려가 필요한 상태일지도 모른다. 우리의 생리적 본질을 좀 더 잘 이해하면 자신과 타인을 좀 더 지지하고 친절하게 대할 수 있다.

당신 엄마와 아빠가 당신을 망쳤어

우리의 진화만 우리를 고통스럽게 만드는 원인은 아니다. '이것이 시다'라는 시에서 필립 라킨은 다소 노골적인 표현으로 유년기의 환경이 우리에게 미치는 영향을 묘사했다. "그들이 당신을 망쳤어, 당신 엄마와 아빠가."

유년기의 환경은 우리가 행복해지거나 비참해지는 현실에 크게 영향을 미친다. 실제로 우리는 태어나기 전부터 환경의 영향을 받는다. 연구에 따르면 조부모가 스트레스를 많이 받는 상황에 노출되면 우리의 유전자가 작동하는 방식이 바뀔 수 있다. 당신을 좀 더 불안하게 만드는 유전자들이 활발해지는 반면 당신을 좀 더 느긋하게 만드는 유전자들은 꺼지는 식이다. 이것을 "후생적" 효과라고 한다. 우리는 우리 몸에서 일어나는 이런 일을 스스로 선택하지 않는다. 우리는 부모님과 조부모님을 선택하지 않는다. 그러니 이건 우리 잘못이 아니다.

우리는 또한 유년기의 환경을 선택할 수 없다. 사랑하고 감사하는 분위기는 거의 없이 주로 비판만 하는 가정에서 자란 나는 심리적으로 불안한 면이 있었다. 사람들이 나를 소중하게 생각할지 몰라서 걱정하는 경우도 있었다. 나는 사람들이 나를 좋아하지 않는 낌새가 보이면 극도로 예민해져서 결국 사람들이 내게 호감을 느낄 수 없게 반응하곤 했다. 전형적인 자기충족적 예언인 셈이었다. 내가 고통스러운 만큼 다른 사람들도 괴롭게 만들었다. 부모님이 우리를 얼마나 많이 안아주는지, 그들이 우리와 어떻게 의사소통하는지, 그들이 우리를 사랑하는지 아닌지, 그들이 일관되게 애정을 보여주는지 아닌지…… 이 모든 것이 우리 뇌의 구조를 바꿔서 평생 지워지지 않는 흉터를 남길 수 있다.

당신의 어린 시절은 나와 다를 수 있지만, 우리 모두 고통스러워지는 데는 공통된 조건이 있을 것이다. 하지만 이건 우리가 선택하지 않았다. 물론 그렇다고 해서 우리가 나쁘게 행동해도 된다는 뜻은 아니다. 우리는 성인으로서 자신의 행동에 책임을 져야 하고 그 누구도 우리를 대신할 수 없다. 하지만 우리가 유년기의 환경에 따라 행동하고 있다는 사실을 인지하면 스스로를 비난하는 데서 자유로워질 수 있다.

나는 나이가 들수록 행복해지고 싶다면 유년기의 환경을 좀 더 많이 인식하고 그것이 우리의 행동, 특히 다른 사람들을 대할 때 어떤 영향을 미치는지 알 필요가 있다는 사실을 깨달았다. 아래 글은 SNS에서 본 어느 젊은 여성이 올린 포스팅이다.

스물한 살의 나 : 자, 우리 이제 뭐하고 놀까?

스물일곱 살의 나 : 넌 너의 트라우마에 대해 얼마나 알고 있니? 너의 과거에서 비롯된 엿 같은 것들을 나에게 투사하지 않기 위해 얼마나 적극적으로 노력하니?

이 포스팅을 읽고 내가 스물일곱이었을 때 유년기의 환경과 조건이 얼마나 중요한지 알고 있었다면 얼마나 좋았을까, 하는 생각이 들었다. 돌이켜보니 20대 때 나는 그런 것을 무조건 부인했다. 그렇다고 이제 와서 나를 탓해봤자 아무 의미가 없다.

나를 좀 더 사랑해주지 않고 지나치게 비판적이었다고 부모님을 원망하는 것도 아무 의미가 없다. 부모도 그저 자신들이 살아온 환경과 조건에 맞춰 보고 배운 대로 했을 뿐이니까. 부모 세대의 사람들은 가족과 관계 맺는 방식을 지금과는 아주 다르게 이해했을 것이다. 그러니 비난은 아무 의미 없는 행위이다. 비난이란 누군가에게 똥을 집어던지는 것과 같다는 고대 불교 속담도 있다. 결국 몸에서 똥 냄새가 진동하는 건 자신뿐이다.

우리가 고통받을 수밖에 없는 많은 조건 — 우리의 뇌, 생리적 한계, 유전과 후천적 체질, 유년기의 환경 — 을 인지하는 것은 자기공감의 중요한 부분이며, 자기연민에도 필수적이다. 우리는 모두 결함이 있는 존재이다. 우리는 모두 고통받고 있다. 우리는 모두 인간으로 살아간다는 이 어려운 일을 하고 있다. 그러니 완벽하지 않다고 수치스러워할 필요가 없다. 우리는 그렇게 만들어졌으니까. 우리 모두가 그렇다. 자신의 불완전한 면을 껴안고 살아가기 힘들다고 해서 창피해할 필요가 없다. 우리가 가진 도구 자체가 완벽하지 않다는 이해는 자기연민을 좀 더 깊게 수행할 수 있게 도와주고, 그 결과 우리 스스로를 너그럽게 대하게 된다. 당신이 사랑하는 사람에게 너그럽게 대한다면, 왜 스스로에게는 그렇게 대하지 못하는가?

당신이 잘되기를 당신이 편안하기를

자애명상은 우리가 스스로와 타인에게 좀 더 친절할 수 있도록 도와주는 아주 오래된 도구이다. 이 명상은 불교보다 먼저 등장했고 다양한 형태로 발견했다.

이 명상은 적어도 2000년은 되었는데 첫 번째 자신, 두 번째 좋은 친구, 세 번째 상대적으로 낯선 사람, 네 번째로 대하기가 어려운 사람, 마지막으로 세상을 상대로 공감과 친절을 키우게 도와준다. 이제 그동안 배운 친절과 자기공감에 대한 내용을 떠올리면서 연습하는 방법을 설명하겠다.

명상 환경 준비하기

편안하게 앉을 수 있는 방법을 찾자. 허리를 펴고 가슴을 활짝 연 자세로 앉자. 이 자세는 당신의 장기적인 행복과 안녕을 증진시키고, 숨을 내쉴 때마다 몸이 전반적으로 부드러워지게 해줄 것이다. 불필요한 긴장을 떨쳐내기 위해 숨을 내쉴 때 집중하면서 온몸이 부드럽게 이완되는 느낌에 주의를 기울이자.

눈의 근육을 부드럽게 푼 후에 아주 부드럽게 한 곳에 초점을 맞춰보자. 애정 어린 시선이 어떤 것인지 떠올리면서 당신의 시선에 애정이 깃들게 하자. 그렇게 하면 스스로도 따뜻하고 친절하고 애정 어린 시선으로 바라볼 수 있을 것이다.

스스로에게 친절해지기

당신 안에 행복해지고 싶다는 뿌리 깊은 욕망이 있음을 잠깐 떠올려보자. 이 욕망은 항상 당신의 마음속에 있으며 당신이 하는 모든 일에 스며들 것이다. 행복했던 기억들을 떠올리면서 이 기억이 당신이 소중하게 생각하는 것이라고 확인하는 것도 좋다.

다음으로 진정한 행복, 안녕, 평화를 원하는 만큼 자주 경험하지는 못한다는 점을 떠올려보자. 당신은 사실 인간으로 살아가는 힘든 일을 하고 있으니 스스로에게 지지받을 필요가 있고, 그럴 가치가 있다. 이렇게 말하면서 스스로를 지지해주자. "네가 잘되기를. 네가 편안하기를. 네가 스스로와 다른 사람들에게 친절하기를." 이런 식으로 몇 분 동안 자신에게 지지와 친절을 베풀자.

친구에게 친절해지기

당신이 좋아하는 사람을 한번 떠올려보자. 그 사람은 당신처럼 감정이 있는 존재라는 점을 기억하자. 그 사람의 행복은 그 사람에게 중요하다. 그는 자신의 평화와 행복과 안녕을 가장 뿌리 깊은 욕구로 품고 있다. 하지만 그도 당신처럼 이것들을 자주 경험하진 못하고 있다. 그 역시 인간으로 살아간다는 힘든 일을 하고 있기 때문이다. 그러니 자연스럽게 그에게 공감하면서 지지하는 말을 건넬 수 있다. "네가 잘되기를. 네가 편안하기를. 네가 스스로와 타인에게 친절하기를."

낯선 사람에게 친절하기

이제 당신이 잘 모르거나 정서적인 유대 관계가 별로 없는, 상대적으로 낯선 사람을 떠올려보자. 당신은 이 사람을 잘 모르지만 그에 대해 아주 중요한 한 가지는 알고 있다. 당신과 당신의 친구처럼, 이 사람도 행복해지고 싶고 평화로워지고 싶고 자신이 잘 살고 있다고 느끼고 싶어 한다는 것이다. 그런데 이런 일들은 모두의 바람과 달리 자주 일어나지 않는다. 우리 모두 인간으로 살아가는 어려운 일을 하고 있다. 그러니 우리는 그들을 지지할 수 있다. "당신이 잘되기를. 당신이 편안하기를. 당신이 스스로와 타인에게 친절하기를."

대하기 어려운 사람에게 친절해지기

이제 당신과 갈등을 겪고 있는 사람을 떠올려보자. 이 사람은 당신이 사랑하는 사람일 수도 있다. 우리는 종종 사랑하는 사람과 가장 고통스런 갈등을 겪는다. 이 사람이 당신과 충돌하고 있을지 몰라도, 둘 사이에 실질적으로 아무런 차이는 없다. 우리 자신, 우리 친구, 낯선 사람들처럼 이 사람 역시 인간으로 살아간다는 힘든 일을 하고 있다. 그들은 평화와 기쁨을 경험하고 싶지만 이런 경험은 너무나 희귀하다. 우리는 감정이 있고, 분투하는 다른 사람들을 지지하듯이 그들을 지지할 수 있다. "당신이 잘되기를. 당신이 편안하기를. 당신이 스스로와 타인에게 친절하기를."

마음속에 친절이 스며들게 하기

당신 주위의 공간을 의식해보자. 이 공간은 소리와 빛으로 가득

차 있고 사방으로 뻗어 있다. 어떤 의미에선 당신의 마음이 그 공간을 채우고 있다. 이제 당신의 마음을 가득 채운 친절과 공감이 당신을 둘러싼 세계로 스며들게 하자. 그래서 당신이 만나는 사람이 누구든 이 친절과 접하게 하자. 아마 당신은 지금 당신을 둘러싼 세계에 있는 여러 존재를 의식하고 있을 것이다. 그들이 움직이거나 말하는 소리, 그들이 운전하는 소리를 들을지도 모른다. 아니면 그저 그들이 존재한다는 사실만 알고 있을지도 모른다. 그런 한 사람 한 사람이 감정이 있는 존재이고, 행복을 찾으려 애를 쓴다는 점을 알고 그들이 잘되길 기원해주자. "우리가 잘되기를. 우리가 편안하기를. 우리가 스스로와 타인에게 친절하기를."

이렇게 세상을 향해 친절을 베푸는 태도를 지니면 그 자리에 없는 사람들도 떠올릴 수 있다. 당신이 아는 사람들과 모르는 사람들, 세상 어느 곳에나 있는 사람들 말이다. 그 결과 이제 당신은 친절하게 공감하면서 따뜻하게 그들을 이해하는 마음으로 그들을 맞이할 것이다. "우리가 잘되기를. 우리가 편안하기를. 우리가 스스로와 타인에게 친절하기를."

다음 단계로 넘어가기

여기서 명상을 끝내지 말고 명상을 하면서 생긴 마음을 가지고 다음 활동으로 넘어가자. 스스로를 세심하게 살피면서 이 명상을 천천히 하는 것이 자신에게 친절해지는 길이다. 당신은 이미 세상을 향한 친절과 공감을 키우는 방식으로 세상과 관계를 맺었다. 이제 부드럽게 눈을 뜨고, 천천히 몸을 움직이자. 모든 존재가 감정이 있다는 이 공감어린 인식이 금방 사라지지 않도록 한동안 그 상태에 머물러보자.

명상을 배우던 초기에 나는 스승님들에게 아주 좋은 조언을 받았다. 마음챙김 명상과 자애명상 혹은 자기연민 명상을 모두 동등하게 대하라는 것이었다. 스승님들은 이 명상을 매일 번갈아가며 해보라고 하셨다. 나도 당신에게 같은 제안을 하고 싶다.

6장

불편과 편안해지기

자기연민 명상을 수행하려면 먼저 받아들이는 법을 배울 필요가 있다. 이것이 바로 마음챙김과 자기공감에 이은 자기연민의 세 번째 기술이다. 고통에 즉각 반응하는 대신 고통 앞에서도 편안해지는 법을 배워야 한다.

하지만 애초에 자신의 감정을 더 잘 느끼기 위해 도움을 받아야 하는 사람들이 많다. 자신의 감정이 어떤지 확신하지 못하는 사람들도 있다. 감정을 관찰하는 법을 모를 수도 있고 관찰할 생각 자체를 해보지 않았을 수도 있다. 어쩌면 고통에 대응하기 위해 지금까지 감정을 차단하고 부인해왔을지도 모른다. (감정을 무조건 억누르는 행위는 처음에는 삶의 혼란스러움에서 도망치는 것처럼 보이지만, 결국 심각한 결과를 가져온다. 감정은 선택해서 차단할 수 없기 때문에, 고통을 차단하면 행복과 기쁨도 잘 느끼지 못한다.)

자신의 감정을 더 가까이서 접하다 보면 자기연민 명상을 넘어서서 더 많은 장점을 발견할 수 있다. 자신의 감정과 연결되는 법을 모르면 타인의 감정도 잘 인식하지 못하고 결과적으로는 정서적으로 충만한 관계를 형성하고 유지하기가 힘들어진다. 감정은 인생이란 바다를 항해하는 데 중요한 역할을 하기 때문에, 감정과 멀어지면 살면서 정말로 원하고 필요한 게 뭔지 알 수 없다. 그 결과 항상 인생에 불만을 품게 된다.

그러니 우리가 왜, 무엇을 위해 마음을 관리하려고 노력하는지 이해해야 한다. 그런 다음 어떻게 다양한 감정, 특히 불편한 감정을 관찰하고 받아들이는지 알아보겠다.

생각은 마음에서 감정은 몸에서

감정과 가까워지는 법을 알기 전에 풀어야 할 오해가 있다. 사람들은 종종 생각과 감정을 착각한다. 그래서 마음챙김과 자기연민을 실천하기가 훨씬 더 어려워진다.

생각은 내면의 말이나 이미지로 나타난다. 생각은 마음속에서 일어난다. 감정은 유쾌하거나 불쾌한 감각이다. 감정은 몸에서 일어난다. 둘은 상당히 다르지만, 가끔 우리는 생각을 감정으로 속이는 언어를 쓴다. 예를 들면 이런 식이다. 내가 실패자처럼 느껴져. 내가 하찮게 느껴져. 내가 아무에게도 인정받지 못하는 것처럼 느껴져. 내가 아무 매력이 없는 것처럼 느껴져.

이런 말을 할 때 우리가 느끼는 건 사실 감정이 아니다. 우리는 생각을 묘사하고 있다. 우리는 자신이 실패자라고 생각하고 있다. 자신이 하찮고 아무에게도 인정받지 못하고 아무 매력이 없다고 생각하고 있다.

자기연민을 배우기 위해서는 고통을 키우는 이런 부정적인 이야기를 버려야 한다. 이런 이야기가 자신의 감정이라고 믿는 한, 자기연민은 불가능하다. 그러니 생각은 생각으로, 감정은 감정으로 구분하는 법을 배울 필요가 있다. "내가 실패자처럼 느껴져"라고 말하는 대신 좀 더 정확하게 표현하자. "나는 실망했고, 계속 내가 실패자라는 생각이 들어." 낙심했다는 말은 몸에서 고통이 실제로 느껴진다는 뜻이다. 가슴이 답답하고 아프고 조여드는 느낌이 일어났다는 뜻이다. 그러니 이 말은 "실패자"라는 말과 다르다. 실패자는 우리가 고통스러운 감각과 관련지어 하는 생각이나 이야기이다.

"나는 실망했고, 계속 내가 실패자라는 생각이 들어." 이렇게 말하면 우리의 고통을 줄여줄 수 있는 두 가지 방법이 생긴다. 먼저 이 생각의 타당성과 유용성에 의문을 제기할 수 있고, 그다음에 이 감정을 받아들이고 연민을 베풀 수 있다. 이렇게 생각과 감정을 분리하면 우리는 "나는 실패자야"라는 생각이 현실이 아니라 이야기라는 점을 인식하게 된다. "나는 실패자야"라는 말은 우리가 고통스러운 이유를 "설명하기" 위해 마음이 지어낸 이야기이다.

그렇다면 이 이야기는 진짜일까? "나는 실패자야"라는 맥락에서 어떤 말을 하든, 그게 진실일 수 있을까? 실패자라는 기준에 부합하려면 어린 시절 밖으로 아장아장 걸어나가는 것부터 시작해서 인생의 모든 순간마다 절대적으로 실패해야 하는가? 세상 그 누구도 모든 일에 실패하진 않는다. 그렇다면 실패를 많이 한 사람이 실패자인가? 그렇다면 우리 모두 실패자이니 이 말은 아무 의미가 없다. 여기서 이 이야기가 부차적이고 쓸데없으며, 그저 고통만 자아낸다는 점을 알 수 있다. 우리의 장기적인 행복과 건강에도 전혀 도움이 되지 않는다. 우리는 이 이야기가 거짓이자 고통의 원천이며, 믿을 필요가 없다는 점을 알게 된다.

우리가 취할 수 있는 두 번째 접근법은 실망이라는 느낌이 몸의 어디에서 느껴지는지 찬찬히 관찰하는 것이다. 이런 방식으로 고통스러운 느낌을 받아들이면 스스로에게 다정함과 친절과 연민을 베풀 수 있다. "난 실패자야"라는 이야기에 사로잡혀 있으면 스스로에게 두 번째 화살을 쏘는 데 여념이 없어서 첫 번째 화살에 맞은 상처를 치료할 수 없다.

앞에서 예로 든 "내가 하찮게 느껴져"라는 말의 의미를 해석하면 아마 "나를 작고 시시한 존재로 그려보니 슬퍼졌어"일 것이다. "아무에게도 인정받지 못하는 것처럼 느껴져"라는 말은 "사람들이 날 인정하지 않는다는 생각이 들어서 마음이 아파"라는 뜻이다. "내가 매력이 없게 느껴져"라는 말은 "난 외로워. 내가 매력이 없다는 생각이 들어"라는 뜻이다.

이렇게 우리는 감정과 생각, 즉 첫 번째 화살과 두 번째 화살을 구분했다. 생각과 감정을 혼동하면 우리가 지어낸 이야기에 집착하게 된다. 이 둘을 분리시키면 가짜 이야기를 버리고 우리가 느끼는 고통을 연민어린 눈길로 바라볼 수 있다.

감정과 자유의지를 구분하기

고대 인도의 심리학 용어 중 "감정(emotion)"에 상응하는 말이 없다는 사실을 처음 알았을 때 무척 놀랐다. 우리의 근본적인 요소를 설명하는 말이 어떻게 없을 수가 있을까? 나는 불교 심리학 용어로 정확한 정의를 내리는 경향이 있는데 "감정"은 정확한 용어가 아니란 점을 알게 되었다. 과학자들과 심리학자들 사이에서도 감정이 정확하게 뭔지 의견이 일치하지 않았고, 감정이란 말이 너무 애매해서 별 쓸모가 없다고 말한 이들도 있었다.

불교에서 쓰는 두 용어 중에 "느낌"과 "자유의지"가 있다. 느낌은 몸에서 일어나는 유쾌하거나 불쾌한 감각이다. 느낌은 사실상 뇌의 오래된 부분들이 보내는 신호로, 우리에게 잠재적인 이득이나 위협을 알려준다. "자유의지(volition)"란 라틴어로 "원하다"를 뜻하는 볼레레(volele)에서 나온 말이다. 원한다는 건 욕망이고 소망이다. 우리의 자유의지는 느낌에 대한 반응으로, 우리가 어떻게 행동해야 할지 제시한다. 느낌은 우리에게 잠재적인 위협이나 이득을 의미하는 반면, 자유의지는 그에 대해 어떤 반응을 취해야 할지 지시한다.

앞에서도 말했듯 느낌에는 그 어떤 도덕적 위계가 없다. 우리가 느낌을 선택할 수 없기 때문에 도덕적으로 중요하지 않다. 감각으로서의 느낌은 유쾌하거나 불쾌할 수 있지만 도덕적으로 옳거나 그를 수는 없다. 그래서 우리는 느낌을 있는 그대로 받아들이는 연습을 할 수 있다. 반면 자유의지는 우리가 내면에서 취하는 행동의 한 형태로, 세상에 드러내라고 우리를 부추긴다. 자유의지 그 자체와 자유의지에서 비롯되는 행동은 우리와 타인에게 고통을 가할 수도, 줄일 수도 있다. 따라서 자유의지는 도덕적으로 중요하다. 자유의지는 종종 습관적이고 자동적일 수 있지만, 우리에겐 자유의지를 강화하거나 약화시키는 쪽을 선택할 능력이 있다. 우리가 자유의지에 따라 행동하거나 자제하는 편을 선택하는 것이 바로 도덕이다. 자신과 타인에게 고통 대신 이익이 되는 자유의지를 선택하는 것이 도덕이다.

일반적인 어휘로는 분노, 증오, 갈망과 같은 졸렬한 자유의지나 인내, 친절, 감사와 같은 숙련된 자유의지를 "감정"이라 부를 수 있지만, 불교에서는 그렇지 않다. "감정"에는 느낌과 자유의지가 모두 포함되기 때문에 실용적인 어휘로 사용하기엔 너무 애매하다. 명상에서 느낌을 찬찬히 살펴본다고 할 때 이 말은 몸에서 일어나는 유쾌하거나 불쾌한 감각을 살펴본다는 것이지 자유의지나 욕망을 살펴본다는 뜻이 아니다.

명상할 때는 감정과 자유의지의 본질을 따르기 때문에 명상할 때 일어나는 현상들을 같은 방식으로 대하지 않는다. 우리는 감정이 유쾌하든 불쾌하든 모두 받아들이려고 노력한다. 감정을 다 받아들인다고 해서 거기에 일일이 반응한다는 뜻이 아니다. 이 말은 감정이 우리를 통과해서 흘러가는 동안 그 감정이 머물 수 있는 공간을 내어준다는 뜻이다.

반면 자유의지를 대할 때는 이것이 고통을 야기하는지 여부를 유의해야 한다. 우리에게 도움이 되지 않는 자유의지는 버리고, 좀 더 공감하며 연민에 찬 방식으로 살도록 이끌어주는 자유의지를 키워야 한다.

감정을 어떻게 관찰할까

고통스러운 감정을 받아들이는 법을 배우려면 먼저 고통을 관찰하는 법을 배워야 한다. 나를 포함한 많은 사람들은 감정의 실체나 감정을 관찰하는 방법을 다소 모호하게 배운다. 나도 명상을 하기 전에는 그런 방법을 배운 적이 없어서, 처음 내 감정을 관찰할 때는 정확하게 뭘 해야 할지 혼란스러웠다.

감정은 아주 평범하다. 감정은 항상 우리의 경험을 통해 생겨나고 있다. 우리가 의식하든 하지 않든, 우리는 감정에 따라 결정을 내리고 상호작용을 맺으며 이 세계를 항해하고 있다.

감정이 얼마나 흔하고도 중요한지 알 수 있도록 몇 가지 간단

practice

긴장을 풀자. 눈의 근육을 부드럽게 풀고 1분 정도 몸에서 일어나는 감각을 의식해보자. 여기에는 호흡도 포함된다.
이제, 천천히 주위를 돌아보면서 잠시 다양한 사물을 바라보자. 몸에서 일어나는 모든 감각에 주의를 기울이되 특히 가슴과 배에 집중하자.

시선이 머문 곳에서 불쾌한 느낌을 받을 수도 있다. 아직 완납하지 않은 고지서 뭉치나 거미줄 혹은 수리해야 할 뭔가를 봤을지도 모른다. 그 불쾌한 느낌이 어디서 오는가? 아마 그 느낌은 몸의 일부 근육이 긴장하면서 나타날지도 모른다. 종종 배가 조이거나 꼬이는 느낌, 횡격막이 조이거나 찌릿한 느낌, 심장이 툭 떨어지거나 수축되는 느낌을 받을 수도 있다. 이런 느낌에 관심을 가지고 살펴보자. 조금 거리를 두고 흥미롭게 관찰해보자.

시선이 머문 곳에서 유쾌한 느낌을 받을 수도 있다. 당신이 밖에 있다면 그것이 나무나 꽃, 놀고 있는 강아지일 수도 있다. 당신이 실내에 있다면 그림, 사진, 혹은 가구일 수 있다. 당신이 이런 것들을 유쾌하게 느낀다는 걸 어떻게 아는가? 구체적으로 어떤 느낌인가? 부드럽거나 따뜻하거나 열린 느낌이 드는가? 다시 호기심을 가지고 이런 느낌을 흥미롭게 관찰해보자.

이제, 당신의 시선이 스친 것이 있는가? 아마 맨바닥이거나 텅 빈 벽 혹은 문의 일부일지도 모른다. 아마 당신은 거기에 끌리지 않았을 것이다. 그걸 바라봐도 아무 느낌도 들지 않았으니 말이다. 이제 그쪽으로 다시 시선을 돌려 계속 아무 느낌도 안 드는지 찬찬히 보자. 실제로 어떤 느낌이 드는지 관찰해보자.

이제 사물의 색깔에 주목해보자. 어떤 색은 유쾌하거나 불쾌한 반응을 떠올릴 수 있지만, 각각의 색은 다른 반응을 자아낸다. 붉은 쿠션은 파란 것과 다른 느낌을 준다. 다만 그것들이 유발하는 감정의 차이를 구체적으로 묘사하기란 힘들 것이다.

한 연습을 해보자.

이 연습을 다른 장소에서 몇 번 더 해보자. 실외나 실내, 집이나 직장, 혹은 공공장소도 좋다. 감정에 반응하지 않고 관찰하는 것을 목표로 삼고, 감정을 그대로 놔두자. 관심의 대상이 이리저리 바뀌는 동안 감정이 생겼다가 사라지는 걸 알 수 있을 것이다.

또 다른 연습도 할 수 있다.

- 감정은 우리를 선택으로 이끈다. 카페나 레스토랑에서 메뉴를 볼 때 떠오르는 느낌을 의식해보자. 연습을 좀 더 흥미진진하게 하고 싶다면, 평소 고르던 메뉴가 아닌 다른 메뉴를 골라보자. 덜 익숙하거나 모르는 메뉴를 보고 그때 일어나는 반응에 주목하자. 스스로에게 이런 질문을 해보자. "내가 무엇에 끌리고 끌리지 않는지, 혹은 역겨워하는지 어떤 느낌으로 알지?"

- 음식을 먹을 때 생기는 감정에 집중하자. 유쾌하거나 불쾌한 경험을 할 때 그 감정이 일어났다 사라지는 순간을 특별히 더 주목하자. 시간이 흐르면서 당신의 감정은 어떻게 변하는가? 당신은 특별히 어떤 음식을 많이 먹나? 초콜릿 케이크를 처음 먹을 때 든 느낌은 마지막으로 먹었을 때의 느낌과 아주 다를지도 모른다. 가끔 당신은 먹는 경험 자체에 주목하는 반면, 어떤 때는

별 생각 없이 씹고 삼킬지도 모른다. 주의를 기울일 때와 그렇지 않을 때 당신의 기분은 어떻게 변하는가?

- 모르는 사람들이 많은 곳에 있을 때 그들에게 드는 감정에 주목하자. 끌리는 사람들도 있을 것이고, 피하고 싶은 사람들도 있을 것이다. 무엇이 그런 느낌을 일으키는가? 아무 느낌도 들지 않아서 제대로 주목하지 않게 되는 사람들도 있을 것이다. 시간을 들여서 그들에게 주의를 기울인다면 어떤 일이 일어날까? 그들의 대화를 들을 수 있다고 가정하고, 그들의 표정과 목소리에서 느껴지는 반응을 관찰해보자. 나이, 성별, 신체는 우리의 감정에 영향을 미친다. 거기에 어떤 패턴이 있는가? 그들에 대한 당신의 감정이 어떻게 변하는가?

- 소리와 관련된 감정에 주의를 기울이자. 우리는 차 소리, 기계 소리, 새소리, 음악, 사람들의 목소리, 사람들이 돌아다니는 소리, 가전제품에서 나는 소리처럼 다양한 소리에 둘러싸여 있다. 어떤 소리는 유쾌하게, 어떤 소리는 불쾌하게 느껴진다. 아마 어떤 소리에는 아무 반응이나 느낌도 일어나지 않을 것이다. 만약 불쾌한 소리가 난다면, 그것을 받아들이거나 흥미를 가질 때 어떤 감정의 변화가 일어나는가?

- 우리는 다른 사람들이 하는 행동과 처신의 영향을 받는다. 그중 바람직하지 못한 행동은 받아들이지 않도록 배웠다. 예를 들면 길에 쓰레기를 버리거나, 버스나 지하철에서 자리를 너무 많이 차지하는 행동 등이다. 이때 당신의 몸에서 일어나는 느낌을 살펴보고 그것이 당신의 비판적인 생각, 욕망과 어떤 관계가 있는지 살펴보자. 당신이 좋다고 생각하는 행동, 이를테면 다음 사람을 위해 문을 잡아주는 행동도 같은 식으로 관찰해보자.

- 글을 읽거나 쓸 때 단어들의 흐름에서 무엇이 느껴지는지 주목하자. 읽고 쓰는 시간이 아주 많은 나는, 어떤 문장 구조가 좋은지 여부가 글을 쓰는 데 아주 중요한 안내자가 된다는 점을 주목했다. 단어가 합쳐진 방식에 따라 어떨 때는 "물 흐르는 듯하다"라는 느낌을 받고 어떨 때는 "투박하다"는 느낌이 든다. 글을 읽고 쓸 때 이런 특징을 주목해보자. 글을 큰 소리로 읽으면 각 단어가 가진 심미적 특징이 더 분명하게 나타난다.

- 단어 하나하나에서 느껴지는 유쾌하고 불쾌한 연상에 주목하자. 어떤 단어는 뜻 때문에 특유의 느낌이 떠오른다. "엄마"와 "고름"이 대표적이다. 발음에 따라 유쾌하거나 불쾌한 느낌이 드는 단어도 있다. 분석 결과에 따르면 "알리숨(겨잣과의 일

년초-옮긴이)"이라는 단어는 특히 기분 좋은 소리가 나는 반면 "슬랙스(바지)"와 "블로그"는 의미만으로는 별 감정을 불러일으키지 않지만 발음할 때의 소리가 종종 불쾌하게 느껴진다.

- SNS를 할 때 드는 느낌에 주목하자. 당신이 동의하지 못하는 포스팅을 보고 반사적으로 강한 댓글을 달거나 그 포스팅을 한 사람을 차단하기 전에, 몸에서 일어나는 반응에 집중하자. 그 불쾌한 느낌에 얼마나 오래 머물 수 있는가?

- 느낌이 어떻게 추상적이 되는지 관찰해보자. 예를 들어 당신은 직장에서 여러 경쟁 전략을 선택할 수 있다. 각각의 가능성을 고려하면 전략마다 모두 다른 느낌이 떠오를 수 있다. 이걸 우리는 직감 혹은 예감이라고 한다.

- 상처, 근심, 좌절, 지루함 같은 느낌에 주목해보자. 이 느낌은 우리의 삶에 특히 중요한 영향을 미친다. 이런 느낌이 들 때 마음이 어떻게 반응하는지 관찰해보자. 당신의 생각과 태도가 당신의 느낌과 어떤 관계를 맺고 있는지 살펴보자. 이런 반응을 떨쳐버리고, 고통스러운 느낌을 받아들인 후 힘들어하는 마음에게 친절을 베푸는 연습을 해보자.

느낌에 주목하기가 어려운 이유는 느낌 자체가 없기 때문이다. 내가 초기에 운영했던 명상 센터에서 자애명상 수업이 끝난 후, 한 명상가가 다가와 이렇게 말했다. "오늘 명상할 때 정말 불안했어요. 내 마음에 어떤 느낌이 드는지 도무지 알 수 없었거든요." 나는 그가 방금 불안하다고 말한 사실을 지적했다. 그 사람은 느끼려고 너무 애를 쓰거나 엉뚱한 곳에서 자신의 느낌을 찾고 있는 것 같았다. 마치 정신없이 열쇠를 찾아다니면서 그것을 들고 있는 우리의 손을 보지 않는 것과 같았다.

당신이 어떻게 느끼는지 말할 수 없다면(그래도 괜찮다. 가끔은 아무 느낌도 안 드는 때도 있으니까) 스스로에게 이렇게 물어보자. "아무것도 느끼지 못하는 상황에 대해 어떤 느낌이 들지?" 그러면 종종 당신이 간과하고 있던 느낌이 드러난다. 당신은 사실 그런 상황을 아주 편안하게 느끼고 있을 수도 있다. 즉 당신의 진짜 느낌은 편안함인데 편안함이 잘 드러나지 않았을 뿐이다. 혹은 별다른 느낌이 없는 상태를 불안해하거나 속이 상할 수도 있다. 그렇다면 당신이 관찰해야 할 불쾌한 느낌이 생긴 것이다. 이런 경우에도 최선을 다해 현재 상태를 받아들이는 연습을 잊지 말자.

감각을 감지하는 능력은 사람마다 다르다. 어떤 사람들은 느낌까지 포함한 내면의 감각에 선천적으로 민감한 반면, 느낌 자체를 인지하는 데 애를 먹는 사람들도 있다. 나는 과거에는 후자였지만 지금은 아니다. 그러고 보니 오래전 어느 명상 센터에서 지도자와 했던 명상을 통해 아주 새로운 체험을 했던 기억이 있다.

그는 아주 따뜻하고 친절하고 공감을 잘하는 지도자였다. 나는 느낌에 대해 이야기하던 중 명상을 하다가 환희를 경험했다고 말했다. 머릿속에서 그 느낌이 들면서 따뜻한 빛이 두개골을 채우기 시작했다고 말했을 때 지도자는 깜짝 놀랐다. 그는 내 말에 너무나 당황해서 정말 그런 경험을 했는지 다시 한 번 물었다. (느낌은 주로 몸에서 일어난다고 했던 앞의 말과 모순된다고 느껴진다면, 머리도 몸의 일부란 점을 기억하길 바란다.)

그때 내 능력으로는 느낌을 부분적으로만 경험할 수 있었다. 이제는 다르다. 느낌을 감지하는 능력은 처음 명상을 할 때보다 비교할 수 없을 정도로 강해졌다. 35년 넘게 명상을 하면서 나는 내 몸에 흐르는 느낌 덕분에 끊임없이 살아 있음을 체험하고 있다. 이것은 규칙적으로 명상하는 사람들이 전문 댄서들보다 실제로 몸의 감각을 더 잘 인지한다는 연구 결과와도 일치한다.

이 능력은 연습할수록 계속 발전하니, 우리가 몸에서 느끼는 감각에 대한 인식도 점점 더 생생해진다. 오랫동안 명상한 사람들과 이야기해보면, 그들은 몸을 주목하기만 해도 언제든 몸에서 유쾌한 감각이 일어나는 걸 느낄 수 있다. 마찬가지로 좀 더 "감정적인" 느낌은 몸의 감각을 인식하는 연습을 할수록 더 발달된다. 느낌의 세계가 좀 더 생생해지는 것이다.

고통스러운 일을 받아들인다는 것

인생의 큰 역설 중 하나는 고통에 저항하거나 도망치려 하면 고통이 더 커지는 반면, 고통을 기꺼이 받아들이면 이전보다 더 큰 평화가 찾아오면서 마음이 편해진다는 점이다. 하지만 불편을 받아들이기가 만만치 않기 때문에 이 중요한 기술을 좀 더 쉽게 배울 수 있도록 감정적으로 불편해지는 뭔가를 일부러 먼저 떠올리고 거기서 오는 느낌을 의식하며 주의를 기울여야 한다.

신경과학자이자 저명한 작가인 질 볼테 테일러는 고통스러운 느낌을 초래하는 화학물질은 90초 내에 분해되어 몸에서 빠져나간다고 했다. 오직 당신이 반사적으로 쏜 두 번째 화살만이 그 고통을 좀 더 오래 살아 있게 한다. 앞에서 소개한 연습을 하면서 이미 그 점을 눈치 챘을 수도 있다. 우리는 고통스러운 느낌을 받아들일 때 금방 사라진다는 사실을 가끔 알아챈다. 그래서 받아들이는 연습을 하기 위해 마음에 상처를 준 그 사건을 반복적으로 떠

practice

상처받았거나 무시당했을 때의 느낌을 떠올려보자. 고통이 너무 커서 무기력해지는 기억 말고 감당할 수 있을 만한 기억을 떠올려보자. 그 고통을 야기한 사건을 최대한 생생하게 떠올리면서 마음속에서 어떤 느낌이 일어나는지 관찰하자. 대개 실제로 육체적 고통이나 불편감이 느껴진다는 걸 알아차릴 것이다. 호기심을 가지고 이 경험을 관찰하자. 그 느낌은 어디서 나타나는가? 머리에서 느껴지는가? 아니면 심장? 명치? 배? 다른 곳? 느낌의 질감은 어떤가? 그 느낌에 어떤 이름을 붙일 수 있을까?

이 연습을 하다 보면 반사적으로 몇 가지 생각이 떠오를 것이다. 그 생각에 호기심을 가져보자. 어떤 형태로 나타나는가? 그 생각이 당신의 고통에 어떤 영향을 미치는가? 이번에는 최선을 다해 그 생각을 내려놓고 다시 몸과, 몸에서 느껴지는 감각을 주의 깊게 살펴보자. 생각을 내려놓는 것이 느낌의 질감에 어떤 영향을 미치는가?

올릴 필요가 있다.

일상생활에서 감정적으로 불편한 일이 일어났을 때를 대비해 예행 연습을 한다고 생각해보자. 일상에서 갑자기 고통스런 느낌이 떠오르면 우리는 허를 찔린다. 거기에 재빨리 반응하면 고통은 더 커진다. 대신 우리는 고통스러운 기억을 의식적으로 떠올려서 고통과 같이 그 순간에 머무르는 연습을 할 수 있다. 고통에 반응하지 않는 연습을 하는 것이다. 이것이 일상에 적용할 수 있는 습관이 되면 고통스럽거나 불편한 느낌이 떠오를 때 저항하는 대신 받아들일 수 있다.

고통스러운 느낌을 받아들인다는 말은 그것을 다른 종류의 감각과 똑같이 대한다는 뜻이다. 당신이 입은 옷이 피부에 스치는 느낌이나, 땅바닥을 누르는 몸의 무게처럼 말이다. 이렇게 고통스러운 느낌을 다른 감각과 똑같이 다루면 지극히 큰 해방감을 느낀다. 이 방법은 받아들이는 기술을 개발할 때 쓸 수 있는 강력한 도구 중 하나이다.

몬트리올 대학교 교수인 피에르 레인빌 박사가 실시한 연구에서 명상을 하는 사람들과 하지 않는 사람들을 비교한 결과, 몸에서 고통을 느낄 때 명상을 하는 사람들의 뇌의 각 부분이 밝아진다는 점이 밝혀졌다. 레인빌 박사는 명상가가 느끼는 고통은 뇌의 평가를 담당하는 부분에서 처리되지 않는다고 설명했다. 명상가도 고통을 느끼지만 그 고통을 해석하려 하거나 굳이 고통스럽다는 꼬리표를 붙이지 않는다. 마치 몸에서 보내는 고통의 신호들이 뇌의 다른 부분으로 보내져서, 고통이 아닌 다른 감각으로 처리되는 것처럼 보인다고 박사는 전했다.

뇌의 주의력에는 한계가 있다. 뇌가 세세한 불편감까지 집중하고 있을 때는 다른 고통에 반응할 여지가 줄어든다. 만약 첫 번째 화살의 효과에 집중하느라 정신이 팔려 있다면 두 번째 화살을 쏠 시간이 없다. 우리가 열심히 해야 하는 건 바로 관찰이다. 예를 들어 몸의 정확히 어느 부분에서 고통이 느껴지는지, 그것의 질감은 어떻고 경계는 어디인지, 시간이 흐르면서 어떻게 변하는지 살펴보는 것이다. 이런 식으로 느낌을 면밀하게 관찰하면 그것을 "고통스럽다"고 감지하는 경향이 줄어든다.

자기연민 명상을 연습하는 데 필수적인 고통스러운 느낌을 받아들이려면 느낌이 좋거나 나쁘거나, 긍정적이거나 부정적이라는 관념 자체를 버려야 한다. 뇌의 오래된 부분에서 일어나는 의사소통은 기본적으로 정보 제공이다. 이건 잠재적인 위협, 저건 잠재적인 이득이라는 식으로 말이다. 그동안 살펴보았듯 불교 심리학에서는 느낌에는 옳고 그름이 없다고 본다. 느낌은 유쾌하거나 불쾌할지 모르지만, 결코 옳거나 그르지 않다. 이런 관점에서 느낌이 좋거나 나쁘다는 생각을 버리면 한결 더 쉽게 받아들일 수 있다.

고통스러운 느낌을 받아들이면 그 느낌을 기분 나쁘게 받아들이는 경향이 줄어든다. 두 개의 화살이란 가르침에서 부처는 우리가 마음챙김을 하지 않을 때는 불편한 느낌을 "우리가 마치 그것과 하나로 결합된 것처럼" 경험한다고 말했다. 고통과 스스로를 동일시해서 우리의 정체성이 고통과 하나로 묶이는 것이다. 이런 식으로 느낌과 자기 자신을 동일시하면, 고통을 우리의 가치에 대한 비판으로 해석해서 한층 더 격렬하게 반응하게 된다. 예를 들면 외로움을 느낄 때 자신이 사랑받을 가치가 없거나 인생에서 실패했다고 생각해서 화들짝 놀라는 식이다. 이때 외로운 감정을 단순한 느낌이나 내면의 대화로 보면 거기에 의미를 부여하지 않고, 결과적으로 자신을 괴롭히는 이야기도 만들어내지 않는다.

고통에 대한 혐오를 오랫동안 습관처럼 마음속에 품고 있었다면 몇 번 집중한다고 해서 금방 마법처럼 사라지진 않는다. 고통을 받아들이는 습관을 키우려고 노력하는 와중에도 고통에 반응하는 경향은 지속될 것이다. 그래서 고통을 마주할 때 자신에게 건네는 격려와 지지가 도움이 된다. 우리는 스스로에게 이렇게 말할 수 있다. "고통을 느껴도 괜찮아. 고통은 정상적인 삶의 일부야. 고통을 경험해도 괜찮아. 자, 고통을 느끼자. 그리고 받아들이자."

스스로를 이렇게 지지함으로써 우리는 자기 자신의 개인 코치가 되어 우리를 안심시킨다. 우리의 내면에 있는 코치는 또한 고통이 우리를 타인에게서 멀어지게 하는 게 아니라 연결시켜준다는 사실을 일깨워준다. "모두 고통을 겪어. 나만 그런 게 아니야. 고통은 피할 수 없어. 이건 실패했다는 신호가 아니야. 그저 인간적인 삶의 일부일 뿐이야."

고통스러운 느낌에 대해 내가 선택한 또 다른 연습은, 고통이 내 마음의 평화를 망치게 놔둘 필요가 없다는 점을 스스로에게 상기시키는 것이었다. 나는 기자이자 명상 스승인 아일랜드 친구 퍼드릭 오모리안에게서 이 방법을 배웠다. 그는 차가 심하게 막히거나 개인적인 상실감에 시달리거나 실망할 때 스스로를 일깨우는 방법을 알려주었다. "내 행복은 이것에 달려 있지 않아"라고 말하는 것이다.

그는 행복해지기 위해 세상만사가 우리가 원하는 방식으로 흘러갈 필요는 없다는 점을 깨달았다. 훗날 나는 이 연습이 아주 유용하다는 사실을 깨달았는데 그때 나는 의사도 원인을 모르는 소화불량 때문에 몇 달간 불면증, 만성 우울증, 머리가 멍해지고 관절이 쑤시는 증상들을 안고 살았다. 내 몸이 글루텐을 받아들이지 못한다는 사실을 알아내기 전까지, 나는 고통스러울 때마다 이 말을 떠올렸다. "내 행복은 고통스러운 느낌에서 벗어나는 데 달려 있지 않아." 나는 이 연습을 하면서 고통스러운 와중에도 종종 마음의 평화를 지킬 수 있었다. 그때 나는 행복하진 않았지만, 정신적 균형감과 만족을 느낌으로써 불쾌한 증상들을 좀 더 참아낼 수 있었다.

온갖 나쁜 감정이 폭발한다면

가끔 느낌과 연결되는 법을 배우다 보면 느닷없이 낯선 분노, 슬픔, 걱정 같은 감정이 격렬하게 쏟아져 나올 때가 있다. 마치 불붙은 성냥 하나를 화약이 가득 든 방에 무심코 던져버린 것처럼 감정이 폭발할 때도 있다. 나도, 내게서 명상을 배운 학생들도 비슷한 경험을 많이 했다.

우리의 감정이 실제로 더 강해져서 그런 결과가 나온 것인지 아니면 우리가 감정을 더 많이 의식하느라 민감해져서 그런지는 나도 알 수 없다. 하지만 이유가 무엇이든 감정이 증폭되면 뇌는 그 감정에 맞춰 좀 더 강렬하게 반응할 필요가 있다는 신호로 받아들인다. 그래서 명상을 하면 초기에는 이전보다 더 크게 반응하는데 예를 들어 깜짝 놀랄 정도로 큰 슬픔을 느끼거나 갑자기 분노가 터져나오는 식이다. 그런 감정은 느닷없이 폭발했다가 금방 사라진다.

사실 이건 우려할 일이라고 생각하지 않는다. 내 경험상, 우리는 자신의 감정을 좀 더 민감하게 인지하는 상황에 금방 적응하고, 삶은 다시 일상으로 돌아간다. 우리의 감정을 더 긴밀하게 접할수록 공감도 커진다. 음악, 예술, 그리고 다른 사람들에게 전보다 훨씬 더 쉽게 감동하는 데서 알 수 있듯, 이 과정은 우리의 삶을 풍요롭게 만들어준다. 물론 당신이 분노를 폭발시킨다면 그 때문에 상처받은 사람에게 사과하고 자기용서를 연습해야 한다. 자아와 감정을 분리하는 법을 배우면 사과도 훨씬 쉽게 할 수 있다.

그러니 자애명상과 연민명상을 좀 더 많이 연습하길 바란다. 이런 명상을 통해 힘든 시기에 스스로를 지지하는 데 필요한 자기공감과 애정이 생기기 때문이다.

7장

우리 안의 무력한 부분을 지지해주기

나는 이혼 절차가 모두 마무리되기도 전에 데이트를 하고 싶다는 생각을 하게 되었다. 결혼 생활의 마지막 2년 동안 너무 외로웠기 때문에 애정을 갈구하고 있었다. 그러던 중 내게 호감을 보이던 이웃과 교제를 할 수도 있겠다는 낌새를 느꼈다. 그녀가 정말 내게 호감을 표현한 걸까? 그녀가 아무 의미 없이 내게 다정하게 대한 것뿐인데 내가 너무 큰 의미를 부여하고 있을지도 모를 일이었다.

마침 친구가 우연히 나와 그녀가 같이 있는 모습을 보고 그녀가 내게 관심을 보이더라는 말을 해주었다. 친구에게 그녀와 사귈까 고민 중이란 말을 하지도 않았는데. 나는 조금 망설인 후에 용기를 내어 데이트를 신청했고, 내 시도는 완전히 실패했다. 그녀는 어쩌면 나에게 관심이 생겨 약간의 호감을 드러냈을지는 모르겠지만 데이트에는 관심이 없었을 수도 있다. 내가 데이트를 신청하자 굉장히 당황했기 때문이다.

이전까지 한 번도 이성에게 퇴짜를 맞은 적이 없었던 나는 그녀의 의도를 오해해 아주 오랜만에 데이트를 신청했고, 그 결과 엄청나게 창피하면서도 그녀를 난처하게 만들었다는 사실에 당황할 수밖에 없었다.

시인 릴케는 이렇게 말했다. "우리를 두려워하게 만드는 모든 것의 근원에는 우리의 애정을 갈구하는 무력한 존재가 있다." 당시 내 안의 뭔가는 분명 나의 애정에 찬 관심과 지지와 격려를 필요로 하고 있었다. 그래서 나는 그 갈망에 관심을 보이며 최대한 친절하게 대했다. 나는 그 마음에게 이렇게 말을 걸었다. "괜찮아. 이런 일도 일어날 수 있지. 다른 사람들이 보내는 신호를 오해하는 건 흔한 일이야. 많은 사람들이 이런 일을 겪어. 넌 잘못한 게 없어." 이런 말도 했다. "이 일이 이토록 고통스럽다니 안타까워. 네가 행복해지고 마음 편해지길. 네가 스스로를 용서하길."

나는 특히 고통이 강하게 느껴지는 가슴에 손을 대고 다독거리며 안심시켰다. 나는 고통을 인지하는 내면의 눈으로 내 가슴을 바라보며 따뜻하게 위로했다. 또한 미소를 지으며 내 몸에게 자신감 있게 애정을 표현했다. 쑥스러운 마음이 일주일 정도 지속되다 사라지길 반복하는 동안 나는 스스로를 연민으로 대했다.

이 과정은 자기연민의 네 번째 단계인 고통받는 자신의 일부를 지지하는 사례가 될 수 있다. 이전에는 나를 포함한 많은 사람들이 "고통을 없애기 위해 은밀하게 자기연민을 하는" 단계를 거친다고 말했다. 그런데 고통을 연민하는 이유는 고통을 우리 경험에서 완전히 지우기 위해서가 아니다. 자기연민의 목표는 우리 내면의 어떤 부분이 지지를 필요로 하든, 기꺼이 지지해주는 것이다. 우리 안에 있는 무력한 존재들은 고통이라는 방식으로 우리에게 도와달라고 부탁하고 있다. 두려움과 혐오 때문에 고통을 쫓아버리려 한다면, 우리는 고통에 공감하지 못하고 잔인한 행동을 하고 있는 셈이다. 이런 행동은 스스로에게 도움이 되지 않는다.

친구가 고통에 잠긴 채 당신을 찾아왔다고 상상해보자. 그들은 분명 고통스러워하고 있지만 너무 속상해서 그 이유조차 제대로 말하지 못한다. 당신이 친구를 연민으로 대하려면 어떻게 해야 할까? 아마 집으로 초대해 일단 앉으라고 할 것이다. 별다른 노력을 하지 않아도 당신은 친구를 향한 배려와 관심 어린 시선과 몸짓과 표정으로 친구에게 마음을 보여줄 것이다. 당신은 친구를 안심시키고 편안하게 해주는 방식으로 대화를 건넬 것이다. 친구를 껴안거나 다독이며 그를 아끼는 마음을 표현할 것이다. 무슨 일인지 설명할 수 있는 시간과 공간을 내어줄 것이다.

고통을 제거해버리려는 시도는 친구를 문 앞에서 돌려보내는 것과 같다. 그의 고통이 당신 인생에 끼어드는 걸 원치 않아서 친구의 면전에서 현관문을 닫아버리는 행동과 같다. 물론 이런 행동은 연민 어린 행동이 아니다. 당신의 몸에서 고통이 느껴질 때도 같은 원칙이 적용된다. 고통에는 연민이 필요하다. 고통이 찾아오면 안으로 들어오라고 권하고, 자리에 앉힌 다음 공감을 드러내고 무슨 일인지 털어놓을 수 있도록 격려해야 한다.

공감하지 않으면서 친절할 수도 있다. 그 사람에게 말할 틈도, 고통스러운 이야기를 꺼낼 기회도 주지 않는 식으로 말이다. 하지만 그러면 행복해질 수 없다. 결혼 생활을 하는 동안 나는 아내에게 친절히 대하고 사랑하면 아내가 받은 상처가 나을 거라고 생각했다. 둘째를 입양한 후에 아내와 나는 소원해졌고, 그때부터 우리는 같은 공간에 있었던 적이 별로 없다. 우리는 아이들을 돌보면서 각기 다른 도시로 통근해야 했다. 잠깐 마주쳐도 매번 일상과 집안일에 대해 짧게 대화하는 식으로만 소통했다. 아내는 아들을 재우고 나는 딸을 재우느라 종종 다른 방에서 잠들곤 했다. 우리는 아이를 봐줄 사람을 고용할 경제적 여유가 없었고, 가까이 사는 친척도 없었기 때문에 둘만의 시간을 보낼 틈이 거의 없었다. 우리는 대화가 없었다.

아내의 분노가 쌓여가면서 점점 내게 거리를 두고 있다는 사실을 나는 알고 있었다. 그래서 아내를 향한 마음을 표현하는 식으로 관계를 회복하려고 했다. 나는 아내를 사랑하고 그 마음을 표현하고 있으니 그 정도면 충분하다고 생각했다. 하지만 시간이 지난 후에 돌이켜 생각해보니 아내에게 필요한 건 나의 애정과 친절이 아니라 공감이었다. 아내는 내가 자기 옆에 앉아서 지금 기분이 어떤지 물어봐주길 원했다. 아내는 자신의 고통과 불만을 털어놓을 기회가 필요했고, 내가 그 이야기를 들어주길 원했다. 하지만 그 당시에 나는 아내의 마음을 이해하지 못했다.

사실은 내가 먼저 마음을 열고 그동안 억눌렸던 아내의 분노를 받아들여야 한다는 걸 알고 있었지만, 그러기가 두려웠다.

아내와 헤어진 후에야 나는 진심으로 상대를 사랑하는 데 있어 공감이 얼마나 중요한지 이해하게 됐다. 상대에 대한 공감을 키우려면 상대가 무슨 생각을 하는지, 감정은 어떤지, 이 상황을 어떻게 보고 있는지 물어야 한다. 그게 위험해 보여도 해야 한다. 그런 위험을 받아들이기 위해 우리는 나란히 앉아서 서로의 고통을 받아들이고 지지해주는 법을 배울 필요가 있다. 자신의 고통에 공감하는 능력이 없다면 타인을 공감하는 능력에도 한계가 있을 수밖에 없다. 나는 아내가 화가 났다는 사실을 알고 있었기 때문에 두려웠다. 하지만 내가 두려워한다는 사실에 공감해야 한다는 생각은 미처 하지 못했다. 나는 두려움을 초월하고 부인하고 숨기려고 애썼다. 나를 지지할 수 없었기 때문에 아내를 지지할 수도 없었다.

자신에게 좀 더 잘 공감하는 법을 배우면서 나는 두려워해도 괜찮다는 사실을 깨달았다. 두려움은 인간적이고 자연스러운 반응이며, 다른 사람의 고통을 대하기가 두려운 이유는 어렸을 때 내가 자란 환경과 관련된다는 사실을 알게 되었다. 나는 우리 집에 문제가 생겼을 때 가족들이 대화로 해결하는 모습을 거의 보지 못했고, 항상 심하게 다툰 후에 서로를 피해 다른 곳에서 감정이 가라앉을 때까지 뚱해 있는 모습만 보며 자랐다. 그때부터 고통스러운 상황에서 진심을 나누는 대화를 피하게 되었다.

결혼 생활을 할 때 내 안의 두려움을 공감하고 지지하고 진정시켰다면, 아내를 탓하기보다 나의 두려움을 알리고 이런 습관이 내 유년기에서 비롯됐다고 말할 수 있었을지도 모른다. 우리가 진심 어린 대화를 시작할 수 있었다면 서로의 고통에 더 잘 공감할 수 있지 않았을까?

하지만 그때는 그럴 수 없었다. 그때는 친밀한 관계를 맺으려면 먼저 자신의 취약한 부분을 드러내야 한다는 점을 알지 못했다.

그 깨달음 이후에 내가 경험한 짧은 일화를 소개하겠다. 여자 친구와 나는 사이좋게 아침을 먹었지만 전날 다투었다가 화해한 일에 대해선 한마디도 하지 않았다. 나는 마음이 편하지 않았다. 우리 사이가 겉으로는 괜찮아 보였지만 여자 친구가 분노를 참고 있을지도 모른다는 의심이 있었기 때문에, 그녀의 기분을 물어보기가 망설여졌다. 두려움 때문에 뱃속이 꼬이는 게 느껴지자 나는 그 부위를 따뜻하고 다정한 시선으로 보면서 마음속으로 지지하는 몇 마디를 건넸다. 그러자 갑자기 아주 쉽게 말이 나왔다.

"어젯밤 일 말이야. 우리 괜찮은 거지?" 알고 보니 우리 사이는 정말 괜찮았고, 여자 친구는 내가 먼저 물어봐준 걸 고마워했다. 우리는 서로의 장점에 대해 기분 좋은 대화를 나누었다. 나는 안도했고, 일단 자신에게 공감하면 다른 사람하고도 따뜻하고 공감 어린 대화를 나누기가 아주 쉬워진다는 걸 깨달았다.

스스로에게 공감한다는 말에는 우리의 실존적인 조건을 이해한다는 뜻도 포함돼 있다. 이 말은 고통이 평범한 우리 삶의 일부이며, 어떤 면에서 우리는 고통받을 수밖에 없는 존재라는 점을 근사하게 표현한 것이다. 정서적 공감은 인지적 공감을 토대로 자란다. 우리는 감정이 얼마나 중요한지 인식하면서 행복해지고 싶고 고통받고 싶지 않다는 점을 이해한다. 우리는 인간으로 살아가는 힘든 일을 하는 존재이자 느낌을 가진 존재로서, 취약할 수밖에 없는 현실의 여러 상황을 있는 그대로 받아들인다. 하지만 스스로에게 관심을 가지고 지지, 친절, 격려를 베푸는 것 역시 중요하다. 우리가 우리의 사랑을 필요로 하는 내면의 무력한 존재에게 놀란다는 릴케의 말은 우리 내면에서 일어나는 대화를 반영한다. 내면에 있는 무력한 존재가 우리에게 말을 걸면서 지금 고통받고 있다는 사실을 알리는 것이다.

파충류 두뇌와 대뇌 변연계가 도움을 요청해도 불편한 느낌이 들 수 있다. 연민은 대뇌 신피질이 그런 느낌을 감지할 때 일어난다. 대뇌 신피질이 정서적 지지의 원천이 되는 법을 익히지 못하면, 종종 만성적으로 불안해하거나 두려워하면서 잠재적인 위험을 찾아 계속 경계 상태를 유지한다. 마치 자신이 혼자라고 생각하는 것과 같은데, 그 마음에 사랑과 지지와 격려를 보내지 않으면 정말 그렇게 된다.

그래서 우리는 뇌의 좀 더 오래되고 감정적이고 불안한 부분을 지지하고 격려하는 법을 배울 필요가 있다. 지금부터 사랑과 격려를 전하는 다섯 가지 방식을 살펴보자. 그러면 마음이 차분하고 명료하고 편안해지는 상태로 나아갈 수 있을 것이다.

나에게 명상을 배우는 친구 브루스는 최근 자주 슬픔을 느꼈는데 특히 이른 아침에 그런 느낌이 들었다고 했다. 그가 그 느낌에 어떻게 대처했는지 살펴보자.

"나는 딸들과 이야기할 때 종종 애칭으로 '아가'라고 부르는데 오늘 내 슬픔을 그렇게 불렀어. 아침에 이를 닦고 세수를 하는데 갑자기 슬퍼지는 거야. 나는 이렇게 인사했지. '안녕, 아가.' 그 감정 안에는 슬픔과 행복뿐 아니라 다른 모든 감정이 다 들어갈 정도로 커다란 뭔가가 있었어."

내 친구이자 명상 제자인 에밀리는 임상심리학자인데 그녀는 자신의 불안감을 손님이나 친구처럼 대하면서 이렇게 말한다. "안녕. 너 왔구나. 마침 산책하러 나가려던 참인데, 같이 갈래?"

자기대화는 친절함을 기르는 가장 흔한 방식이자 자애명상 수행의 핵심이다. 앞에서 내가 명상할 때 자주 하는 말을 소개한 바 있다. "내가 잘 지내기를. 내가 행복하기를. 내가 스스로와 타인에게 친절하기를." 마지막 구절은 수행의 의미를 나 자신에게 일깨워주기 위해 선택한 것이었다. "내가 친절하기를"이란 말에서 친절한 기운이 굉장히 강하게 느껴져서 때로는 이 말을 하는 순간

practice

가만히 앉아서 눈을 감은 채 "친절"이라는 말을 툭툭 던져보자. 이 말을 당신의 내면 깊은 곳에 떨어뜨릴 때마다 찬찬히 이 말을 "들으면서" 당신이 어떻게 반응하는지 살펴보자. 이 연습의 효과는 잘 드러나지 않을 수도 있지만, 시간이 흐를수록 당신의 태도가 조금씩 부드러워지는 걸 눈치 챌 것이다.

내가 더 친절해지는 느낌이 들기도 한다.

"내가 친절하기를"이라는 말은 당신이 과거에 친절했던 경험을 떠오르게 해서 당신 뇌에 있는 친절 회로를 가동시키고, 자기 자신과 좀 더 부드럽고 다정한 방식으로 관계 맺는 계기를 만들어준다.

어떤 면에서 당신 안에 있는 무력한 존재는 동물과 같다. 이 존재는 당신의 목소리 톤과 말의 속도에 반응한다. 그러니 침착하고 차분하게 말하고, 감정의 톤을 따뜻하게 하면 도움이 된다. "내가 스스로와 타인에게 친절하기를"이라는 말을 지루한 듯 혹은 무심하게 하면 효과가 별로 없을 가능성이 크다. 진심으로 따뜻한 마음을 키우고 싶다면 겁에 질린 아이나 동물을 달래듯 스스로를 안심시켜주는 투로 말하는 게 좋다.

공감력을 키우려면 스스로에게도 존중하고 수용하는 태도로 말하는 편이 좋다. 가끔 나는 사람들에게 고요한 숲속 연못에 꽃송이를 떨어뜨리듯 자신의 가슴에 그런 구절을 떨어뜨려보라고 제안한다. 꽃 한 송이를 살며시 떨어뜨리고 수면이 일렁이다가 잠잠해지는 걸 본 다음 다시 한 송이를 떨어뜨리듯, 이 구절을 말할 때도 먼저 한 구절을 읊고 마음속에서 이 구절을 받아들일 수 있도록 시간을 준 다음, 이어서 다른 구절을 말하는 것이다.

나는 자애명상 수행 초기에 호흡을 이용해 말의 간격을 띄웠다.

숨을 들이마셨다가 내쉬면서 "내가 잘되기를" 하고 말한다. 그런 다음 아무 말도 하지 않고 크게 숨을 들이마셨다가 내쉬면서 내가 방금 한 말에 집중한다. 다음으로 숨을 내쉴 때 "내가 행복하기를" 하고 말한다. 이런 식으로 진행하다가 정신이 산만해지면 다시 호흡에 주의를 기울이고, 내쉬는 호흡에 각 구절을 말한다.

이렇게 천천히 간격을 두면서 말하는 방법은 한꺼번에 빠르게 읊는 것보다 훨씬 더 효과적이다. 말을 빨리 하다 보면 말에 신경 쓰느라 호흡과 느낌을 살필 수 없게 된다. 이 연습을 당신이 두려워하거나 무력하거나 고통스러워하는 일부와 나누는 대화라고 여겨보자. 당신의 가슴, 배, 혹은 어디든 불편하거나 고통이 느껴지는 부분에 대고 이야기해보자. 당신의 대뇌 변연계가 이런 감각으로 당신에게 말을 건네고 있으니, 그 느낌에 친절하게 대응하면 이 대화는 완벽하게 완성된다.

자신과의 대화에 상투적인 구절만 쓸 필요는 없다. 통찰명상 스승이자 치료사인 잭 콘필드는 다음과 같은 말을 써보라고 제시했다. "내 안에 자애심이 가득하길. 내가 내면과 외부의 위험으로부터 안전하길. 내 몸과 마음이 건강하길. 내 마음이 편하고 행복하길." 그가 "내 안에 자애심이 가득하길"이라는 구절을 넣은 이유는 우리가 자기 자신에게 좀 더 친절해지는 것이 목적이란 점을 일깨워주는 게 도움이 된다고 생각했기 때문이다. 또 다른 통찰명상 스승인 샤론 샐즈버그는 이런 말을 했다. "내가 위험으로부터 자유롭기를. 내가 안전하다는 사실을 알기를. 나의 정신이 행복하기를. 나의 몸이 행복하기를. 내가 편안하고 안녕하기를."

이런 식으로 자신에게 맞게 변형하거나 하고 싶은 말을 만들어도 된다. 명상을 하다 보면 이런 일이 종종 일어난다. 자애명상을 하면서 스스로와 대화한다는 사실에 익숙해지면 소중한 친구를 안심시키듯 말하는 게 좋다. 예를 들면 이런 식이다.

- 네가 이렇게 힘든 시간을 보내고 있다니 안타깝구나. 어떤 식으로든 널 돕게 해줘.
- 네가 지금 불안하다는 거 알아. 하지만 내가 옆에 있다는 걸 알아줬으면 해. 넌 혼자가 아니야.
- 난 정말 너를 아끼고 있어. 네가 평화로워졌으면 좋겠어.
- 너의 평온은 내게 아주 중요해. 네가 행복했으면 좋겠어. 네가 행복하기를.
- 괜찮아. 우린 함께 이 일을 극복할 거야. 우린 같은 편이야.
- 사랑해. 난 최선을 다해 널 보살필 거야.

간단하게 "너에게 ( )라고 말하고 싶어" 하면서 말 사이에 어떤 표현을 넣을지 고민하는 것도 좋다. 가끔 우리가 생각해내는 표현은 계속 하다 보면 진부해지는 경우가 있다. 내가 고안한 표현은 나를 위해 그리고 좀 더 중요하게는 내 안에 있는 무력한 존재를 위해 만들어낸 말이다. 이 말은 내 말투와 억양에 익숙해져 있어서, 아무리 시적이라고 해도 일반적인 표현보다 좀 더 쉽게 안심하게 된다. 온화한 태도로, 내 몸과 마음속 느낌에 계속 주의를 기울일 수 있는 속도로 말하는 한 언제나 효과가 있다. 물론 모든 사람이 다 이런 대화를 쉽게 할 수 있는 건 아니다. 그래도 괜찮다. 진부한 표현도 효과가 있다. 다 좋다.

우리 안의 무력한 부분과 대화하는 법에 대해 내가 지금까지 한 이야기의 대부분은 자애명상으로 자신에게 연민을 베풀 때뿐만 아니라 일상 활동을 할 때도 적용할 수 있다. 나는 지금까지 많은 예를 통해 마음의 상처, 당혹감, 두려움 등을 느낄 때 어떻게 스스로를 달래면서 친절하게 공감하고 이야기할 수 있을지 설명했다. 우리는 우리의 고통이나 불편과 계속 대화를 나누면서 필요할 때마다 지지하고 격려하는 말을 건넬 수 있다. 우리가 감정의 친구로서 우리 마음이 행복할 수 있도록 지켜보고 보살피고 있다는 점을 대뇌 변연계에게 알려줄 수 있다. 시간이 흐르면 대뇌 변연계는 당신이 그 감정들을 보살피고 있으며, 그 감정의 관심사를 진지하게 다룰 거라 믿는다. 그러면 불안이 줄어들면서 고통스럽다는 신호도 덜 보내게 된다.

가끔 사람들은 이런 내면의 대화를 뉴에이지(현대 서구의 가치를 거부하고 영적 사상, 점성술에 기반을 두는 생활방식-옮긴이)의 긍정 연습과 헷갈려한다. 자기대화는 우리가 스스로를 더 좋게 느낄 수 있도록 고안된 긍정적인 말을 하는 연습이다. 뉴에이지의 긍정 연습과 자애명상에서 주장하는 '스스로에게 친절하게 말하는 행위'는 어느 정도 겹치는 부분이 있지만 전반적으로 매우 다르다. 사실 아무 공감 없이도 긍정적인 말을 할 수 있기 때문에 역효과가 나서 기분이 더 안 좋아질 수도 있다.

캐나다 워털루 대학교의 심리학과 교수인 조안 우드는 "난 사랑스러워" 같은 긍정의 말 때문에 오히려 스스로를 더 부정적으로 느끼는 사람들이 많을 수 있다는 점을 밝혀냈다. 실제로 믿지도 않는 말을 스스로에게 하면 내면에서 그 말에 반박하는 목소리가 튀어나올 수 있다. "난 사랑스러워" 하면 이런 대답이 들려오는 식이다. "지금 농담해? 넌 루저야. 아무도 널 좋아하지 않는다고!"

미시건 주립대학교의 심리학과 부교수인 제이슨 모저가 실시한 또 다른 연구 결과에 따르면, 불안해하는 사람들에게 위협적인 사건을 긍정적인 시선으로 바라보라고 하면 오히려 부정적인 결과가 나왔다. “걱정이 많은 사람에게 부정적인 감정을 줄이라고 하면 역설적으로 역효과가 났다. (…) 긍정적으로 생각하라는 요구를 받을 때 실제로는 오히려 부정적인 감정이 악화되었다.”

그동안 내가 제시한 ‘내면의 감각을 인지하는 대화법’이라는 맥락에서 생각해보면 이 상황을 이해할 수 있다. 당신의 대뇌 변연계가 위협이 있다고 경고를 보내는데, 거기다 대고 위협이 없다고 하면 뇌는 위협을 확신시키기 위해 더 애를 쓴다. 당신의 대뇌 변연계는 위협이 실제로 존재한다고 인지하고 그 사인을 위험하다는 느낌으로 당신에게 전달하니, 아마 당신의 관심을 사로잡기 위해 위협에 대한 느낌을 더 강하게 보낼 것이다. 사실상 이렇게 소리를 지르는 셈이다. “날 무시하지 마! 뭔가 나쁜 일이 일어날 거라니까!”

내가 제안하는 의사소통 방식은 대뇌 변연계의 입장을 인정한다. 대뇌 변연계가 위협을 느끼고 불안해할 때는 그게 사실이 아니라고 말하는 대신 이렇게 말해야 한다. “네가 지금 불안한 건 알겠어.” 혹은 “이게 무서운 상황이라는 건 알겠어.”

이제 대뇌 변연계는 자신이 하는 말을 당신이 들었고, 자신의 걱정을 당신이 인지하고 있다는 사실을 안다. 그때 우리의 대뇌 신피질이 대뇌 변연계를 지지하고 격려해준다. “난 네 옆에 있어.

난 널 아끼고 네가 행복했으면 좋겠어."

내면의 대화를 효과적으로 하려면 이처럼 두 가지 접근법 — 대뇌 변연계의 시각을 인지하고 거기에 공감한 후 진심 어린 연민을 베풀기 — 이 모두 필요하다.

말보다 오래된 언어

접촉은 우리가 자신과 타인에게 지지와 연민을 보여줄 수 있는 가장 자연스러운 방식이다. 접촉은 말보다 오래된 언어이다. 대부분의 포유류는 정서적 안녕을 유지하기 위해 자주 육체 접촉을 필요로 한다. 거기서 느껴지는 쾌감 때문이기도 하지만, 특히 속상하거나 서로를 달랠 때 접촉이 필요하다. 갓난아기들은 자주 만져주고 쓰다듬어주지 않는 한 스스로 대사를 조절할 수 없다. 신체 접촉이 부족하면 아기의 면역체계에 이상이 생길 수 있고, 심지어 죽을 수도 있다. 아이가 속상해할 때 해줄 수 있는 타고난 연민 어린 반응은 안아주는 것이다. 괴로워하는 친구와 대화할 때 당신은 아마 친구의 팔이나 어깨에 손을 대거나 안아줄 것이다. 자신의 몸을 만지는 행위 역시 고통스럽거나 불편할 때 스스로에게 연민 어린 관심을 보여주는 방법이 될 수 있다.

고통이 가장 두드러지게 나타나는 부분, 대개 심장이나 명치에 손을 대면 도움이 된다. 마음을 진정시키는 자기와의 대화를 보충하고 효과를 높이기 위해 연민에 찬 접촉을 이용할 수도 있다. 자신에게 말을 건넬 때 그 말이 팔과 손을 통해 몸 안으로 들어가고, 당신의 연민에 찬 부분과 두려워하는 부분 사이에 의사소통 채널을 만들어주는 걸 상상해보자. 연구에 따르면 이런 손길은 옥시토신을 분비시켜서 타인과 연결된 느낌, 기쁨과 애정을 준다. 그러니 타인이 아니라 자신의 몸을 연민에 찬 손길로 어루만져도 비슷한 효과가 나온다.

우리의 몸은 접촉을 통해 연민을 주고받게 만들어져 있다. 대의과학센터 이사장이자 캘리포니아 대학교 심리학과 교수인 대처 켈트너는 연민에 찬 의사소통에서 접촉이 하는 역할을 오래 연구했다. 200명이 넘는 성인이 참가한 2016년 연구에서 그는 낯선 사람 두 사람을 방 안에 들어가게 하고, 커튼으로 서로 분리시켰다. 연구에 참가한 사람들은 상대방을 보거나 목소리를 들을 수 없었지만, 커튼에 난 구멍을 통해 상대의 팔뚝을 만질 수 있었다. 켈트너 교수는 접촉하는 사람에게 그것만으로 사랑, 감사, 연민을 포함한 열두 가지 감정을 전달해보라고 요구했다. 이런 감정은 쓰다듬기, 다독이기, 밀기, 톡톡 두드리기와 같은 다양한 방식으로 전달될 수 있다. 놀랍게도 상대방은 이 간단한 신체 접촉만으로도 각기 다른 감정을 상당히 잘 알아맞혔다.

카네기 멜론 대학교 심리학과의 브리타니 자쿠비악 교수와 브룩 피니 교수가 실시한 연구에 따르면, 접촉하는 것을 상상만 해도 심리적, 신체적 건강에 이로울 수 있다. 연애 상대가 자신의 몸을 만지면서 지지하는 말을 해주는 것을 상상한 실험 참가자들은, 신체 접촉 없이 말로만 지지하는 모습을 상상한 참가자들보다 고통을 훨씬 더 잘 감당할 수 있었다. 또한 심리적으로 스트레스가 큰 업무도 훨씬 잘할 수 있었다.

신체 접촉에 대한 우리의 욕구와 필요는 어린 시절 가장 크고 나이가 들면서 줄어들지만 성인도 여전히 정신적, 신체적 행복을 유지하기 위해 접촉을 필요로 한다. 요즘은 많은 사람들이 만성적인 접촉 결핍 상태로 살고 있어서 불안, 우울, 자기회의가 더 심해지는 게 아닐까 싶다. 타인의 연민 어린 손길을 항상 받을 순 없지만 스스로에게 친절하고 연민 어린 손길을 항상 줄 수는 있다. 고통에 대응하기 위해서만이 아니라 타인과의 접촉을 통해 받을 수 있는 장점을 스스로에게도 적극적으로 줄 필요가 있다.

무표정한 얼굴도 위협이 된다

나는 10년 동안 지역 대학에서 자기계발과 학습법에 대해 강의했다. 내가 자주 냈던 과제 중 하나는 학생들에게 짝을 지워주고, 짝에게 그해 여름에 했던 특별히 의미 있는 일을 소개하는 것이었다. 말하는 사람에겐 알리지 않고 듣는 사람에겐 어떤 이야기를 듣든 어떤 식으로도 반응하지 말라고 했다. 그들은 상대를 볼 수는 있지만 아무 표정도 지어선 안 된다. 미소를 짓거나 고개를 끄덕여도 안 되고, 상대가 하는 말에 관심이 있음을 보여주는 작은 소리나 감탄사도 내면 안 된다고 지시했다.

결과는 아주 극적이었다. 상대가 아무 반응을 보이지 않자 이야기하는 학생들은 대부분 극도로 동요되거나 불안해했다. 이야기를 계속하지 못하는 학생들도 있었다. 게다가 이야기를 듣는 쪽도 공감한다는 반응을 할 수 없어 매우 괴로워했다.

상대가 무표정한 얼굴로 — 적의에 찬 표정이 아니라 — 나를 바라보면 우리는 그걸 위협으로 해석한다. 실제로 심리학자들은 실험 참가자들의 스트레스를 유발하기 위해 아무 반응도 보이지 않는 심사위원단을 이용하기도 한다. 인간의 심리와 생리에 신체 언어가 미치는 영향을 전문적으로 연구하는 하버드 연구자인 에 이미 커디는 이 경험을 "야유를 듣는 것보다 더 끔찍하다"고 묘사했다. 예일대학교 교수이자 《왜 미소를 지을까? 얼굴 표정 이면의 과학》을 쓴 작가 마리안 라프랑스는 무표정한 상대에게 이야기하는 건 "유사(늪처럼 끝없이 아래로 흘러내리는 모래) 위에 서 있는 느낌"이라고 표현했다.

이제 질문을 하겠다. 당신이 관찰한 당신의 정서적 분위기는 어떤가? 아마 가끔은 적대적일 것이다. 특히 몸이 불편하거나 누군가 당신이 한 일을 비판할 때, 혹은 거울에 비친 당신 자신을 바라볼 때 그럴지도 모른다. 설사 당신 얼굴에 아무 표정이 없어도 당신의 뇌는 당신의 시선을 적대적으로 간주할 가능성이 크다. 종종 우리는 스스로에게 공감과 친절을 베풀지 않음으로써 라프랑스 교수가 묘사했듯 '정서적 유사 위에 서서' 자신에 대한 회의와 두려움을 만들어내고 있는지도 모른다.

몇 년 전 나는 친절을 베푸는 근사한 방법을 배웠다. 미국의 명상 스승인 잔 초젠 베이스가 쓴 책 《야생의 코끼리를 길들이는 법》에서 소개한 방법이다. 잔은 "애정 어린 시선으로 바라보기"라는 연습을 설명하면서 이 방법은 우리가 세상과 자신을 바라보는 방식을 믿을 수 없을 정도로 간단하면서도 효과적으로 바꿔준다. "우리는 사랑에 빠졌을 때, 갓난아기나 귀여운 동물을 볼 때 어떤 시선으로 봐야 하는지 알고 있다. 그런데 왜 자기 자신은 그런 시선으로 더 자주 보지 않을까?" 정말, 왜일까?

나는 명상 시간에 이 방법을 가르칠 때 학생들에게 애정 어린 시선으로 뭔가를 바라본 경험을 떠올리도록 격려한다. 사랑에 빠졌거나, 갓난아기나 귀여운 동물을 보는 경험은 완벽한 예이다. 나는 보통 잠든 아이들을 바라볼 때의 느낌을 떠올린다. 그러면 아주 소중하다는 감정과 아이들을 보호해야겠다는 느낌이 떠오른다.

이런 기억을 떠올릴 때 당신의 눈과 눈 주위에서 느껴지는 감각에 주목하자. 당신의 눈에 종종 부드러움, 다정함, 온기 같은 감각이 생겨날 것이다. 그 감각에 주의를 기울이며 본질을 의식해보자. 이제 그런 속성이 당신의 눈뿐 아니라 마음의 시선에도 깃들어 있는지 살펴보자. 다치기 쉽고 연약하고 부서지기 쉬운 몸과 감정을 가진 당신이라는 존재에게 시선을 돌리고, 부드럽고 애정 어린 마음으로 바라볼 수 있을지 주의를 기울여보자.

아마 당신은 그렇게 할 수 있을 것이다. 망막은 해부학적으로 뇌의 일부이니, 만약 우리가 시각에 대한 태도를 바꾼다면 뇌 자체가 작동하는 방식도 바뀐다. 이유가 뭐든 애정 어린 시선으로 자신을 바라본 경험을 떠올린 우리는, 이제 스스로를 따뜻하고 친절하고 공감하는 시선으로 바라보게 된다. 그러면 종종 우리의 몸이 부드러워지는 걸 알아차릴 수 있다. 가슴이 열리고, 우리 스스로에게 고맙고 즐겁다. 반려동물을 쓰다듬으면 행복하듯이, 대뇌변연계는 우리 몸에 쾌감의 물결을 보내 고마운 마음을 표현한다. 당신이 자신을 사랑하면, 당신이란 존재도 당신을 사랑한다.

이 명상을 지금까지 설명한 다른 연습과 같이 할 수 있다. 우리는 지지와 친절이 필요한 우리 몸의 일부에 부드럽게 말을 걸 수 있고, 다정한 손길로 안심시켜주고 유대감을 줄 수 있으며, 애정 어린 시선으로 우리의 고통을 바라볼 수도 있다.

미소 덕분에 행복해진다

미소는 타인에게 우리의 감정 상태를 알려주는 하나의 신호이다. 미소는 행복하거나 어색한 기분, 싹싹하거나 안심시키는 의사를 전할 수 있다. 미소로 연민을 표현하기도 한다. 런던대학교의 캐롤린 팔코너 교수에 따르면 우리에게는 부드럽고 싹싹한 시선으로 다정한 미소를 짓는 "친절한 연민"이라는 표정이 있다. "공감하는 연민"이라는 표정도 있는데, 이것은 더 슬퍼 보이고 더 걱정스러워하는 표정이다. 친절한 연민 표정은 상대를 안심시키고 달래주기 위해 다정한 마음을 전하는 표정으로 보이는 반면, 공감하는 연민 표정은 "자신과 상대의 고통에 더 공감하고 함께 그 고통을 덜어주려고 하는 욕망과 헌신"을 전달한다.

우리의 모든 표정은 타인뿐 아니라 우리 자신과 하는 소통의 수단이기도 하다. 미소는 우리를 안심시키고 우리를 더 행복하게 만들어준다. 세간에 회자되는 틱낫한 스님의 말이 있다. "가끔 당신은 기뻐서 미소를 짓지만, 가끔은 미소를 지어서 기뻐질 수도 있다." 당신이 고통스럽거나 불편할 때 그냥 미소를 짓는 것만으로도 어느 정도 효과를 볼 수 있다. 미소는 관심과 친절만 보여주는 게 아니라 자신감도 보여준다. 우리가 고통을 직시하고 미소 짓는다면, 지금 고통받고 있는 그 부분에게 이렇게 말하고 있는 것이다. "괜찮아. 우리가 이걸 해결할 거야. 걱정할 필요 없어. 넌 안전해."

미소를 짓는 것이 가식적이라고 생각해서 꺼리는 사람들도 있다. 진심으로 기쁜 일이 없는데 미소를 짓기가 싫다면, 그걸 하나의 선택으로 생각해보자. 자신에게 미소 짓기가 꺼려지는 건 어쩌면 스스로에게 긍정적인 말을 하면 기분이 더 나빠지기 때문일지도 모른다. 사실 직업 때문에 항상 미소를 지어야 하는 사람들은 스트레스를 더 많이 받는다는 연구 결과도 있다. 그런 가식적인 기분이 들지 않는 절충안은, 진심으로 미소가 우러나오는 뭔가를 생각하는 것이다. 그때 짓는 미소는 진짜 미소이고, 미소 덕분에 즐거운 느낌이 드는 동안 내면의 괴로운 부분에 집중하면 된다. 당신이 좀처럼 미소를 짓기 힘들어하는 사람이라면 이 연습을 해보면서 스스로 어떻게 변화되는지 살펴보길 권한다. 미소를 짓는 연습도 지금까지 소개한 스스로를 지지하는 다른 방법들과 같이 할 수 있다.

긴장 좀 하면 어때

고통을 달래기 위해 우리가 할 수 있는 또 한 가지는 몸의 긴장을 푸는 것이다. 우리의 신체 언어는 타인에게 하는 말이자 내면의 의사소통이다. 위험할 것 같은 상황에서는 그에 대비해 근육이 긴장되고, 실제로 방어적인 태도가 강화된다. 몸이 긴장하면 마음은 두려워해야 할 뭔가가 있다는 신호로 받아들인다. 마찬가지로 육체적으로 편안하면 감정도 좀 더 느긋해질 수 있다. 스트레스가 심할 때는 앉거나 누워서 잠시 휴식을 취하면서 몸 전체를 하나하나 살펴보고, 근육의 긴장을 풀어보자.

호흡도 몸의 긴장을 푸는 데 도움이 된다. 숨을 내쉴 때마다 몸은 자연스럽게 이완된다. 이 글을 읽고 있는 바로 이 순간에도 그 점을 눈치 챌 수 있다. 숨을 내쉬면 어떤 일이 일어나는지 한 번 관찰해보자. 호흡이 전신을 쓸고 가는 걸 느낄 수 있을 것이다. 이건 상상해야 하는 일이 아니라 실제로 몸에서 일어나고 있는 일이다. 숨을 내쉴 때마다 전신의 긴장이 조금씩 풀리면서 편안해진다. 어깨가 밑으로 내려가고 흉곽이 이완되고, 복근이 부드러워지고, 척추가 편안하게 자리 잡으면서 온몸의 긴장이 조금씩 풀리는 게 느껴질 것이다. 계속 내쉬는 호흡에 정신을 집중하면 몸의 긴장이 점점 더 풀리는 것이 느껴진다. 숨을 내쉬는 과정은 부교감신경계의 통제를 받는데, 이것은 몸과 마음이 쉼, 균형, 평온에 이르도록 도와준다. 그래도 남아 있는 긴장은 그대로 받아들이고 사랑해주자. 좀처럼 긴장이 풀리지 않는 부분을 걱정하기보다 긴장이 풀려서 부드러워진 부분을 고마워하자.

미래의 나에게 편지를 써보자. 제대로 편지를 쓸 시간이 없다면 중요한 항목들만 써보자. 이 연습을 하는 데 옳거나 완벽한 방법은 없다.

이 연습에는 흥미로운 점이 있다. 현명하고 친절하고 연민에 찬 "미래의 당신"은 "현재의 당신"의 일부이다. 그래서 당신은 미래

practice

누구의 방해도 받지 않는 곳에서 몇 분 동안 조용히 앉아 있자. 호흡을 포함해 몸의 감각에 주의를 기울이자.
이제 미래의 자신에게 당신이란 존재를 소개하는 모습을 상상해보자. 당신이 전적으로 연민에 차 있고, 미래의 당신을 현재의 당신의 몸과 마음속으로 들어오라고 초대했다는 점을 잊지 말자. 미래의 당신은 현재의 당신에게 매료될 것이다. 미래의 당신은 현재의 당신을 비판하기보다 이해할 것이다. 미래의 당신은 현재의 당신을 야단치기보다 사랑할 것이다. 미래의 당신에게 당신의 고통을 보여주자. 그에게 당신의 수치심과 약점을 보여주자. 현명하고 연민에 찬 미래의 당신은 거기에 어떻게 반응하는가? 미래의 당신이 현재의 당신에게 주는 사랑과 이해를 받아들이자.

의 당신이 어떤 시각을 가졌고 어떤 말을 쓸지 알 수 있다.

이 연습은 친절하고 현명한 방식으로 우리에게 스스로와 관계를 맺을 능력이 있다는 점을 일깨워주고, 그 방법을 제시한다. 우리는 모두 친절의 근원에 접근할 수 있지만, 종종 그 방법을 잊어버리거나 우리 안에 친절함이 존재한다는 사실조차 의식하지 못하고 있다. "미래의 당신"의 목소리에 귀를 기울이면 자신이 어떤 자기친절, 자기연민과 지혜를 타고났는지 발견하게 된다. 당신은 삶의 여러 시련을 헤쳐 나가는 동안 스스로를 이해하고 지지할 수 있는 내면의 힘을 발견하게 된다.

다시 말하지만 당신이 미래의 당신에게서 받는 지혜, 수용, 연민은 현재의 당신에게서 나오는 것이다. 이것들은 모두 현재의 당신이 가지고 있는 능력이다. 당신이 원할 때 언제든 미래의 당신이 지닌 친절을 불러낼 수 있다는 점을 기억하자. 아마 당신의 능력은 당신이 어딜 가든 따라다니는 일종의 수호천사 같은 존재로 인식될 것이다.

이제 우리에겐 스스로를 지지하고 격려할 때 자유롭게 쓸 수 있는 도구가 많이 생겼다. 우리는 스스로에게 연민을 가지고 이야기할 수 있고, 스스로를 달래고 안심시킬 수 있으며 애정 어린 시선과 미소로 자신을 바라보고 몸을 좀 더 편하게 할 수 있다. 심지어 우리의 친절을 마치 외부에 존재하는 강력한 존재이자 우리를

practice

미래의 친구가 보낸 편지

10~15년 후의 당신이 현재의 당신에게 편지를 써보자. 지금의 당신과 오랜 시간 마음챙김 명상과 연민명상을 계속해온 미래의 당신은 아주 많이 달라서, 미래의 당신은 훨씬 더 삶에 만족하고 현명하며 친절하다고 가정해보자.

이 편지는 미래의 당신이 현재의 당신에게 쓴 것으로, 현명하고 친절하고 연민에 찬 영적 친구가 말하듯 말해보자. 미래의 당신은 친절과 이해로 지금의 당신을 돌아보고, 분투하며 힘겹게 살아가는 당신을 지지하고 공감한다. 그리고 무조건적인 사랑, 아무 비판도 하지 않는 사랑을 준다.

이 편지는 당신이 인생에서 처한 어려움들을 다루고 있다. 또한 당신이 느낄 불안과 수치심뿐 아니라 당신이 계속"이 정도로는 부족하다"고 하는 생각도 다루고 있다. 이 편지는 당신을 안심시키고 격려하고 미래로 안내한다. 미래의 당신은 현재의 당신을 잘 알고 있다. 어떤 면에서 미래의 당신은 당신이 자신을 아는 것보다 당신을 더 잘 알고 있다. 당신이 어려운 시기를 헤쳐나가고 있는 동안 미래의 당신은 그 모든 어려움을 다 겪으면서 아직까지 당신은 알아내지 못한 삶의 통찰력을 키웠기 때문이다.

지켜주는 존재로 느낄 수도 있다. 이 모든 것은 우리가 고통스러워하는 내면을 포용하고 지지할 수 있게 도와준다. 릴케가 말했듯 우리의 일부는 무력할지 몰라도, 우리의 존재 자체는 그렇지 않다.

8장

세 번째 화살과 현명한 자기 돌봄

슬픔, 비탄, 한탄에 젖어 있는 것 외에도 첫 번째 화살의 고통에서 도망칠 수 있는 방법이 또 하나 있다. 이것은 고통을 부인하고 정신을 다른 곳으로 돌리는 방법이다. 나는 이 전략을 "세 번째 화살"이라고 부른다.

고통을 느끼면 우리는 관능적 쾌락을 통해 기쁨을 추구한다. 왜일까? 관능적 쾌락 말고는 고통에서 도망칠 수 있는 법을 모르기 때문이다.

이런 반응은 분노와 자기동정이라는 두 번째 화살보다 좀 더 간접적이다. 세 번째 화살은 고통을 피하기 위해 우리의 주의를 다른 곳, 그러니까 간단히 말하면 쾌락으로 돌린다. 오늘날의 삶에서 아마도 가장 흔한 세 번째 화살은 감정적 식습관, 알코올과 마약, 과로, 일중독, 기술 중독일 것이다.

쾌락을 추구하는 건 마냥 즐거운 뭔가를 하며 흥청망청 노는 거라고 생각하고 싶을 것이다. 그럴 때도 있지만 일반적으로는 쾌락 자체가 아니라 쾌락을 추구하는 행위가 우리의 정신을 산만하게 만든다. 세 번째 화살은 우리의 정신을 흐리게 만들거나 불만에 차게 해서 우리 손에 닿을락 말락 한 쾌락을 끝없이 추구하게 만든다. 나는 세 번째 화살촉에 마약이 묻어 있어서 우리가 계속 손에 잡히지 않는 쾌락을 추구하며 영원히 안달하는 꿈에 빠져 있다고 생각한다. 두 번째 화살은 스스로를 비난, 불평하거나 고통 속에서 몸부림치는 것처럼 즉각적인 고통을 불러온다. 반면 세 번째 화살의 고통스러운 결과는 시간이 좀 흐른 후에 나타난다.

정서적 허기를 달래거나 위로받기 위해 먹는 행위는 불쾌한 느낌에 대처하는 아주 흔한 전략 중 하나이다. 우리는 스트레스, 고독, 혹은 지루함에 대처하기 위해 종종 이렇게 먹는다. 이것은 세 번째 화살의 전형적인 활동으로 우리의 주의를 다른 곳으로 돌리려다 결국 더 큰 고통을 야기한다. 위로받기 위해 먹다 보면 건강이 나빠져서 불행해지고, 종종 스스로를 역겹게 느끼게 되고, 원래 있었던 문제를 해결하기 위한 노력은 하나도 하지 않게 된다.

우리가 그토록 간절히 피하려 했던 첫 번째 화살인 고독감이나 스트레스는 여전히 그대로 남아 있다. 심지어 정서적 허기를 달래기 위해 마음껏 먹더라도 사실은 별로 기쁘거나 즐겁지 않다. 보통 우리는 음식에 그다지 주의를 기울이지 않고 먹는다. 나 역시 이런 식으로 먹을 때는 음식을 집어서 씹고 삼키고, 집어서 씹고 삼키기를 반복하는 동작에서 종종 아무것도 느끼지 못한다. 사람의 감각과 의식을 마비시키는 이런 방식으로는 뭘 먹어도 어떤 만족이나 즐거움도 느끼지 못한다. 하나만 더, 한 숟갈만 더 먹어야 기분이 좋아질 것 같다. 감자칩 한 움큼은 만족스럽지 않지만 한 움큼을 더 먹으면 그럴지도 모른다. 아닌가? 그럼 한 움큼을 더 먹어보자. 이런 식으로 우리는 그토록 바라는 만족을 느끼지 못해 계속 뭔가를 탐한다.

우리는 때로 눈앞에서 대롱거리는 당근에 홀려 계속 수레를 끌고 가는 우화 속 당나귀 같다. 당나귀는 욕망에 끌려 계속 앞으로 가지만, 결코 그 당근을 먹을 수 없을 거라는 사실을 알아도 욕망은 사라지지 않는다.

마약과 알코올은 우리가 겪는 어려움으로부터 벗어나게 해주겠다고 유혹한다. 말할 필요도 없지만, 이걸 하면 당장은 좀 더 행복하고 느긋해질 수 있어도 장기적으로는 아무 문제도 해결되지 않고 우리의 건강과 행복뿐 아니라 주변 사람들에게도 심각한 영향을 미치게 된다. 알코올은 사회적으로 용인되는 마약이기 때문에 부정적인 효과가 있다는 점을 고려하는 것조차 마음이 불편해질 수 있다. 하지만 국립알코올남용과 알코올중독협회에 따르면 매년 미국에서만 8만 8,000명이 알코올 관련 문제로 사망해서, 알코올이 예방 가능한 사망 원인 3위가 되었다. 세계보건기구는 매년 330만 명이 알코올 소비로 사망한 것으로 추산한다. 또 다른 세 번째 화살 활동은 흡연이다. 흡연은 예방 가능한 사망 원인 1위이다.

나는 지금 음주와 흡연이 옳은지 그른지가 아니라 그것들의 잠재적, 실제적 결과를 말하는 것이다. 나는 술을 마시면 편두통이 생긴다는 걸 알고 나서 7년 동안 술은 한 방울도 마시지 않았고, 그 시기에 말로 표현할 수 없을 정도로 머리가 맑아지는 걸 경험했다. 샤론 샐즈버그 역시 자신의 명상 스승이 술을 마시는 것이 좋지 않다고 강력하게 주장하는 걸 듣고 몇 년간 술을 마시지 않았고 나랑 똑같은 효과를 느꼈다고 했다. "분명 뭔가 달라지는 걸 느꼈어요. 머리가 맑아지고 힘이 나고, 이전보다 머릿속이 더 단순해지고 힘이 나고 자신감이 생기는 게 느껴졌어요." 당신이 술을 적당히 마시는 사람이라도 한 달, 혹은 일주일 만이라도 금주를 해보면, 효과가 어떤지 경험할 수 있다.

일중독은 마약이나 알코올 의존과는 좀 다르다. 이건 심지어 존경스러워 보일 수도 있다. 내가 얼마나 열심히 일하는지 좀 봐. 나는 아주 많은 성과를 내고 있어. 나는 없어선 안 될 존재이고 중요한 인물이야! 특히 남성들에게 일은 가정에서 겪는 불만이나 좌절을 피하는 수단이 될 수 있는데, 그러다 자칫 통제할 수 없게 되기도 한다. 사랑하는 이들과 충분히 의사소통할 시간이 줄어드는 상황에서 필연적으로 생기는 문제를 해결하려다 보면 기존에 힘들었던 상황은 더 악화되기 마련이다. 좌절감은 분노가 되고, 분노는 경멸로 변한다. 이런 불편한 문제에 직면하는 걸 피하려고 일 중독자들은 사무실에서 전보다 더 오랜 시간을 보내고, 집에 와서는 혼자 있고 싶어 한다.

연결되고 싶고 소통하고 싶고, 친밀함을 나누고 싶지만 충족되지 못하는 배우자의 욕구를 상기시켜주는 것들이 또 다른 세 번째 화살이다.

사업 중독도 비슷하지만 항상 일과 관련 있진 않다. 우리는 속도를 늦추고 삶에서 일어나는 일들을 제대로 느낄 시간도 없이 계속해서 일을 벌이려고 한다. 그래서 항상 서두르면서 겉으로 보기에는 감탄할 일들을 끊임없이 해치운다. (요가 수업, 비영리단체 지원, 다양한 체험 활동 등) 하지만 이런 행동은 삶 자체에 집중하길 거부하는 마음을 드러낸다. 남아프리카의 시인 이안 토마스는 이런 시를 썼다. “그리고 매일 세상은 당신의 손을 잡고 끌어당기며 소리 지를 것이다. ‘이건 중요해! 이것도 중요해! 이것도 중요해! 넌

이걸 걱정해야 해! 그리고 이것도! 이것도!'

매일 잡힌 손을 뿌리쳐서 가슴에 대고 이렇게 말하는 것은 당신만 할 수 있다. "아니, 정말 중요한 건 이거야." 정말 맞는 말이지만 세상만 우리에게 이런 지시를 내리지 않는다. 우리의 내면은 우리를 재촉하면서 이 일과 저 일을 하는 것이 우리 자신, 그리고 우리가 사랑하는 이들과 행복한 시간을 보내는 것보다 훨씬 더 중요하다고 생각하게 만든다.

작가들에게는 우리를 꾸짖는 것 같은 텅 빈 백지 앞에 앉지 않을 수만 있다면 어디든 다 좋아 보인다는 신기한 증상이 있다. 그 백지만 피할 수 있다면 갑자기 부엌이나 욕실 청소, 비디오를 알파벳 순서대로 정리하기, 하루에 이메일을 천 번씩 확인하기, 계속 기억이 날 듯 말 듯 맴도는 노래 가사를 찾아보기 같은 일이 훨씬 더 중요하게 느껴진다. 그런데 해야 할 일을 미루는 버릇은 시간 관리가 어려워서라기보다 불편한 느낌을 해결하는 것이 더 어렵기 때문이었다.

지난 몇 십 년 동안 기술의 발전으로 불만에서 도망칠 수 있는 기회는 기하급수적으로 늘었다. 내가 어렸을 때는 도망칠 곳이 달랑 채널 세 개인 텔레비전밖에 없었다. 요즘 대다수 사람들은 마법의 상자인 스마트폰으로 SNS에서 급류처럼 쏟아지는 정보의 파도를 탈 수 있고, 무제한 공급되는 TV 프로그램과 영화를 고를 수 있고, 게임을 할 수 있고, 짝을 찾을 수 있고, 업무 메일이 나 친구와 가족이 보낸 문자에 답장할 수도 있다. 이 기술은 중독성이 너무 강해서 조금이라도 초조하거나 지루해지는 느낌이 들라치면 우리는 곧바로 스마트폰을 들고 화면을 바라보는 수준에 이르렀다. 한밤중에도 연락이 올까 봐 걱정돼서 스마트폰을 무음으로 바꾸지 못하는 사람들이 아주 많다. 빌라노바 대학교의 엘리자베스 다우델은 심지어 잠결에 문자를 보내는 현상을 기록했다! 이 학교 학생의 4분의 1 이상이 자다가 혹은 아직 잠이 덜 깬 상태로 문자를 보냈는데 그들 중 72퍼센트가 그 일을 기억하지 못했다. 수면에 관한 또 다른 문제는 스마트폰 화면에서 나오는 불빛이 미치는 부정적인 효과이다. 밤에 광원을 직접 보고 있으면 우리 뇌에서 멜라토닌이 자연스럽게 생성되지 못한다.

미국 국립보건원의 발표에 따르면 1910년에는 대부분 사람들의 수면 시간이 평균 아홉 시간인 데 비해, 오늘날 성인의 평균 수면 시간은 일곱 시간이 채 안 된다. 게다가 "성인의 3분의 1 이상이 낮에 너무 졸려서 일을 하거나 운전하거나 사회 활동을 하는데 심각하게 지장을 받는 날이 한 달에 적어도 며칠은 된다"고 발표했다. 수면 부족의 부작용 중 하나는 감정 조절이 더 힘들어진다는 점이다. 잠을 충분히 못 자면 불안, 짜증, 우울감이 커지기 쉬운데 불면증에 시달려본 사람이라면 충분히 공감할 것이다.

수면 부족은 현대인의 기술 중독의 여러 결과 중 하나일 뿐이다. SNS 중독에 대해 2019년 미시건 주립 대학교와 오스트레일리아의 모나쉬 대학교가 진행한 공동 연구에 따르면 페이스북을 지나치게 많이 하는 사람들은 의사결정 능력이 손상됐고, 코카인이나 헤로인에 중독된 사람들처럼 심리테스트 결과도 좋지 않았다. 미시건 대학교의 심리학과 교수 에단 크로스는 사람들이 페이스북을 하는 데 시간을 많이 쓸수록 행복과 삶의 전반적인 만족도가 줄어든다는 사실을 발견했다. 또한 외로운 사람들이 페이스북을 더 많이 할 가능성이 큰 것이 아니라 페이스북을 해서 외로워진다는 사실을 확인했다.

이 모든 사항은 세 번째 화살의 전형이다. 우리는 지루함이나 불만처럼 그다지 심각하지 않은 불만이 해소될 거라는 기대감으로 온라인에서 유대감을 추구하지만 결과적으로 더 불행해지는 걸 느끼게 된다. 기술은 우리를 연결해주겠다고 약속하고, 때로는 그걸 지킨다. 하지만 그보다는 우리를 갈라놓고 외롭게 만드는 경우가 더 많다. SNS 세상이 우리의 마음을 끄는 이유는 사람들 간의 끊임없는 상호작용으로 이루어지는 골치 아픈 현실과 비교하면 아주 단순하고 감당할 수 있어 보이기 때문이다. 배우자와 카페에 앉아 있는데 갑자기 무슨 말을 할지, 나빠진 관계를 어떻게 다시 회복할지 모르겠다는 생각이 떠오를 수도 있다. 우리는 잠시 그 침묵 속에 머물면서 이런 생각이 대화로 이어질 때까지 기다리는 대신, 재빨리 스마트폰을 집어들고 SNS를 통해 잘 알지도 못하는 사람들과 연결되려고 온라인 세상으로 도망가버린다. 문제는 이렇게 할 때마다 진정으로 친밀한 관계를 맺을 기회를 놓치고, 관계에 대한 만족감은 조금씩 줄어든다는 점이다. 우리는 매번 이런 식으로 불편을 외면하려는 습관을 강화한다.

이것만이 고통을 피하는 유일한 방법은 아니며, 우리는 또 다른 방식으로 쾌락을 추구한다. 포르노 중독, 섹스 중독, 불륜, 운동 중독, 쇼핑 중독은 모두 기분을 좋게 하려는 혹은 우리에게 이롭다고 믿는 뭔가를 얻으려는 시도이다. 이 모든 행위에는 고통이 배어 있는데 안타깝게도 결과 또한 고통이어서 건강이 나빠지고 친밀한 관계가 약화되고 불안, 우울, 자기혐오가 생긴다. 세 번째 화살의 마약 같은 효과는 잠시 고통을 외면하게 해주지만 그 때문에 더 고통스러워진다. 세 번째 화살 때문에 방치된 문제들은 종종 처음 피하려고 했던 문제보다 훨씬 더 심각해진다.

쾌락을 추구하면 일시적이고 부분적으로만 그 밑에 깔려 있는 고통을 외면할 수 있다. 하지만 우리는 그 문제가 여전히 그 자리에서 우리를 기다리고 있다는 사실을 알고 있다. 만약 우리가 지루했다면, 여전히 지루할 것이다. 만약 우리가 고독했다면 여전히 고독할 것이다. 우리가 불안했다면 여전히 그 불안은 가시지 않을 것이다.

평범한 중독에서 벗어나기

우리가 그동안 살펴본 자기연민의 네 단계는 우리가 스스로에게 세 번째 화살을 쏘는 걸 피할 수 있게 도와준다. 강박도 그러한 예 중 하나이다. 강박은 우리에게 이렇게 말한다. "쾌락이나 행복을 찾으려면 반드시 이걸 해야 해."

강박이 감자칩 폭식이든 페이스북을 500번씩 확인하는 것이든 늦게까지 자지 않고 빈둥대는 것이든 상관없이, 우리는 이런 행동 패턴이 나타날 때 알아차리고 그러한 행동에 깃든 고통과 불편을 주의 깊게 바라볼 수 있다. 우리는 이제 스스로 지어낸 이야기를 버리고, 도망치고자 하는 불편한 뭔가를 정면으로 바라보면서 지지와 격려와 친절을 베풀 수 있다. 이런 식으로 신성한 정지 순간을 만들어내면, 중독 패턴에서 훨씬 쉽게 빠져나올 수 있다.

여기서 말하는 중독이란 마약 중독이나 알코올 중독이 아니라

"평범한" 중독이라는 점을 강조하겠다. 연민의 네 단계 접근법에 있는 요소들이 심각한 중독을 치료하는 데 도움이 될 수도 있겠지만, 나는 아직까지는 약물 남용으로 고생하는 이들의 실질적 치료 과정을 함께한 적은 없다.

우리는 어쩌면 유혹의 여신이 부르는 노래에 너무 자주 이끌려 "의지력"이라는 불가사의한 자질이 부족하다고 스스로를 포기했을지도 모른다. 하지만 2장에서 살펴보았듯 의지력이 없어도 스스로에게 동기부여를 할 수 있다. 미래의 나와 연민으로 연결되는 방법은 강박을 치료하는 데도 도움이 된다. 밤늦게까지 자지 않고 인터넷 서핑을 하고 싶은 "밤의 몸"보다는 "다음 날 아침의 몸"이 어떻게 느낄지 생각할 수 있다. 밤의 몸이 적절한 시간에 잠자리에 들면 아침의 몸이 고마워할 것이라는 점을 깨달으면, 밤의 몸은 인터넷 서핑을 중단하고 잠자리에 들 가능성이 훨씬 커진다.

강박적인 행동을 멈출 수 있는 또 다른 방법은 종잡을 수 없는 의지력에 의존하지 말고 그 행동에 빠질 기회 자체를 전략적으로 제한하는 것이다. 쿠키를 끝도 없이 먹어치운다면 집에 쿠키를 두지 않는 게 현명하다. 이미 집에 쿠키가 있다면 보이지 않는 곳에 치워서 쿠키가 있다는 사실을 떠올리지 말아야 한다. 아침에 일어나자마자 스마트폰을 확인한다면 스마트폰을 침실에 두지 말고 거실에서 충전하자. 밤에는 아예 꺼놔서 아침에 허겁지겁 인터넷에 접속하지 말고 부팅될 때까지 기다리는 것도 좋다. 일상에서 강박적인 활동을 막을 수 있는 여러 장애물을 마련해두면 저항하기가 훨씬 더 쉬워진다. 갑자기 쿠키를 먹고 싶은 충동이 들어 사러 가고 싶거나 아침에 거실로 나오자마자 스마트폰부터 켜게 된다면 자기연민의 네 단계를 이용해서 자신을 달래고 지지하자. 당신은 그 충동이 잔잔해질 때까지 참고 견뎌낼 수 있다. 우리는 이미 현명하게 자신을 돌보는 방법을 알고 있으며, 이것은 현실 부인과 충동적으로 쾌락을 쫓는 세 번째 화살에 대한 강력한 해독제가 되어준다.

빗물이 새는 지붕을 인생에서 없애기

아내가 헤어지자고 통보했을 때 나는 깜짝 놀랐다. 설상가상으로 아내는 친구와 며칠 지낼 수 있도록 아이들을 다른 곳에 맡기기까지 했다. 너무 뜻밖이었고, 아이들과 작별인사를 할 기회조차 없었다. 아내는 이게 별일 아니라고 생각하는 것처럼 보였지만, 그렇지 않아도 힘들었던 나는 큰 타격을 받았다.

혼자 텅 빈 집에서 쓸쓸하게 주말을 보내게 되었을 때, 처음에는 살만 찌고 몸에는 안 좋은 음식을 실컷 먹겠다는 충동이 본능적으로 올라왔다. 진화생물학자들은 현대인은 위기가 닥치면 그걸 극복하기 위해 고칼로리 음식을 먹는 본능이 진화됐다고 말하지 않을까? 내 경험상 햄버거와 감자튀김처럼 지방 범벅에 짜고 탄수화물 덩어리인 음식은 먹을 때는 위로가 되지만 나중에 속이 불편하고 더부룩해지고 기운이 없어지고 건강에도 좋지 않다.

이런 충동이 계속 느껴졌지만 그동안 자기연민 명상을 꾸준히 해온 덕분에 나는 신선한 야채를 듬뿍 넣은 타이 카레를 먹으면 단기적으로는 기분이 좋아지고 장기적으로는 건강에도 좋을 것이라고 판단했다. 술을 마시고 싶은 유혹도 피했다. 술을 마시면 우울해지면서 자기동정에 빠질 가능성이 크다는 걸 알고 있었기 때문이다.

나는 따뜻한 위로를 받고 싶어서 몇몇 친구에게도 연락을 했다. 그리고 산책을 하러 나갔다. 명상도 했다. 이 중 어느 하나도 그때 내가 겪었던 고통스러운 감정을 사라지게 하지 못했고, 그러리라는 기대도 하지 않았다. 하지만 나는 고통으로부터 도망쳐 숨지 않았고, 장기적으로는 건강과 평안에 부정적인 영향을 미칠 그 어떤 행동도 하지 않았다. 대신 상태를 회복하는 데 좀 더 도움이 될 많은 일들, 이를테면 운동과 친구들에게 연락하기를 선택했고 결과적으로 나는 현명한 자기돌봄을 실천하게 되었다.

현명한 자기돌봄은 세 번째 화살을 막아주는 방패이다. 현명한 자기돌봄은 우리의 장기적인 행복과 안녕에 도움을 주고, 정서적 회복력이 커질 수 있게 도와주는 모든 행위를 가리킨다. 세 번째 화살은 고통스러운 느낌에서 도망치려고 쾌락을 좇게 만들지만, 현명한 자기돌봄은 그 고통을 기꺼이 받아들이게 한다. 세 번째 화살은 단기적으로 사고하게 만들지만 현명한 자기돌봄은 자신의 장기적인 행복과 평안을 고려한다. 세 번째 화살은 뇌의 즉각적으로 반응하는, 현명하지 못한 부분에서 비롯되는 결과물이지만 현명한 자기돌봄은 뇌의 좀 더 깊고 성숙한 부분에서 비롯된다. 세 번째 화살은 습관적이고 충동적이지만 현명한 자기돌봄은 의식해서 선택하게 만든다. 세 번째 화살은 고통을 키우게 하지만 현명한 자기돌봄은 우리가 고통을 덜 느낄 수 있도록 도와준다. 세 번째 화살은 우리의 성장과 배움을 막지만, 현명한 자기돌봄은 성장으로 이끌어준다.

현명한 자기돌봄에는 몸에 좋은 음식을 먹고, 산책을 하고, 친구들과 시간을 보내고, 심지어 가끔은 하고 싶은 대로 해보는 단순한 행위가 포함된다. 이렇게 하면 위로와 지지를 받고 있다는 느낌이 든다. 이런 행위는 우리의 정서적 회복력과 위기 대처 능력을 키워준다. 어떤 이들에게 현명한 자기돌봄은 마음이 차분해지고 질서정연해지는 감각을 느낄 수 있도록 집 안의 잡동사니를 치우는 행위를 뜻한다. 어떤 사람들에게는 직접 예산을 세워서 자신이 가계의 재무 상태를 파악, 통제하고 있다는 사실을 확인하는 것이다. 또는 하루에 여덟 시간을 자거나 점심 시간에 제대로 쉬는 걸 의미한다. 해마다 건강검진과 치과 검진을 받는 것, 아플 때 병가를 내는 것이 자기돌봄일 수도 있다. 어쩌면 매일 명상하는 습관을 들이거나 텔레비전을 보는 대신 책을 읽는 것이 자기돌봄일 수도 있다. 이런 일은 우리 스스로를 도울 뿐 아니라 타인을 지지할 수 있는 기운이 나게 해준다.

이리저리 방황하는 것보다 한 곳에서 명상하며 시간을 보내는 생활이 보편적이던 시절, 어느 노승이 우기에 젊은 수도승들이 어떻게 지내는지 살피러 갔다. 그는 젊은 수도승이 명상하고 있는 오두막에 도착했지만 그가 명상 중인 걸 보고 조용히 앉아 기다렸다. 그러다가 젊은 수도승이 빗물이 새는 지붕 바로 밑에 앉아 있는 걸 발견하고 깜짝 놀랐다. 빗물이 계속 젊은 수도승의 머리 위로 똑똑 떨어졌지만 그는 움찔하지 않았다. 젊은 수도승이 명상을 끝내자 노승이 왜 다른 곳에 앉지 않고 그 자리에 앉아 있는지 물었다. "저는 마음챙김을 수행하고 있었습니다." 젊은 수도승이 대답했다. "아! 마음챙김을 아주 많이 했나 보군요. 하지만 지혜는 별로 없었군요." 노승은 이렇게 대꾸했다.

명상을 할 때 불필요한 고통이나 불편까지 참아야 하는 건 아니다. 어떤 사람들은 내가 소개한 자기연민의 네 단계를 어려운 상황에 대처하기 위해 오직 명상에만 의지해야 한다는 식으로 해석한다. 물론 인생은 고통이다. 그리고 여러분은 고통에 대처해야 한다. 그런데 생각의 함정에 빠지면 명상을 할 땐 반드시 빗물이 뚝뚝 새는 지붕 밑에 앉아야 하고, 다른 곳에 앉거나 지붕을 수리하는 건 옳지 않다고 착각하게 된다.

당신의 인생에서 "빗물이 뚝뚝 떨어지는 지붕"은 당신에게 무례하게 대하는 동료나 배우자일지도 모른다. 당신은 이 문제를 순전히 당신만의 문제로 다루기로 결심하고, 그들이 무례하게 굴 때마다 당신의 고통에 연민을 베푸는 식으로 대처할 수 있다. 아니면 그들이 당신에게 어떤 영향을 미치는지 말하고, 행동을 고쳐달라고 요구할 수도 있다. 어느 쪽을 택하든, 자기연민은 자기희생이 아니다.

자기돌봄이라고 해서 혼자 연습해야 한다는 뜻은 아니다. 때로는 타인에게 도움을 청할 수도 있다. 자기연민의 네 단계는 감정적 부담을 좀 더 쉽게 견딜 수 있게 해주지만 고통에 오랫동안 대처하기란 분명 힘든 일이다. 고통은 어떤 식으로든 여러분에게 타격을 줄 테니, 타인에게 나를 도와주면 고맙겠다고 말하는 것 역시 자기연민이 될 수 있다.

다른 사람들에게 도움을 청하고 싶을 때 느껴지는 의심, 불안, 나약함은 많은 사람들이 경험했을 것이다. "사람들이 거절하는 거 아닐까? 내가 그런 도움을 받을 가치가 있긴 한가?" 바로 이때가 네 단계를 연습할 수 있는 완벽한 시기이다. 당신이 고통스럽다는 사실을 인식하고, 스스로를 의심하는 이야기를 버리고, 불편과 고통을 정면으로 바라보고, 두려워하는 당신의 내면에 사랑과 지지를 보내주는 것이다. 자기연민은 스스로에게 용기를 주고 자기회의를 넘어서서 타인에게 도움을 청하고, 자신의 취약한 면을 남들에게 용감하게 드러낼 수 있게 한다.

현명한 자기돌봄을 실천한다는 말은 자신이 마모될 때까지 멈추지 않고 돌아가는 기계가 아니라 애정 어린 돌봄과 정기적인 휴식이 필요한 소중한 존재로 대한다는 뜻이다. 우리가 스스로를 위해 할 수 있는 가장 친절하고 간단한 일 중 하나는 일을 하면서 규칙적으로 쉬는 것이다. 뉴욕타임스 기자이자 작가인 토니 슈왈츠가 이런 멋진 글을 썼다. 글의 제목은 "쉬세요! 당신의 생산성이 좀 더 향상될 겁니다"이고, 이 글은 지나치게 바쁘게 사는 나의 문제점을 해결해줄 방안을 담고 있었다.

당신의 평범한 하루를 생각해보라. 이미 피곤한 몸으로 일어나지 않나? 침대 밖으로 나가기도 전에 이메일을 확인하는가? 아침을 거르거나, 영양가 없는 음식을 바쁜 출근길에 허겁지겁 삼키지 않나? 점심을 먹을 때도 사무실 책상을 벗어나지 않는가? 중간에 여유 시간을 두지 않고 이 약속 후에 다음 약속 장소로 넘어가지 않나? 어마어마하게 들어오는 이메일을 때맞춰 확인하고 답장하기가 벅차지 않은가? 원하지 않는 야근을 하고도 밤에 또 이메일을 확인해야 할 것 같은 느낌이 들지 않는가?

아침을 거른다는 부분만 빼면 내 생활이 바로 저랬다. 인정하기 창피하지만 나도 아침에 일어나자마자 이메일부터 확인했다. 보통 수십 개의 메일이 밤사이에 와 있어서 잠에서 깨자마자 빨리 처리할 메일부터 분류했다.

낮에는 거의 일만 했다. 운이 좋으면 점심 시간으로 10~15분 정도를 썼지만 항상 책상 앞에 앉아서 먹으니 쉰다고 할 수도 없었다. 매일 명상을 하니 적어도 그건 휴식 시간으로 간주할 수 있지만, 그 외에 내 두뇌는 한시도 쉬지 않고 끊임없이 돌아갔다. 가끔은 벽에 머리를 박고 싶은 순간이 있었다. 그럴 때면 더는 단어 하나도 읽거나 쓸 수 없을 것 같은 기분이 들었다. 그러면 사무실 의자에 축 늘어져서 지친 두뇌가 회복될 때까지 기다려야 했다.

말할 필요도 없지만, 이건 마음챙김이나 연민 어린 방식으로 일하는 게 아니었다.

슈왈츠에 따르면 1950년대에 네이슨 클라이트만이라는 학자가 인간의 뇌는 90분을 주기로 돌아간다는 점을 밝혀냈다. 내가 벽에 머리를 박고 싶은 순간은 한 사이클인 90분을 넘기고도 지나치게 머리를 쓰다가 마침내 연료가 다 떨어진 상태였다. 이 글을 읽은 후로 나는 일하면서 틈틈이 쉬어야 할 필요성에 좀 더 집중했다. 그의 글에선 휴식 시간으로 20분을 권했으니 90분간 전력 질주하고 20분간 쉬는 식으로 시간을 조절해보는 것도 좋겠다는 생각이 들었다.

연구에 따르면 이것은 재능이 탁월한 사람들이 선택한 자연스러운 일상의 패턴이다. 예를 들어 일류 바이올린 연주자들은 하루에 90분씩 세 번 이상 연습하지 않으며 그사이에 쉰다는 사실이 밝혀졌다. 다만 나는 피곤을 의식하려고 노력했기 때문에 시계를 보며 기계적으로 쉬는 게 아니라 피곤한 느낌이 들면 쉬었다. 마음 같아서는 하루 종일 쉬지 않고 일할 수 있을 것 같은 날에도, 90분이 넘으면 반드시 휴식했다.

휴식 시간에는 일어나서 주변을 잠시 걷거나, 차나 커피를 타서 마시거나, 잠깐 밖에 나갔다가 온다. 짧은 산책을 할 때는 나를 둘러싼 주변 세상에 좀 더 관심을 기울이기 위해 사진도 찍는다. 이렇게 휴식을 하고 돌아오면 또다시 이메일이 쌓여 있는 걸 보지만, 휴식으로 머리가 맑아지고 생산성도 늘어난 상태여서 좀 더 빨리, 효과적으로 그 메일을 처리할 수 있다. 역설적이지만 일하는 시간을 줄이면 좀 더 효율적일 수 있다. 나는 여전히 연민에 찬 휴식법을 개발하고 있지만, 마음챙김을 하고 자신을 연민에 찬 태도로 대하는 데 있어 휴식이야말로 아주 강력한 도구임을 알게 되었다. 휴식은 나만 도와주는 게 아니라 내가 만나는 모든 사람을 도와주는 방법이기도 하다.

우리는 끊임없이 생각하고 다양한 충동의 지배를 받기 때문에 우리 마음은 종종 사납게 요동친다. 바람에 수면이 흔들리면 물의 깊이를 알 수 없다. 자기연민의 네 단계를 실천해 거칠게 날뛰는 마음을 고요하게 가라앉히면 표면이 잔잔해지면서 그 밑에 뭐가 있는지 볼 수 있다. 우리 뇌의 더 현명한 부분에 있는 의사소통 채널이 열리면서, 나와 타인의 오랜 행복과 안녕을 존중하기 위해 어떻게 행동해야 할지 아주 또렷하게 보인다.

부처는 도덕적인 삶에 대해 말하면서 좋거나 나쁘고, 옳거나 그른 관점이 아니라 "솜씨 좋게" 혹은 "솜씨 없이"라는 어휘를 썼다. 나는 오랫동안 이 표현에 매료되었고 부처가 이 어휘를 아주 신중하게 선택했다고 믿었다. 솜씨란 무슨 뜻일까? 솜씨란 뭔가를 하고자 하는 목표치와 실제로 그걸 달성할 수 있는 능력, 이 두 가지를 합한 것이다. 솜씨 좋은 도공은 아름다운 꽃병을 만들려 하고 실제로도 그걸 해내는 사람이다. 솜씨 없는 도공은 똑같은 꽃병을 만들려고 하지만 보기 흉한 진흙덩어리만 남기는 사람이다.

우리는 모두 저마다의 행동을 통해 자신의 삶을 빚는다. 그렇다면 당신은 어떤 삶을 빚고 싶은가? 당신에겐 목표가 많을지 모르겠지만, 내가 주목한 것처럼 우리의 가장 깊은 욕망은 마음 편하게 살거나 인생을 잘 살고 있다고 느끼는 것이다. 평화롭게 잘 살고 있다고 느끼며 행복하고 싶은 목표를 이룬 사람이라면 솜씨 좋게 살고 있는 것이다. 건강하고 평화롭고 행복하게 살고 싶지만 스트레스와 갈등만 생긴다면 솜씨 없게 살고 있는 셈이다. 부처는 좋거나 나쁜 삶이 아니라 평화롭고 행복하고 건강한 삶을 사는 데 무엇이 가장 효과적인지를 중요하게 보았다.

애머스트 대학교 심리학과 교수인 캐서린 샌더슨에 따르면, 대부분의 사람들은 자신을 행복하게 만들어주는 건 더 많은 돈을 가지고 기후가 더 좋은 곳에 살면서, 결혼해서 아이를 갖거나 손자가 태어나거나, 새로운 직장을 얻는 것처럼 인생에 큰 이벤트가 일어날 때라고 믿는다. 하지만 우리는 결국 이런 생각에 길들여지고(돈이 많아지면 돈을 쓸 곳을 더 많이 생각할 테니), 그 행복이 얼마 가지 않거나(완벽했던 결혼식의 추억은 금방 희미해지니), 실제로는 우리를 행복하게 해주지 못한다. (연구에 따르면 아이가 없는 부부보다 아이가 있는 부부가 덜 행복하다.) 그렇다면 결국 우리를 장기적으로 행복하게 만들어주는 건 대체 무엇일까?

- 감사하는 마음은 우리를 더 행복하게 만들어준다. 어느 연구에서 참가자들에게 고마운 사람에게 감사의 편지를 쓰게 하자, 그들은 몇 달이 지난 후에도 훨씬 행복했다고 밝혔다. 감사 일기를 매일 쓰는 사람은 그렇지 않은 사람들보다 훨씬 행복하다.
  감사 일기 쓰기는 우리도 직접 할 수 있다. 보통 사람들은 감사한 일을 다섯 가지 정도 쓰지만, 임상심리학자인 레슬리 호웰에 따르면 감사할 일을 열 가지 쓰면 한 가지 한 가지가 좀 더 생생하게 기억나 진부한 내용(함께해준 배우자에게 고맙다) 대신 자신의 삶을 좀 더 세세하게 쓰게 된다. (배우자가 시간을 내어 나의 고민을 들어준 것이 고맙다) 감사하는 법을 연습하기는 '솜씨 좋게 인생을 살아가는 방법'이기도 하다.

- 영성은 행복하고 충만하게 살아가는 이들의 공통된 삶의 요소이다. 영적 혹은 종교적 전통을 따르는 인생에는 의미와 목적이 있다. 또한 같은 믿음이나 생각을 가진 공동체와 연결되는데,

이런 사회적 연결은 정서적으로 대단히 이롭다.

- 자연이 우리를 더 행복하게 해준다. 병실에서 바깥 풍경을 볼 수 있는 환자들은 좀 더 빨리 회복된다. 도시에서는 나무 한 그루만 있어도 거주자의 행복감이 훨씬 더 높아진다는 결과가 있다. 녹지에서 시간을 보내면 기억력은 향상되고 불안과 우울은 줄어든다.

- 친절하고 연민에 찬 존재가 되면 좀 더 행복해진다. 자원봉사를 하거나 자선을 하면 행복감이 더 커진다. 이런 활동은 우리 삶에 의미와 목적을 부여한다. 우리는 모든 시간을 자신에게 쏟으면 더 행복해질 거라고 생각하지만 사회적 동물인 인간은 연민을 느끼도록 만들어져 있다. 타인을 돕는 일을 하지 않으면 우리의 행복은 완전하게 느껴지지 않는다.

- 충분히 자고 운동하며 우리의 생리적 욕구를 보살피는 것도 행복과 관계가 있다. 브리검과 여성 병원과 MIT가 함께 진행한 프로젝트인 '스냅샷 연구'에서 규칙적인 수면이 정서적 건강과 행복을 촉진한다는 연구 결과가 나왔다. 걷거나 자전거를 타고 출근하는 사람들은 운전을 하거나 버스를 타고 출근하는 사람

들보다 훨씬 행복하다. 영국에서 1만 명을 대상으로 실시한 연구에 따르면 자주 앉아 있거나 누워 있는 참가자들보다 이곳저곳 돌아다니는 참가자들이 훨씬 더 행복할 뿐 아니라 장기적인 삶의 만족도도 더 높은 것으로 밝혀졌다.

- 차나 넓은 집처럼 물건에 돈을 쓰는 사람보다 여행이나 콘서트처럼 경험에 돈을 쓰는 사람들이 훨씬 더 행복하다.

- 비교하지 않으면 행복감이 커진다. 세상에는 당신보다 더 부자이거나, 더 아름답거나 더 근사한 곳으로 휴가를 다녀왔거나, 더 비싼 차를 가진 사람들이 항상 있다. 비교하지 않으면 당신은 지금 이대로도 충분하다고 느끼지만 비교하면 부러워할 뿐이다. 바로 이런 이유 때문에 SNS를 많이 할수록 더 불행해진다. 실제 자신의 삶보다 훨씬 더 멋진 모습으로 일상을 전시하는 타인과 어쩔 수 없이 비교하게 되니 말이다.

- 친구나 가족, 연인과 친밀한 관계를 맺고 유지하는 것도 우리의 안녕과 행복감을 키우는 아주 강력한 방법 중 하나이다.

- 이런 연구 결과 중 일부는 당연해 보일지 모른다. 결과 대부분

은 솜씨 있게 인생을 사는 법을 소개하는 불교의 가르침하고도 일치한다. 하지만 일부는 직관에 어긋나 보인다. 특히 우리의 마음속 깊은 곳에 있는 지혜의 원천과 오랫동안 멀어져 있었다면 더 그렇게 느낄 것이다. 그러니 이 책에서 소개하는 방법들을 한번 시험해보자.

감사 일기를 쓰자. 더 자주 자연과 접하자. 당신이 살고 있는 지역의 단체에 기부하자. 산책을 하자. 친구와 더 많은 시간을 보내자. 이런 활동이 당신의 전반적인 행복과 만족에 어떤 영향을 미치는지 살펴보자.

우리의 행복과 만족도를 높이는 방법으로 또 한 가지를 제안하고 싶다. 뭔가를 이루어야 행복해질 수 있다는 생각을 버리는 것이다. 당신은 지금 이 순간, 바로 여기서, 인생의 어느 때든 행복해질 수 있다. 우리가 해야 할 일은 지금 이 순간 어떤 일이 일어나든 그 일을 받아들이는 것이다. 이 순간의 진가를 인정하고 감사하는 마음을 갖자. 지금 당장 당신이 행복하지 못하게 가로막고 있는 것을 놓아주자. 당신의 마음이 평화로워지게 하자. 행복은 밖에 있는 무언가가 아니다. 행복은 당신이 발견해주길 기다리는 무언가도 아니다. 행복은 마음챙김을 통해, 받아들임을 통해 가장 힘든 사건조차 연민으로 대하는 경험에서 솟아난다.

9장

스스로를 용서하는 법을 배우기

~~~~~~~~~~~~~~~

대개 후회와 수치심은 극심한 마음의 고통을 초래한다. 이 둘은 우리 일상에서 흔히 일어나는 만큼 감정을 심하게 손상시킨다.

우리는 모두 실수한다. 나도 수없이 그랬다. 한번은 스코틀랜드에서 일을 마치고 돌아가기 위해 레이캬비크에서 비행기를 경유하려다 미국행 비행기를 그만 놓치고 말았다. 스코틀랜드와 아이슬란드의 시차가 한 시간이라는 사실을 깜박한 것이었다. 장인어른의 차에 있는 자동변속장치를 작동시키려다 실수로 후진하는 바람에 차고 문을 박은 적도 있다. 더 심각하게는 말실수나 불친절한 행동을 해서 누군가의 마음에 상처를 낸 적도 많았다. 이런 예는 얼마든지 들 수 있지만 지금쯤이면 내가 무슨 말을 하려고 하는지 알 것이다.

윤리적 후회란 우리가 의도적으로 혹은 우연히 어떤 일을 저질렀는데 그 결과가 우리의 윤리적 가치에 반하거나 타인에게 고통을 주었다는 사실을 가슴 아프게 인식하는 것을 말한다. 후회는
~~~~~~~~~~~~~~~

고통스러운 감정이지만 나쁜 건 아니다. 부처는 후회를 "세상의 보호자"라고 불렀다. 후회가 없다면 우리의 나쁜 행동을 막아줄 수 있는 장치가 거의 없기 때문이다.

후회가 아무리 고통스러워도 우리가 윤리적 가치에 반하는 행동을 했다는 점을 스스로 일깨우기 위해서는 반드시 필요하다. 반사회적 인격장애자와 정상인의 차이 중 하나는 전자는 후회를 하지 않아 타인을 다치게 하는 일을 망설이지 않는다는 것이다. 그러니 후회는 없으면 안 된다.

하지만 우리가 스스로를 용서하지 못해 계속 후회하는 패턴을 반복한다면 문제가 발생한다. 그래서 자기연민 명상에서 중요한 점은 자신을 용서하는 법을 배우는 것이다. 자신을 용서한다는 것은 우리가 일을 그르쳤을 때 스스로에게 인자함과 자비를 베푼다는 것이다.

우리는 왜 후회에 갇힐까? 자신의 행동에 책임을 지지 않으려는 마음 때문일 수도 있다. 우리는 자신이 뭔가 잘못했다는 사실을 알고도 체면을 유지하고 싶어서 스스로나 타인에게 자신이 좋은 사람이라고 설득하려 애를 쓴다. 그러기 위해 진실을 왜곡하면서 우리가 나쁘게 행동한 사실을 부인하거나, 다른 사람들의 잘못을 지적하는 식으로 비난을 피하려 할지도 모른다. 물론 이런 전략은 효과가 없다. 마음속에 자리 잡고 있는 후회는 해소되지 않았고, 고통스러운 감정은 계속 떠오르고, 우리의 변명은 새로운 갈등을 야기하기 때문이다.

당신이 스스로를 좋은 사람으로 보는 게 중요할수록, 다른 사람들이 당신의 잘못된 행동을 지적할 때 그 지적을 기꺼이 받아들일 가능성은 줄어든다. 자신의 지위를 지키기 위해 당신은 스스로를 변호하거나 상대에게 반격을 가할 것이다. 최근에 한 친구가 자신의 매니저와 갈등을 겪는 상황을 지켜보았다. 매니저는 번번이 내 친구가 가진 전문 지식은 고려하지 않고 독단적으로 중요한 결정을 내렸다. 더 나쁜 점은 그런 결정을 내린 이유를 설명하지 않고 "난 그렇게 결정했어요"라고 일방적으로 통보했다는 것이었다. 내 친구는 좌절했고 자신감을 잃었다. 매니저의 행동에 대해 상사에게 이의를 제기하자 매니저는 얼버무리면서 내 친구를 더 거세게 비난했다. 상사가 자신을 좋은 사람으로 보았으면 하는 욕망에 집착할수록, 매니저의 행동은 더 나빠졌다.

스스로를 좋은 사람이라고 확신하는 문제에 대한 대안이 자신을 나쁜 사람이라고 믿는 건 아니다. 그러면 상황은 더 악화된다. 그에 대한 대안은 자신을 어떤 사람으로도 생각하지 않는 것이다. 자신을 어떤 식으로든 규정하지 말자. 부처는 자신이 근본적으로 어떤 사람이라는 믿음을 버리지 않는 한 우리는 항상 고통받을 거라고 강조했다. 자신에 대해 스스로 내린 정의에 누군가가 이의를 제기하면, 자신의 본질이 공격받는다고 생각해 매번 방어적인 태도를 취할 테니까.

두 사람이 있다고 가정해보자. 한 사람은 책임을 회피하면서 변명을 늘어놓고 다른 사람에게 비난을 전가한다. 또 한 사람은 이렇게 말한다. "미안해. 내가 일을 망쳤어. 앞으로 더 잘할 수 있게 이번 일에서 배우려고 노력할게."

당신은 어떤 사람을 더 존경하겠는가? 누굴 더 믿겠는가? 그러니 당신이 어떤 사람인지에 초점을 맞추지 말고 당신이 하는 일에 초점을 맞추자. 좋은 사람이 되려고 하거나 그렇게 보이려고 애쓰지 말고, 옳은 일을 하겠다는 목표를 세우자. 스스로 책임을 지면 당연히 힘은 들겠지만, 자기연민의 네 단계를 연습하면 어려운 시기에도 스스로를 지지하는 방법이 생긴다. 이렇게 자기연민을 연습하면 우리는 점점 더 강해지고 솔직해진다.

네 단계 자기연민을 실천하는 데 점차 익숙해지면 우리는 고통을 부인하고 회피할 경우 자신뿐 아니라 타인에게도 더 큰 고통을 준다는 사실을 깨닫게 된다. 이 사실은 우리가 버려야 할 또 다른 이야기일 뿐이다. 이 단계를 거쳐야 우리는 후회라는 고통을 정면으로 받아들이고 지지할 수 있다. 이 과정이 익숙해지면 우리의 감정도 더 선명해져서 자신과 타인에게 솔직해질 필요성을 깨닫게 된다. 자신의 실수를 인정하고 책임을 져야 한다는 점도 알게 된다. 이런 인식을 통해 우리는 진심으로 사과하고 보상할 수 있는 부분은 그렇게 한다.

내가 처신을 잘 못하는 상황 중 하나는 아이들과 있을 때이다. 아이들은 심리적으로 나와 아주 다른 세계에서 살아가는데, 그 세계에서는 마감이 아무 의미가 없다. 그런데 나는 종종 아이들을 시간에 맞춰 여기저기 데려다줘야 하기 때문에 아이들과 종종 부딪히곤 한다.

마침내 내가 아이들 때문에 짜증을 내거나 화를 냈을 땐 즉시 아이들에게 사과해야 한다는 점을 깨달았다. 내가 화를 내느라 우리 모두 힘들어하는 시간이 길어질수록 문제를 해결하기가 더 힘들어진다. 그리고 아이들의 정신 건강은 내 자존심보다 훨씬 중요하다.

나는 아이들에게 사과할 때 왜 그렇게 행동했는지 설명한다. 예를 들어 그때 아빠가 스트레스를 받고 있었다고 설명해서 아빠에게도 내적인 삶이 있고, 실수할 수 있는 인간이라는 점을 아이들이 이해하게 한다. 아빠가 언성을 높이는 이유는 너희 잘못 때문이 아니라고도 종종 말한다. 아빠가 한 행동은 아빠가 책임져야

지 다른 사람의 책임이 아니라고도 말한다. 결과적으로 나는 아이들에게 너희가 그렇게 가혹한 대우를 받을 사람이 아니라는 점을 일깨워준다.

내가 이렇게 사과하면 우리의 신뢰와 화합은 아주 빨리 회복되고, 우리는 종종 서로에게 아주 가깝다고 느끼게 된다. 상대방에게 당신이 힘겹게 분투하고 있는 인간이란 점을 알리고, 당신의 윤리적 가치를 알리고 그 가치를 고수하려는 힘겨움을 알리고 기꺼이 옳은 방향으로 행동을 고치겠다는 의지를 보여주면, 당신은 상대방에게 당신과 공감할 수 있는 기회를 주고 있는 것이다.

우리 가족의 경우, 내가 먼저 사과한 후에는 다같이 껴안고 서로를 향한 친밀함과 사랑을 느낀다. 가끔은 고친 부분이 가장 강한 부분이 되기도 한다. 물론 가끔 아이들은 사과만으로는 충분하지 않다고 내게 항의하겠지만, 아이들의 말이 맞다. 말로만 사과할 것이 아니라 행동을 고치기 위한 노력 또한 중요하기 때문이다.

그러면 나는 좀 더 차분해지고 연민과 마음챙김에 집중하는 사람이 되기 위해 노력할 것이다. 물론 행동을 바꾸는 것이 쉽지 않고 상당한 시간이 걸린다는 점도 아이들에게 설명할 것이다.

우리가 실천할 필요가 있는 또 다른 "다음 단계"는 보상이다.

예를 들어 당신이 뭔가를 빌렸다가 잃어버렸다면 주인에게 그것을 대체할 뭔가를 주거나 보상해야 한다. 주인이 예의상 그럴 필요가 없다고 말해도 말이다.

하지만 보상 자체가 결코 사과를 대체할 수는 없다. 앞에서 언급한, 자녀에게 결코 사과하지 않는 내 친구의 남편은 아이들에게 사과하는 대신 갑자기 아주 친절하게 대하거나 선물을 주는 식으로 행동한다. 그런데 이런 방법은 별 효과가 없다. 우리가 야기한 마음의 상처를 직접 다루어 자신의 행동과 결과에 책임지고 사과하고, 행동을 바꾸려고 노력하는 모습을 보여야 한다. 남에게 상처 주는 행동을 한 후에 피해자에게 이전의 행동과는 관련 없는 친절한 표현을 해봤자 피해자는 혼란스럽기만 하고 결과적으로 더 상처받는다.

후회를 내려놓기가 힘든 또 다른 이유는 우리가 이미 한 행동이 아닌 하지 않은 일에 더 초점을 맞추고 있기 때문이다. 어쩌면 우리는 현재의 관계에 집중하지 못하고 계속 과거의 파트너가 "영혼의 짝"이었을지도 모른다고 생각할 수도 있다. 아니면 우리가 꿈꾸는 직장에 가게 됐을지도 모를 기회를 놓쳤다고 생각할 수도 있다. 추측이란 결코 현실에서 해결되거나 풀릴 수 있는 일이 아니다. 놓쳐버린 여러 가능성을 끝없이 떠올리는 한 우리는 결코 앞으로 나아갈 수 없다.

물론 우리는 후회할 일이 생기면 자신이 지금 고통에 빠져 있다는 사실을 깨닫고 상상의 시나리오를 지운 다음, 우리의 고통을 정면으로 바라보면서 연민 어린 태도를 보일 수 있다. 이것이 바로 우리에게 익숙한 네 단계이다. 하지만 당신은 결국 계속해서 후회할 것이다. 고통스러운 후회는 아무리 시간이 지나도 계속해서 떠오르는 경향이 있기 때문이다. '만약 ……만 했다면 내 삶이 더 나아질 수도 있었는데.' 이런 후회는 계속해서 무의식에 남아 있게 마련이다.

이런 상황에서는 당신 스스로 내린 결정이 도움이 될 수 있다. 놓쳐버린 기회에 집착하는 대신 당신이 한 행동을 있는 그대로 받아들이자. 당신은 선택을 했다. 당신은 다른 길을 놔두고 이 길을 택했다. 그때 당신은 가진 자원과 정보를 최대한 활용해서 그 선택을 했을 것이다. 그리고 그 선택은 끝났다. 이미 과거가 되었고, 지나간 일이다.

당신이 그때 그렇게 선택한 이유가 있었다는 사실을 기억하자. 당신이 그때 가지고 있었던 정보는 완전하지 않다. 당신이 가지고 있는 특정한 욕망과 두려움과 맹점이 합쳐져서 그때 그런 결정을 내린 것이다. 당시 당신의 상황을 고려해보면 어떤 면에서는 그렇게 행동할 수밖에 없었을 것이다. 후회가 밀려올 때는 과거의 당

practice

당신이 과거에 했던 일 중 후회되는 것을 떠올리고 마음속에서 어떤 일이 일어나는지 주의를 기울이자. 떠오르는 이미지와 말에 관심을 기울이자. 어떤 느낌이 떠오르든 찬찬히 살펴보자. 자기비판 같은 반작용이 떠오르면 거기에도 주의를 기울여보자.
이제 과거의 당신에게 마치 소중한 친구에게 하듯 말을 걸어보자. 너는 당시 상황상 선택의 여지가 별로 없어서 그렇게 행동할 수밖에 없었다고 말해주자. 과거의 당신에게 우리 모두 실수한다고 말해주자. 네가 한 일은 과거에 한 것이라고. 그 실수에서 배우고 미래에 훨씬 나은 결정을 하도록 노력하면 결국 보상을 받을 거라고 말해주자. 너를 용서했다고 말하자.

이제, 당신의 느낌은 그저 몸에서 일어나는 감각의 패턴이라는 점을 인식하자. 그리고 당신의 기억들은 그저 마음이라는 공간에 나타나는 생각 — 감각에 새겨진 단편적인 인상들 — 이라는 점을 인식하자. 이 모든 것은 당신의 과거 행동에 대한 해석이다.

이제 당신의 시선을 지금 이 순간의 감각적인 현실로 돌리자. 눈 주위 근육을 풀고, 당신의 몸과 주위를 둘러싼 세계에서 어떤 감각이 느껴지든 다 의식해보자. 가능한 최선을 다해 지금 느껴지는 모든 감각을 받아들이자. 모든 것을 애정 어린 시선으로 바라보자. 이 순간에 온전히 집중할수록 얼마나 더 평화로워지는지 느껴보자.

만약 사과나 보상이 적절하다면 뭘 해야 할지 알 것이다. 과거의 당신에게 연민을 베풀어야 한다면, 저절로 그런 일이 일어날 것이다. 마지막으로 고통스런 후회에 갇혀 있다는 느낌이 들 때마다 이 연습을 할 수 있다는 점을 인식하자.

신을, 인간으로서 한계를 지녔고 실수할 수 있는 사랑하는 친구를 대할 때와 똑같은 마음으로 대하자. 과거의 당신을 비난하고 탓하는 대신, 다정하게 걱정하는 마음을 찾아내자. 과거의 당신을 떠올리며 이렇게 말해보자. "널 용서할게. 그때 네가 왜 그렇게 행동했는지 이해해. 괜찮아. 넌 용서받았어. 이제 네가 평화롭기를 빌어." 이렇게 과거의 당신을 타인이라 생각하고, 과거의 당신에게 현명하고 친절한 영적 친구가 되어주자.

어떤 사람들은 용서란 더 나은 과거에 대한 희망을 포기하는 거라고 말한다. 과거는 사라졌고 남은 건 현재밖에 없다. 이 순간을 온전히 소중하게 여길 때 과거로 고통스러워하지 않을 수 있다. 우리는 현실에서 고통을 겪고 싶지 않아서 과거에 내린 결정들을 떠올리며 '그때 다른 결정을 내렸더라면 좋았을 것'이라고 생각하지만, 지금까지 살아오면서 우리가 내린 모든 결정이 우리를 기적 같은 현재로 이끌어주었고 지금의 나를 있게 해주었다.

내가 열두 살이었을 때 가족과 같이 여름휴가를 갔다. 우리는 그때 영국의 한 지방에서 관광을 했다. 그 지역은 아주 멋진 석조물이 있는 구석기 시대 동굴로 유명했다.

나는 가족과 떨어져 혼자 뭔가를 하다가 가파른 계단을 달려 부모님에게 갔다. 당시 나는 몇 주 전에 팔이 부러져서 팔걸이 붕대를 하고 있었다. 나는 달려가다가 어떤 젊은 여자를 스치면서, 붕대를 건 쪽의 팔꿈치로 그만 여성의 엉덩이를 치고 말았다. 아주 세게 부딪친 느낌이었다. 나는 너무나 당황했고 내가 일부러 그녀를 쳤다고 생각할까 봐 두려워 더 빨리 달렸다. 하지만 창피한 마음은 어쩔 수 없었다. 부모님에게 갔을 때 너무 수치스러워서 무슨 일이 있었는지 말하지 못했다. 나는 수치심을 숨겼고, 그 후로 몇 년 동안 그 일이 계속 떠올랐다.

많은 사람들이 중학생 때부터 성인이 될 무렵까지 일어났던 이런 생생하고 굴욕적인 기억을 갖고 있을 것이다. 어쩌면 우리의 잘못은 없었을지도 모른다. 우연한 사고일 수도 있는 일에 굴욕감을 느꼈거나, 다른 사람이 우리에게 한 행동을 고민하다가 그런 기억이 생겼을 수도 있다.

문제는 이런 기억은 그 일이 일어난 지 수십 년이 지난 후에도 우리를 움찔하게 만들 수 있다는 것이다. 그런 기억에 대해 자기연민을 실천하려면 특별한 방법을 택해야 할지도 모른다. 이렇게 강렬한 감정을 유발하는 기억이라면 엄청난 수치심이 일어나는 기억이거나 죽을 뻔했던 기억일 수도 있다. 나는 글래스고에 있는 다세대 주택가를 지나가던 중, 앞마당에 있는 쓰레기를 치우던 사람이 도로 옆 쓰레기통을 향해 무심코 던진 벽돌 하나가 아슬아슬하게 내 머리를 스친 적이 있다. 그 벽돌에 머리를 맞았더라면

치명적이었을 것이다. 죽을 뻔했던 기억은 몇 달이 지난 후에도 떠올랐고 그때마다 온몸이 오싹해졌다.

이런 점 때문에 나는 수치스러운 기억이 종종 떠오르는 이유는 사회적 죽음과 관련이 있기 때문일 거라는 생각을 하게 되었다. 오랫동안 수치심에 시달리는 사람들의 기억 대부분은 그 사람이 조롱을 당하거나 사회적으로 거부당했을 수 있는 상황과 관련이 있다.

과거 인류에게 공동체에서 추방되는 벌은 사형과 같았다. 그래서 우리의 유전자는 거절을 죽음만큼이나 두렵다고 믿도록 부추긴다. 가끔 죽음보다 거절을 더 두려워하는 사람들도 있다. 공개적으로 굴욕을 당하느니 차라리 자살을 택하는 사람들의 이야기도 종종 들려온다. 가장 두려워하는 일을 물으면 죽는 것보다 사람들 앞에서 말하는 게 더 무섭다고 대답하는 사람들도 많다.

수치심을 유발하는 기억은 대체로 사람들에게 조롱이나 따돌림을 당하고, 타인에게 부족하고 가치 없는 존재로 찍히는 두려움에서 기인한다. 이런 수치심은 건강한 윤리적 후회와는 매우 다르다. 후회는 우리가 뭔가를 잘못했다는 사실에 대한 자각으로, 주로 행동에 초점을 맞춘다. 반면 수치심은 자신에게 초점을 맞추고 자신이 틀렸다는 인식을 토대로 한다. 간단히 말하면 후회는 “난 나쁜 짓을 했어"라고 말하고, 수치심은 "난 나빠"라고 말한다.

과거에 나는 수치심이 느껴지면 본능적으로 털어버리려고 애를 썼다. 수치심을 내 무의식에서 밀어낼 수 있을 것이라 믿었다. 하지만 그렇게 해봤자 고통스러운 기억은 마음속 깊은 곳에 도사리고 있다가 시간이 지난 후 적절한 자극이 주어지면 다시 나타날 준비를 하고 있었다. 훗날 나는 자기연민 명상을 배운 덕분에 고통을 받아들일 수 있다는 점을 알게 되었고, 그 결과 수치심을 밀어내려고 애쓰는 대신 그냥 놔두기로 했다. 나는 수치심에게 친절하게 말을 걸 수 있었다. 마음속에 수용과 친절의 공간을 만들어 수치심을 다룰 수 있는 새로운 도구를 쓰게 된 것이다.

먼저, 나는 과거의 나에게 동질감 대신 연민을 가지는 법을 배웠다. 수치스럽고 두려워하는 과거의 나에게 동질감을 가지면 정서적으로 공감하면서 고통을 느끼게 된다. 다시 과거로 돌아가 그때의 나와 똑같은 고통을 느끼는 것이다. 대신 한 발짝 뒤로 물러나 다른 사람을 바라보듯 과거의 나와 과거를 바라보자. 과거의 당신을 위해 현명하고 친절한 영적 친구가 되어보자. 과거의 나를 다정하게 껴안고 친절하게 바라보며 애정을 담아 이렇게 말해보자. "괜찮아. 내가 여기 있잖아. 난 너를 아끼고 있어. 항상 옆에 있을 거야. 네가 고통스러워하는 걸 알고 있어. 다 괜찮아. 우리는 위험하지 않아. 우린 안전해."

수치심은 자신뿐 아니라 타인도 관련된 사회적 감정이다. 우리는 어쩌면 친구, 가족, 혹은 낯선 사람으로부터 굴욕, 비난, 거절을 당할까 봐 두려워하는지도 모른다. 아니면 과거에 괴롭힘을 당했거나 마음의 상처를 받아서 생겼을지도 모른다. 이때 연민의 힘을 키우면 자신뿐 아니라 타인에게도 연민을 베풀 수 있다. 그렇게 두려움이 아닌 공감과 배려를 토대로 타인과의 관계를 변화시킬 수 있다.

자기혐오란 자신에 대한 혐오가 아니라 타인을 향한 혐오이자 그들이 우리를 어떻게 비판하고 거부할지에 대한 문제이다. 자신을 혐오한다고 말할 때 우리는 대체로 타인이 우리를 싫어하고 멸시하고 거절하거나 혹은 우리에게 아무 관심이 없는 상황을 상상한다. 물론 이런 상상은 아주 고통스럽다. 하지만 자기혐오를 할 때 마음속에서 무슨 일이 일어나는지 주의를 기울여보자. 우리는 다른 사람들의 마음속에 우리의 생각을 집어넣고, 다른 사람들의 입에 우리가 하는 말을 집어넣고 있는 셈이다. 이렇게 하는 이유는 그들이 우리에게 악의를 품고 있다고 가정하기 때문이다.

하지만 대개 그건 사실이 아니다. 그들을 향한 자애심을 키운다면, 우리는 스스로를 더 좋게 느낄 것이다. 사람들을 믿고 그들의 마음이 나에 대한 증오로 가득 차 있을 거라는 짐작을 버리면, 우리는 스스로를 좀 더 편하게 대할 수 있다. 다른 사람들이 나를 싫어한다는 상상을 그만하게 되고, 따라서 거절당할까 두려워하지도 않게 된다.

만약 다른 사람들이 정말 우리에게 나쁜 행동을 한다면, 그들을 연민에 찬 눈길로 바라보자. 고통에 대한 반응에 갇혀, 서툰 행동으로 더 큰 고통을 초래하는 그들을 좀 덜 기분 나쁘게 받아들일 수 있다. 그러면 우리의 수치심은 또 줄어든다.

나는 열두 살의 나, 힘껏 도망치려 했지만 수치심만큼은 떨쳐내지 못했던 그때의 나를 생각한다. 나는 그 아이를 껴안고 사랑과 지지를 보낸다. 그리고 우연히 엉덩이를 치고 간 젊은 여성에게, 그때 무슨 일이 있었는지 설명하는 아이를 상상한다. 나는 그녀에게 어린 나를 대신해 사과한다. 나는 그녀와 함께 그 사건에 대해 웃으며 이야기하는 상상을 한다. 나를 괴롭히던 수치심은 조금 창피해졌다가 그녀에게 용서받고, 마침내 서서히 잊힌다.

practice

허리를 세우고 앉은 다음 자신감을 갖자. 애정 어린 시선으로 스스로를 바라보면서 부드럽게 가슴을 펴자.

현재의 당신을 지지할 필요가 있다면, 몇 분 정도 시간을 들여서 자신을 바라보자. 특히 고통스럽거나 불편한 부분을 친절하게 바라보자. 이제 수치심을 유발하는 사건을 떠올려보자.

과거의 당신을 떠올리고, 그를 애정 어린 시선으로 바라보자. 과거의 당신을 위해 힘을 내자. 그의 고통을 의식하면서 사랑하고 지지하는 태도로 이야기를 나누자. 과거의 당신을 지지하며 쓰다듬거나 껴안는 상상을 해도 좋다.

그가 차분해질 수 있도록, 그가 사랑받고 있다는 사실을 알 수 있도록 당신이 해줄 수 있는 말이 무엇일까?

이 고통스러운 기억에 다른 사람들이 관련돼 있다면 그들을 떠올려보자. 아마 과거의 당신을 비웃거나 마음에 상처를 준 사람들일 것이다.

만약 그들이 수치스러워하는 당신을 보면서 웃고 있으면, 먼저 과거의 당신을 친절하게 대한 후에 그들에게도 친절하게 대해보자. 아마 그들은 당황해서 웃었거나 별생각 없이 다른 사람들을 따라서 웃었을 수도 있다.
이번에는 최대한 진심을 담아 말해보자. "너를 용서할게."

아마 그들은 자신이 과거의 당신보다 우월하다고 생각해 심술궂게 웃었을지도 모른다. 그래도 용서하자. 아마 그들은 자신들의 고질적인 나약함이나, 남들에게 거부당하고 사회에서 내쳐질까 봐 두려워서 과거의 당신에게 그런 짓을 저질렀을 수도 있다. 그러니 이렇게 말해보자."그들이 잘되기를. 우리 모두 친절 안에서 함께 성장하기를. 우리 모두 자비와 용서를 배우기를. 우리 모두 평화롭기를."

10장

타인에게 연민을 베풀기

폴란드 출신의 미국 코미디 작가이자 정치학자인 레오 로스텐은 이렇게 말했다. “인생의 목적은 행복해지는 게 아니라 유익하고 명예로운 존재가 되는 것이다. 연민에 찬 존재가 되는 것이다. 중요한 존재가 되고, 당신이 살아 있기에 세상이 달라지는 그런 존재가 되는 것이다.”

의미 있는 삶이란 타인을 배려하는 삶이고, 이런 삶을 사는 것이야말로 자기연민을 가장 잘 실천하는 삶일 것이다.

아주 흥미로운 어느 연구에서 텍사스 대학교 심리학과 교수 제임스 펜베이커와 스탠포드 의과대학교 심리 및 행동과학 부교수인 샤넌 윌티 스터맨는 우울증과 인칭대명사 사이에 관련성이 있다는 점을 발견했다. 벤베이커와 스터맨은 자살한 시인들이 쓴 어휘에 그들의 운명을 예측할 수 있는 단서가 있는지 연구했다. 이 연구는 자살할 위험이 있는 대학생들을 미리 밝혀내는 데 도움이 되어 상당히 유용했다.

두 학자는 언어와 자살 사이의 연관성을 검사하기 위해 자살한 시인들과 자살하지 않은 시인들을 연령, 살았던 시대, 국적, 학력, 성별로 둘씩 짝을 지었다. 그런 다음 시인들의 작품을 언어 패턴을 찾는 컴퓨터 프로그램으로 분석했고, 자살한 시인들이 스스로를 언급한 표현을 훨씬 더 많이 썼다는 사실을 알아냈다. 자살한 시인들은 장수한 시인들보다 시의 첫 부분부터 1인칭 대명사인 "나", "나를", "나의"를 아주 많이 썼다. 게다가 시간이 흐를수록 그런 성향이 점점 두드러졌다. 반면 장수한 시인들은 사람들 간의 연결을 나타내는 1인칭 복수대명사 "우리", "우리를", "우리의"를 더 자주 썼다. 이런 경향은 나이가 들수록 더 강해졌다.

세상은 행복해지고 싶으면 "자신"에게 집중해야 한다고 말한다. 하지만 타인과 단절된 채 자신에게만 침잠하는 이들은 더 큰 고통을 겪다가 더 이상 살기 힘들어지는 지경에 이르기도 한다. 해리 닐슨의 노래에 이런 가사가 있다. "하나는 가장 외로운 숫자이지."

지나친 자기중심성은 정서에 해롭지만, 타인과의 연결성은 아주 중요한 마음의 완충제가 된다. 우리가 상황을 왜곡해서 바라볼 때 다른 사람들은 우리에게 객관적인 시각을 제공해서 삶의 기복에 쉽게 대처하도록 도와준다. 또한 우리가 울적해할 때 안심시켜 주고, 우리가 사랑받고 있다는 사실을 일깨워준다.

인간은 사회적 동물이다. 그리고 우리는 다른 사람들에게 받아들여지고 그들의 보살핌을 받으며 이득을 얻는다. 하지만 우리가 다른 사람들에게 그렇게 할 때 우리 자신에게도 도움이 된다는 점을 모르는 사람들이 많다. 부처는 이렇게 말했다. "자신을 보살피면 타인을 보살피는 것이고, 타인을 보살피면 자신을 보살피는 것이다." 이 말은 마음챙김은 자신뿐 아니라 타인에게도 이롭고 인내, 친절, 연민 같은 자질은 타인뿐 아니라 우리 자신에게도 이롭다는 뜻이다. 인내, 친절, 연민은 타인을 이롭게 하려고 우리 스스로 고통스럽게 치르는 희생이 아니다. 이런 가치는 우리에게도 많은 도움이 되는, 애정에 찬 연결의 표현이다.

노스캐롤라이나 대학교에서 실시한 연구에 따르면, 자애명상을 하면 더 행복해질 뿐 아니라 건강이 좋아지고 질병이 줄어들고 삶의 목적이 강화된다. 다른 몇몇 연구에 따르면 삶에 목적의식이 있을 때 좀 더 건강하고 장수하는 경향이 있다는 점이 밝혀졌다. 목적의식이 있으면 나이 들수록 나타나는 인지력 감퇴도 줄어들고, 심지어 알츠하이머도 예방된다. 목적의식이 있는 삶의 장점은 운동의 장점과 비슷하다.

더 친절해지고 연민을 가지면 전반적인 사회 경험도 이로운 방향으로 바뀐다. 자애명상과 연민명상을 하면 사회적으로 연결되고 인간관계에서의 적극성도 강화된다. 그러면 타인을 대할 때 마음이 편해질 뿐만 아니라 타인도 우리를 편안하게 느낀다. 지금보다 더 싹싹해지면 함께 있기 편한 사람이 되어 사회적 매력지수도 높아진다. 사람들에게 친절하게 대하면 그에 대한 보답으로 사람들도 우리를 친절하게 대하는 동기를 부여받는다. 이 모든 일 덕분에 우리는 사회적으로 좀 더 지지받고 정서적으로 충만해진다. 이것들은 모두 1장에서 묘사한 긍정적인 "선순환"의 일부이다.

연민은 또한 타인이 우리에게 어떤 방식으로 반응하든 개의치 않고 우리를 기분 좋게 만들어준다. 다시 말하면 연민이 주는 보상 중 일부는 우리에게 내재되어 있다. 에모리 대학교의 신경과학자인 제임스 릴링과 그레고리 번즈는 연구 참가자들에게 타인을 돕는 기회를 줄 때 그들의 뇌에 어떤 변화가 일어나는지 살펴보았다.

참가자들은 연민에 찬 행동을 하면 보상에 반응하는 뇌의 특정 부위가 활발해진다는 점을 알아냈다. 우리는 자신의 욕망을 충족시킬 때와 마찬가지로 타인을 도울 때도 같은 쾌감을 느낀다. 캘리포니아 주립대학교 버클리 캠퍼스의 심리학과 교수인 대처 켈트너는 연민에 찬 활동과 타인과 긴밀하게 연결된 활동, 예를 들어 따뜻한 미소, 다정한 손짓, 상대에 동의하며 몸을 기울이는 행위를 하면 옥시토신이 분비된다는 점을 알아냈다. 옥시토신은 친밀감과 기쁨을 느끼게 하는 호르몬으로, 사랑에 빠졌거나 엄마가 아이에게 모유를 줄 때 분비된다.

타인에게 연민을 가지면 우리만 고통받는 것이 아니라는 사실을 알게 되어 도움이 된다. 자기공감을 기르는 법을 연구한 결과, 인간은 행복과 안녕을 간절하게 추구하지만 자주 고통받는 실존적 존재라는 사실이 밝혀졌다. 스스로를 느낌이 있는 존재로 자각해 자기 자신과 좀 더 많은 대화를 나누고, 우리가 인간으로 살아가는 힘든 일을 하고 있다는 사실을 좀 더 명확하게 인식하면 모든 일이 보편적인 현상이라는 점도 알게 된다. 우리의 느낌이 자기 자신에게 현실인 것처럼, 타인 역시 마찬가지라는 점도 알게 된다. 그들이 받는 고통과 고난 역시 우리처럼 생생하다는 걸 알게 된다. 그들 역시 힘들게 살아가는 존재이며, 인생이라는 힘든 전투를 치르고 있다는 점을 알게 된다.

결국 우리가 겪는 고통은 우리에게 결함이 있다는 점을 알리는 신호가 아니라 그저 우리가 인간이라는 사실을 일깨운다. 연민 덕분에 우리는 자신의 고통을 균형 잡힌 시각으로 바라볼 수 있다.

더 많은 연민을 일상에 불러오기

연민이란 자연스럽게 베푸는 친절이다. 우리가 친절할 때는 타인의 안녕을 고려한다. 우리는 타인에게 관심을 갖고 그들이 행복하길 바란다. 만약 그들이 고통스러워한다면 그들이 고통에서 벗어나 평화와 기쁨을 느끼기를 바란다. 연민은 친절과 고통이 마주할 때 생겨난다. 그래서 연민은 적극적으로 고통을 덜어주려는 의도이기도 하다.

세상과 우리를 이롭게 하는 연민은 분명 기를 만한 가치가 있다. 그렇다면 우리 삶에 어떻게 더 많은 연민을 불러올 수 있을까? 연민을 기르는 명상인 '카루나 바와나'는 친절을 익히는 명상인 '메타 바와나'와 아주 비슷하다. 이런 명상을 접하는 방법은 아주 다양하지만, 앞에서 소개한 방법도 연민을 키우는 데 많은 도움이 된다.

1. 우리 자신
2. 고통받고 있는 사람
3. 상대적으로 낯선 사람
4. 우리가 대하기 어려운 사람
5. 모든 존재

친절이 고통과 만날 때 연민은 자연스럽게 샘솟기 때문에 우리가 할 일은 친절한 마음으로 타인과 연결되고, 우리와 다른 사람들이 모두 고통받는 존재라는 사실을 기억하는 것이다. 당신은 명상을 하다 우울해질 수 있다고 걱정할지도 모르겠지만, 이것은 사실 마음이 굉장히 충만해지는 경험이자 기쁨이 샘솟는 과정이기도 하다. 우리에게 내재되어 있는, 타인과 의미 있는 연결을 하고 싶다는 욕망이 충족되기 때문이다.

1. 자신에게 공감하고, 자신이 잘되기를 빌어주기

먼저, 우아하고 반듯한 자세로 앉자. 긴장을 풀되 허리를 펴고 가슴을 활짝 연 자세를 취하자. 그런 다음 따뜻하고 살아 있는 동물적 감각을 떠올리자. 심장박동을 의식하고 숨을 쉴 때의 동작을 관찰해보자.

이때 생기는 느낌을 의식하자. 만약 불편이나 고통이 느껴지면 그 느낌도 그대로 받아들이자.

당신의 가장 깊은 갈망은 인생의 안녕이자 고통으로부터 자유로워지는 것임을 떠올려보자. 그런 갈망을 인생의 일부로 간주하고 그것과 연결될 수 있는 방법을 찾아보자. 고통스러웠던 시절과 행복했던 시절을 떠올릴 수도 있다. 만약 그 시절을 떠올리면서 심적 고통이 느껴지면 친절하게 대해주자. 그리고 자신이 지금 고통을 느끼고 있으며, 인간으로 사는 일은 누구에게나 힘들다는 점을 인식하고 다음과 같은 말을 반복하면서 스스로를 지지하자. "내가 고통으로부터 자유롭기를. 내가 평화롭기를. 내가 자신과 타인에게 연민을 베풀기를." 원한다면 "내"가 아니라 "당신"이라고 주어를 바꿔도 된다. 이 구절을 계속 반복해보자. 호흡을 내쉴 때마다 해도 좋다.

2. 고통받는 이에 대한 연민을 키우기

이제 심각한 고통을 겪고 있는 이를 떠올려보자. 그들은 아플 수도, 스트레스를 받고 있을 수도, 우울하거나 돈 때문에 불안하거나 결혼 생활에 문제가 있을 수도 있다. 이런 명상에 익숙하지 않다면, 상상할 수 없을 정도로 큰 고통을 받는 사람은 떠올리지 말자. 누구를 떠올리든 그 사람도 당신처럼 평화롭고 싶지만 고통받고 있다는 사실을 기억하자.

이 사실을 자각하면서 감정이 일어나면 거기에 주의를 기울이자. 만약 불편한 감정이 느껴지면 그대로 받아들이면서 친절한 시선으로 바라보자. 그런 다음 몇 분 동안 그 사람에게 지지와 격려의 말을 해보자. "당신이 고통에서 자유롭기를. 당신이 평화롭기를. 당신이 자신과 타인에게 연민을 베풀기를."

3. 낯선 사람에 대한 연민을 키우기

당신과 연결되지 않았고 별 감정도 없는 사람을 떠올려보자. 일반적으로 이런 사람을 "중립적인 사람"이라고 하지만 "상대적으로 낯선 사람"이라고 생각해도 된다. 당신은 이 사람을 잘 모를 수 있지만 두 사람 모두에게 근본적인 공통점이 있다는 건 알고 있다. 그도 당신처럼 평온한 삶을 갈망하고, 당신처럼 고통을 겪고 있다. 이런 현실에 공감하고 이 말을 반복하면서 그를 지지해주자. "당신이 고통으로부터 자유롭기를. 당신이 평화롭기를. 당신이 자신과 타인에게 연민을 베풀기를."

4. 당신이 대하기 어려운 사람에 대한 연민을 키우기

대하기 어렵거나 갈등을 겪고 있는 사람을 떠올려보자. 당신은 이 사람에게 화가 날 수도 있고 두려워할 수도 있다. 그렇지만 이 사람도 당신과 다른 사람들처럼 고통받고 싶어 하지 않는다. 그래도 고통은 계속 그를 찾아온다. 당신과 그 사람 사이에 문제가 있을 수도 있지만, 그 문제의 근본은 두 사람 모두 인간으로 살아가기 힘든 세상에 살고 있다는 것이다. 그러니 다른 사람에게 하듯 그를 지지해보자. "당신이 고통으로부터 자유롭기를. 당신이 평화롭기를. 당신이 자신과 타인에게 연민을 베풀기를."

5. 당신의 의식에 연민이 스며들게 하기

이 연습의 마지막 단계에서, 당신의 의식 구석구석까지 공감과 연민이 스며들게 하자. 당신이 그 사람을 언제 어떤 상황에서 어떤 식으로 떠올리든, 그가 당신의 의식과 마주치게 하자. 당신의 의식은 '이곳에 나와 비슷한 감정을 느끼는 존재가 있다, 세상 모든 사람처럼 고통으로부터 자유롭고 싶지만 고통받는 존재가 있다'라는 연민에 찬 의식이다. 만약 간접적으로라도 이 세상을 함께 살아가는 타인의 존재를 의식하고 있다면, 예를 들어 지나가는 차 소리가 들린다면 그 차에 탄 사람들이 무사하길 빌어줄 수 있다. "우리가 고통으로부터 자유로워지길. 우리가 평화로워지길. 우리가 자신과 타인에게 연민을 베풀기를."

우리는 사람들, 심지어 물리적으로 내 곁에 존재하지 않는 동물들도 떠올릴 수 있다. 이 모든 존재를 공감과 연민에 찬 당신의 마음으로 불러들여 그들이 고통으로부터 자유롭기를 빌어주고, 그들에게 당신의 연민이 스며들게 하자. 이런 식으로 몇 분 동안 명상한 후, 자리에서 천천히 일어나 다음 활동으로 넘어가자. 다음 활동 역시 명상을 하는 동안 마음속에서 일어난 마음챙김과 연민의 의식을 가지고 해보자.

이런 반사적 연습은 우리 뇌와 공감과 연민 회로인 "연민 근육"

을 단련시킨다. 이런 훈련을 지속하면 일상에서 타인을 만날 때 연민과 공감을 가지고 대할 가능성이 많아진다. 그리고 이런 경험은 앞에서도 언급했듯 세상을 대하는 우리의 경험을 바꾼다.

고통에 더 잘 대처하고 우리의 오랜 행복과 안녕을 추구하는 현명한 자기돌봄 연습을 하는 동안, 우리는 자신뿐 아니라 타인에게도 현명하고 연민에 찬 태도를 보여줄 수 있다. 이런 태도에는 자선단체에 기부하기, 자원봉사처럼 실질적인 도움을 제공하기 등도 포함된다. 하지만 그저 옆에 있어주는 것만으로도 타인에게 선물이 되는 경우가 훨씬 많다. 우리는 아무것도 비판하지 않으면서 누군가의 이야기를 들어줄 수 있고, 힘든 시간을 보내는 사람에게 공감과 친절을 베풀 수 있다.

누군가에게 자신의 이야기를 들어주고 자신에게 관심이 있다는 느낌을 줄 수도 있다. 사람들은 자신이 힘든 점을 이야기해보라는 연민에 찬 격려를 받으면 훨씬 기분이 나아진다. 혼자 괴로워한다고 느끼면 고통은 더 커진다. 공감하면서 이야기를 들어줄 수 있는 사람과 고통을 나누면 혼자가 아니란 사실을 깨닫게 된다. 또한 자신이 처한 괴로움을 말로 분명하게 표현하다 보면 그 상황을 좀 더 분명하게 인식해서 종종 기운을 되찾고 스스로를 더 잘 돌보게 되는 일이 일어난다.

practice

"느끼는 존재"라는 만트라를 유념하면 일상 생활을 하면서 친절한 태도를 유지하는 데 도움이 된다. "고통받는 존재"라는 구절은 연민을 유지할 수 있게 해준다. 언제 어느 때든 이 만트라를 그냥 떠올리면 된다. 만약 이 방법이 효과가 없고 좀 더 강력한 계기가 필요하다면 "고통받는 존재"라고 포스트잇에 써서 자주 보는 곳에 붙여놓아도 좋다. 물론 어느 구절이든 만트라로 쓸 수 있고, 이미지나 물건으로 대신해도 좋다.

고통에 공감할 때 신경이 하는 일

자신을 연민하는 마음과 타인을 연민하는 마음은 근본적으로 따로 떼어놓을 수 없다. 자신에 대한 연민을 키우기 위해 우리의 몸에서 느껴지는 감각을 좀 더 의식해야 한다. 이렇게 하면 타인의 감정을 접할 때 우리 내면에서 일어나는 느낌에 좀 더 주의를 기울일 수 있다. 자신의 감정을 더 잘 의식하면 타인의 감정도 더 잘 알아차릴 수 있다.

신경학 용어로 표현하면 타인의 고통에 공감하는 것은 미주신경 활동의 결과이다. 미주신경은 뇌신경 중 하나로 척수를 통해 연결되는 게 아니라 뇌에서 곧바로 몸으로 연결된다. 미주신경은 교감신경계와 부교감신경계에서 중요한 부분이자, 거의 모든 주요 장기로 연결되는 가지이다. 이 가지들이 뇌에서 몸으로 정보를 전달하고, 몸에서 뇌로 향하는 신호를 전달한다. 미주신경은 몸에서 생리학적, 감정적으로 일어나는 반응을 뇌에게 알리는데, 특히 명상할 때나 사랑과 연민을 느끼는 데 중요한 역할을 한다. 사랑에 빠져 있을 때 가슴에서 느껴지는 감정, 혹은 뭔가에 감탄할 때 고양되는 느낌, 누군가의 고통에 마음이 움직일 때의 느낌을 모두 미주신경이 전달한다.

미주신경이 쉬고 있을 때 일어나는 활동을 "근육 톤"에 비유해서 "미주신경 톤"이라고 부른다. 미주신경 톤이 높으면 정서적으로 건강하다는 신호이다. 노스캐롤라이나 대학교 심리학과 교수인 바바라 프레드릭슨은 단 7주만 자애명상을 해도 미주신경 톤이 상당히 올라간다는 사실을 알아냈다. 《선하게 태어났다》의 저자이자 대의과학센터 공동 이사장인 대처 켈트너 박사는 보통 아이들보다 미주신경 톤이 더 높은 아이들은 다른 아이들이 괴롭힘을 당할 때 개입할 확률이 더 크다는 점에 주목했다. 이 아이들은 또래 아이들에게 좀 더 협조적이고 더 많이 돕는 경향이 있었다. 켈트너는 높은 미주신경 톤이 인간이라면 모두 공통된 인간성을 공유하고 있다고 느끼는 공감력의 원인이라고 주장했다.

나는 지금까지 이 책에서 소개한 마음챙김 연습만큼은 여러분에게 직접 해보라고 권했다. 여러분은 자신의 느낌과 몸의 다양한 감각, 특히 심장과 명치와 배에서 일어나는 감각에 주의를 기울일 수 있는데, 이런 연습은 또한 여러분이 미주신경 활동에 좀 더 잘 동조할 수 있도록 돕는다. 친절과 연민을 가지고 공감하는 연습은 미주신경의 활동을 촉진시키거나 미주신경 톤을 높이는 데 도움이 된다. 결과적으로 여러분은 자신과 타인에게 연민을 가지고 좀 더 잘 반응할 수 있을 것이다.

바보 연민은 연민이 아니다

연민을 가진다고 해서 모든 사람에게 반드시 착하게 대해야 한다는 뜻은 아니다. 착하다는 건 타인의 허락이나 인정을 추구한다는 뜻이자 "바보 연민"의 한 가지 예이다. 이 표현은 20세기 초중반에 활동한 아주 매력적이고 도발적인 영적 지도자인 조지 이바노비치 구르지예프에게서 빌려온 용어이다.

바보 연민은 연민이 아니다. 바보 연민은 고통을 덜어주는 게 아니라 고통을 초래한다. 바보 연민은 타인에게도 좋지 않다. 그들에게 이의를 제기해야 할 때 오히려 봐주기 때문이다. 바보 연민은 우리 자신에게도 좋지 않다. 바보 연민을 품으면 두려움에서 비롯된 행동을 해서 남들에게 당하고도 가만히 있기 때문이다.

바보 연민은 용기가 부족하다. 바보 연민은 사람들이 자기를 좋아하길 원하고, 인기가 떨어질 법한 일은 무엇이든 두려워한다. 바보 연민은 일부 부모에게서 쉽게 볼 수 있다. 그들은 아이들의 친구가 되고 싶어서 아이들이 제멋대로 행동하게 내버려두고, 원하는 걸 해주고 일관성 없이 벌을 주거나 아예 주지 않는다. 하지만 자식들과 "친한 친구"가 되는 게 부모가 할 일은 아니다. 부모가 할 일은 아이들이 책임감 있는 성인으로 자랄 수 있도록 돕는 것이다. 그러려면 한계를 정하고, 아이들의 환심을 사는 대신 적어도 부모로서 할 일을 해야 한다.

바보 연민에는 지혜가 부족하다. 누군가 당신을 속였는데도 그를 무조건 믿기로 결심한다면, 그건 당신과 그 사람 모두에게 도움이 되지 않는다. 당신을 속이는 사람이 갑자기 양심적인 사람이 될 가능성도 희박하고, 행동을 바꾸겠다고 쉽게 약속해봤자 또 다른 사기를 칠 가능성이 농후하다. 그런 사람을 봐주는 행위는 그가 옳지 못한 행동을 계속할 수 있게 해주고, 결과적으로 미래에 더 큰 고통을 겪는 셈이다. 바보 연민은 서로가 서로에게 의지하고 있다는 표시일 뿐이다.

진정한 연민은 더 큰 피해를 막을 수 있다면 단기적 고통을 초래하는 상황을 피하지 않는다. 부처는 아바야 왕자와의 대화에서 이 점을 강조했다. 아바야는 부처에게 우호적이면서도 한편으로는 부처와 경쟁 관계에 있는 다른 스승을 따르고 있었다. 그 스승은 왕자를 보내 부처에게 까다로운 질문을 던져서 그를 함정에 빠뜨리려 했다.

아바야 왕자가 부처에게 물었다. “부처님은 다른 사람들의 마음에 들지 않는 말을 한 번이라도 하신 적이 있습니까?” 이 질문의 함정은 부처가 만약 다른 사람들의 마음에 들지 않을 거라는 사실을 알면서도 그런 말을 했다는 점을 인정하면, 그도 평범한 사람들과 다를 바 없이 깨우치지 못한 자로서 타인에게 상처를 주고 갈등을 일으킨다는 뜻이 된다. 반면 그런 말을 하지 않았다고 하면 위선자가 될 것이다. 사실 부처의 말에 마음이 상한 사람들도 있었기 때문이다. “고타마(부처가 출가하기 전의 이름-옮긴이)에게 이 질문을 던지면, 그걸 삼키지도 못하고, 뱉어내지도 못할 것이다.” 그 스승은 왕자에게 이렇게 말했다.

부처는 경쟁 관계에 있는 스승의 비유를 자신에게 유리하게 이용해서 그 함정을 피했다. 부처가 왕자와 이야기할 때, 왕자의 무릎에 갓난아이가 누워 있었다. 부처는 왕자에게 만약 그 아이의 목에 날카로운 물건이 걸려 있으면 어떻게 하겠느냐고 물었다. 왕자는 아기가 아파하더라도 손가락으로 그걸 끄집어낼 것이라고 대답했다. 부처는 그와 마찬가지로 실제로 고통스러울 거라는 점을 알면서도 다른 사람에게 말해야 하는 상황이 있다고 지적했다. 그렇게 하는 이유는 화자의 말이 진실이고, 그 사람을 도우려는 의도가 분명하기 때문이다. 물론 적절한 시기를 봐서 해야 한다고 덧붙였다. 전하기 힘든 메시지는 상대에게 공감하면서 연민하는 마음으로 전해야 한다는 뜻이다.

항상 불편한 진실을 말해야 하는 건 아니다. 하지만 그 사람이 누군가에게 한 약속을 자꾸 어기거나 그 사람이 솔직하지 못해서 타인을 고통스럽게 하는 행동을 했다고 지적할 필요가 있으면, 그렇게 해야 한다. 그런 상황에서 우리가 할 수 있는 최선은 먼저 자신의 마음을 공감으로 채우는 것이다. 우리가 지적하고 있는 그 사람도 우리처럼 감정이 있는 존재라는 점을 스스로에게 상기시키면, 그들이 듣고 싶어 하지 않을 말을 할 때도 그들의 기분을 헤아리고 존중할 가능성이 커진다. 말을 건네기 전에 짧은 다짐을 할 수도 있다. "우리는 둘 다 고통을 좋아하지 않고 감정이 있는 존재이다. 내가 우리 모두의 행복과 안녕을 위해 소통할 수 있기를."

나를 인정하는 사람은 나여야 한다

상대방의 마음에 들지 않는 말을 하게 될 가능성이 큰 상황 중 하나는, 상대방이 우리에게 한 부탁을 거절해야 할 때이다. 그들이 속상해하거나 우리를 나쁘게 생각할까 봐 승낙하고 싶은 충동을 느낄 수도 있지만 우리의 시간, 에너지, 평온의 경계를 지키는 행동은 자기연민에 찬 삶을 영위하는 데 필수이다. 이 원칙을 무시했을 때 어떤 나쁜 결과가 나왔는지, 한 제자가 자신의 이야기를 들려주었다.

"최근에 계속 도와달라는 친구의 부탁을 거절하지 못해서 결국 관계가 깨진 적이 있어요. 그 친구가 나를 좋아했으면 하는 마음으로 도와줬는데 아이러니하게도 결국 그것 때문에 그 친구는 날 싫어하게 됐어요. 내가 그 친구를 너무 많이 도와주다 보니 그 친구는 마치 내가 자기 종이고, 자기를 돕는 게 내 역할인 것처럼 생각하더라고요. 종을 존중하는 사람이 없듯 이 친구도 점점 저를 존중하지 않고, 친구로 대하지도 않게 되었어요. 이제는 나를 좋아하는 것 같지도 않고요. 인과관계라는 맥락에서 보면 그 친구가 절 존중하지 않게 된 이유는 제가 먼저 스스로를 존중하지 않았기 때문이에요."

다른 사람을 도와주지 않는 태도뿐 아니라 바보 연민 역시 스스로에게 가하는 폭력이라 할 수 있다. 타인에게 인정받지 못할까 봐 두려워서 우리가 억지로 행동하거나 행동하지 못할 때, 우리는 스스로에게 크고 분명하게 이런 말을 하고 있는 것이다. "내겐 남들이 넘어오지 못할 경계가 없어. 나는 중요하지 않아."

만약 우리가 다른 사람들에게 은연중에 이런 메시지를 전하고 있다면, 그들이 우리의 그런 면을 이용할 가능성이 많다. 자신의 경계를 지키지 못하는 마음은 자기연민과 완전히 반대되기 때문에 우리는 가끔 "거절"을 해야 한다.

자신의 경계를 지키는 첫 단계는 타인이 하는 부탁이나 요구를 습관적으로 들어주는 방식을 유념하는 것이다. 내게 사람들의 비위를 맞추고 싶은 욕망이 있나? 거절하면 사람들이 날 어떻게 생각할지 걱정하고 있나? 사람들의 기분을 상하게 할까 봐 두려운가? 누군가 내게 부탁을 하면 우쭐해지나? 혹시 내가 좋은 기회를 놓칠까 봐 두려워하고 있나?

스스로를 비판하기 위해서가 아니라 더 잘 이해하기 위해서 이런 질문을 해볼 필요가 있다. 스스로의 마음을 더 잘 살피게 되면, 행동하기 전에 잠시 멈출 여유가 생긴다. 그러면 두려워서 행동하는 것이 얼마나 어리석인 일인지 고려할 수 있고, 자신과 타인의 장기적 이익을 생각하면서 진정한 연민을 가지고 적절한 경계를 지키기 위해 상대의 욕구와 내 욕구를 조율할 수 있다.

또한 스스로에게 이런 질문을 해볼 수 있다. 왜 타인이 나를 인정하는 것이 그렇게 중요한가? 우리가 타인의 인정을 받고 싶은 이유는 스스로를 인정하지 않아서인 경우가 많다. 오래전 비영리 단체에서 자원봉사를 할 때, 다른 사람들의 인정을 받고 싶었지만 그런 일은 일어나지 않았다. 일을 하고도 고맙다는 인사를 듣지 못해 실망했고, 가끔은 화가 나기도 했다. 그래서 한 가지 다짐을 했다. “나를 인정하는 사람은 나다.”

이 말은 자원봉사를 할 때뿐 아니라 내 삶의 다른 분야에서도 스스로의 가치를, 내가 한 일뿐 아니라 나라는 사람을 인정하라고 상기시켜주었다. 나의 뛰어난 자질을 인정해주고, 내가 뭔가를 하는 데 들인 노력을 칭찬하거나 내가 이룬 성과를 축하하는 데 아주 잠깐만 시간을 써도 나 자신을 바라보는 느낌이 확연히 달라졌다. 나는 좀 더 안정감을 느끼고 자신감을 가질 수 있었다. 타인의 인정이 추가로 받는 보너스가 되자 거기에 전적으로 의지하지 않게 되었다.

나의 경계를 지킬 수 있도록 도와주는 만트라가 있다. “나는 중요하다”이다. 자신의 가치를 상기시키는 건 단순히 필요할 때 거절하는 법을 배운다는 수준을 넘어서서 여러 가지 장점을 지닌다. 이건 누군가가 우리를 아무 감정 없는 존재로 대할 때, 혹은 우리의 욕구와 바람이 중요하지 않은 것처럼 말할 때 우리에게 도움이 된다. 내가 그런 취급을 당했을 때 “나는 중요하다”란 말은 내 감정이 중요하다는 점을 일깨워주었고, 자신감과 나의 가치를 회복할 수 있도록 도와주었다.

당신이 거절하면 사람들은 실망하겠지만, 가끔은 자신의 경계를 유지하는 멋진 사람이라고 타인에게 영감을 줄 수도 있다. 자기연민의 실천은 용기 있는 행위이고, 타인의 용기 있는 행동을 보면 우리는 정서적으로 고양된다. 연민 어린 거절을 해서 타인과 건강한 경계를 유지하는 건 우리가 상대에게 마음을 쓰면서도 우리 또한 중요한 존재라는 점을 보여주는 용감한 행위가 될 수 있다. 이런 본보기가 되는 건 타인에게 선물을 주는 것과 같다.

결국 타인이 우리를 어떻게 생각하는가 하는 점은 전적으로 그들에게 달린 문제이다. 우리의 행복은 모든 사람이 우리를 좋아하는지 여부에 좌우되지 않는다.

연민 어린 거절을 할지 말지 고려할 때 두려움이 느껴지는 건 당연하다. 이 두려움을 어떻게 해결해야 할까? 바로 네 단계 자기연민을 실천하는 것이다.

먼저, 우리 자신이 고통스럽다는 사실을 인식한다. 그런 다음 '내가 수락하지 않으면 그들이 날 미워할 거야'라는 상상을 버린다. 세 번째로 몸에서 나타나는 고통스러운 느낌에 주의를 기울인다. 마지막으로 아픈 그 부분에 친절과 연민과 지지를 베푼다. 그러면 우리가 만들어낸 성스러운 멈춤의 순간에 지혜와 용기가 발휘될 것이고, 결과적으로 타인에게 다정한 거절을 할 수 있다.

물론 냉정하게 혹은 잘난 척하면서 거절하란 말이 아니다. 다른 사람들의 감정은 우리가 해결해야 할 문제가 아니지만, 우리는 여전히 사회적 존재로서 타인의 기분을 헤아릴 수 있다. 우리가 부탁을 거절하면 그들이 고통을 느낄지도 모른다는 사실을 우리는 알고 있다. 그 덕분에 우리는 누군가의 청을 거절할 때 그들이 도울 기회를 준 것을 고마워할 수 있다. 우리는 그들에게 도움을 요청해주어 영광이고, 상황이 달라졌을 때 다시 요청해주면 고맙겠다고 말할 수 있다. 우리를 믿고 도움을 청해주어 고맙다는 마음을 표현할 수도 있고, 거절하게 되어 괴롭다거나 도울 수 있으면 좋았을 텐데 아쉽다고 말할 수도 있다. 이런 식으로 표현하면, 거절하는 말도 상대방을 존중하는 감사의 말처럼 느껴질 수 있다.

부탁을 거절할 때 사과하지 않는 연습을 하는 것도 좋다. 거절이 근본적으로 나쁜 건 아니다. 당신이 상대를 도와주기 위해 뭔가를 해야 할 의무는 없다. 도움을 주는 건 어디까지나 호의이다. 상황이 가능할 때 호의를 베푸는 건 좋은 일이고, 우리 역시 종종 그럴 수 있는 상황이기를 바라지만 항상 그럴 만한 시간이나 에너지가 있는 건 아니다. 그럴 경우 도울 수 없다고 해서 당신이 그들에게 잘못하는 게 아니다. 당신이 사과해야 할 일은 하나도 없다. 부탁을 거절하는 이유를 너무 장황하게 설명할 필요도 없다. 당신이 그 이유를 설명하면 할수록 진실성이 더 떨어질 것이다. 그저 도와줄 여력이 없다는 뜻으로 말하면 된다.

그러니 스스로에게 물어보자. "상대가 나를 싫어할까 봐 두려워서 솔직하게 말하지 못하는 건 아닐까? 내가 사람들을 너무 쉽게 봐주는 건 아닐까? 갈등을 피하려고 수락해놓고 그걸 연민이라고 부르는 건 아닐까? 이러다 화를 내진 않을까?”

이 중 하나라도 해당된다면, 용기를 내어 말하자. 부탁을 거절하기 불편하다면 이 불편도 고통의 한 형태라는 점을 기억하고 그 마음을 연민으로 대하자.

연민하는 사람이 되려고 애쓰지 말 것

동정도 연민으로 가장할 수 있다. 누군가를 동정할 때 우리는 무의식 중에 도와주는 상대보다 우리가 더 우월하다고 생각하는 경우가 종종 있다. 티베트의 스승인 소걀 린포체는 동정이 일종의 생색이라고 말했다. “연민은 동정보다 훨씬 더 고귀하고 위대하다. 동정의 뿌리는 두려움이고 거만, 생색이라는 감각에서 활짝 피어나며 가끔은 그 사람이 내가 아니라서 기쁘다며 의기양양해한다.”

친구들, 가족, 동료들, 때로는 낯선 사람들까지 당신에게 인생을 어떻게 살라거나 당신의 문제를 어떻게 해결하라고 말하는 상황이 아마 친숙할 것이다. 하지만 그런 말은 대개 아무 도움이 안

되지 않나? 종종 그런 조언은 지나치게 단순하고 당신이 처한 현실을 제대로 고려하지 못한다. 그저 충고하는 사람만 기분이 좋아진다. 누군가에게 뭘 해야 한다고 말하는 사람만 그 상황을 즐길 뿐, 조언을 받는 사람에게 도움이 되는 경우는 거의 없다. 오히려 상황이 악화되는 경우가 많다. 대부분의 사람들은 자신의 선택권을 침해받기 싫어한다. 설령 그들의 조언이 괜찮다 해도 우리는 자율성을 지키기 위해 반발할지도 모른다. 1960년대에 미국의 심리학자인 잭 브렘이 이런 현상을 "저항 이론"이라고 명명했다.

내가 오래전 교도소에서 명상을 가르칠 때, 명상 그룹에 있던 수감자 한 명이 종종 이렇게 말했다. "내게 이래라저래라 하지 말아요." 충고를 하다 보면 종종 상대가 어떻게 해야 할지 말하게 된다. 상대의 상황이 자신의 상황과 같다고 생각하면서 말이다.

하지만 진정한 공감은 우리는 완벽한데 다른 사람들은 힘들어한다고 생각하는 데서 나오는 게 아니라 우리 모두 힘들게 살아가고 있다는 점을 인식하는 데서 나온다. 즉 우리 모두는 아무것도 보이지 않는 어둠 속에서 행복, 안녕, 삶의 의미를 모색하고 있다는 뜻이다.

진정한 공감이란 우리 모두가 인간으로 살아가는 힘든 일을 하고 있다는 인식이다. 상대가 하는 이야기를 듣고 질문하는 방식만

바꾸어도 우리의 자아를 그들에게 강요하지 않으면서 그들 스스로 앞으로 나아가는 방법을 찾게 도와줄 수 있다. 조언을 할 수는 있지만, 먼저 상대방이 조언을 환영할지 여부를 확인해야 한다.

진정 연민에 찬 사람들은 자신이 타인을 "연민하고 있다"는 생각조차 하지 않는다. 연민은 행위가 아니다. 그저 타인을 세심하게 살피고 의식하고 유념하는 가운데 생겨난다. 부처가 아바야 왕자에게 상대가 싫어할 말을 솜씨 있게 할 수 있는 조건을 설명하면서, 자신의 의사소통은 자발적으로 이루어진다는 점을 이어서 설명했다. 부처는 미리 연습한 말을 반복해서 하는 게 아니라 마음에서 자연스럽게 우러나는 말을 했다.

현명한 사람의 연민 어린 의사소통은 그 사람에게 존재하는 성스러운 멈춤이라는 창의적인 공간에서 이루어진다. 그러니 남의 시선을 의식하면서 "연민을 가지려" 하는 태도를 경계하자. 당신이 스스로를 연민 어린 존재라 생각할수록, 당신은 연민 어린 바보이거나 동정하는 사람이거나 남에게 이래라저래라 하는 사람이 되고 만다. 연민하는 사람이 되려고 애쓰지 말자. 그저 인간의 나약함을 받아들이고 상대를 향한 당신의 우려와 관심이 자연스럽게 묻어나게 하자. 우리가 연민 어린 행동을 "하는" 것이 아니라, 연민이 우리를 통해 "흘러" 나오는 것이다.

11장

자기 없는 자기연민

자기연민은 각성으로 이어질 수 있다. 불교의 가르침에 따르면 이걸 수행할 수 있는 두 가지 방법이 있다. 첫 번째 방법은 사마타로 "고요함" 혹은 "평온"이라는 뜻이다. 사마타에는 긍정적인 습관으로 변화되고자 하는 모든 수행이 포함된다. 사마타 수행을 하면 우리는 더 나아지고 더 친절하고 더 인내하고 더 다정하고, 더 마음챙김을 잘하는 사람이 된다.

이런 변화는 우리가 더 행복해질 수 있게 도와준다. 우리는 고통에 덜 반응하게 되고 갈등에 덜 휘말린다. 스스로를 좀 더 편하게 대하게 된다. 하지만 더 나은 사람이 된다는 것은 마음이 좀 더 평화로워지는 정도에서 그친다. 그 이유는 자신과 세상을 생각하는 우리의 방식에 근본적인 오류가 있기 때문이다. 그런 오류들이 긴장과 갈등을 만들어낸다.

그래서 두 번째 수행인 위빠사나, 즉 통찰명상 수행이 필요하다. 위빠사나는 우리가 자신과 세상을 바라보는 방식을 근본적으로 바꾼다. 사마타가 우리의 정체성을 바꾼다면, 위빠사나는 우리가 스스로를 바라보는 방식을 변화시킨다. 후기 불교에서는 사마타와 위빠사나를 별개로 보고 하나가 가능해야 다른 것도 가능해진다고 생각하지만(사마타가 먼저이고 그다음이 위빠사나), 초기 불교는 이 둘이 서로 긴밀히 연결되어 있으며 상호보완적이라고 가르친다. 사마타 명상을 통해 통찰력을 키울 수 있고, 통찰명상을 통해 고요한 마음을 경험하는 식으로 말이다.

이 책에서 나는 두 가지 방법을 다 소개했다. 예를 들어 마음챙김을 하고 연민을 기르는 것은 우리의 마음이 좀 더 조화롭게 작동할 수 있도록 훈련시키는 방법이다. 우리는 자신과 세상과 좀 더 평화롭게 지낼 수 있는 일련의 습관을 기를 수 있도록 스스로를 단련한다. 이러한 수행은 사마타, 즉 평온으로 연결된다.

그와 동시에 우리는 관점을 바꾸기 위해 노력한다. 예를 들어 우리가 고통스러운 것은 인생에서 실패한 증거라는 인식을 바꾸는 것이다. 나만 고통스럽다는 관점에서 모두가 고통스럽다고 인식하는 단계로 옮겨간다. 그리고 자신의 안녕을 우려하는 시각은 타인의 안녕을 걱정하는 시각과 본질적으로 분리되어 있지 않다는 견해를 받아들인다. 통찰명상은 우리가 세상을 좀 더 진실되게 볼 수 있도록 도와준다.

통찰명상은 우리의 시각이 잘못되었음을 깨닫고 교정한 후에, 세상을 있는 그대로 바라보는 법을 배우는 명상이다. 우리의 일반적인 시각에는 세 가지 잘못된 점이 있는데 이 세 가지에는 필연적으로 고통받을 수밖에 없는 인간 삶의 특징이 담겨 있다. 첫째는 변화와 영속성, 둘째는 고통과 행복, 마지막으로 자신의 본질 혹은 우리가 누구이고 무엇인지에 관한 것이다. 우리는 진정한 마음의 평화를 이루기 위해 이런 오해, 혹은 인지 왜곡을 간파해야 한다.

마지막 장에서는 이러한 세 가지 왜곡된 시각 때문에 우리가 어떻게 고통받는지, 그리고 자기연민을 통해 어떻게 있는 그대로 세상을 바라보도록 스스로를 훈련시킬 수 있는지 살펴보겠다.

모든 것은 변화의 과정

누구나 실수하는 인지 왜곡 중 하나는 변화의 진가를 알아보지 못하거나 때로는 변화 자체를 인지하지 못한다는 점이다. 변화에 대한 오해는 심리학자들이 오랜 세월 연구해온 주제이기도 하다.

이를 입증한 여러 실험 중 내가 좋아하는 예시가 있다.

연구자들이 실험 참가를 자원한 사람들에게 대학에 있는 한 사무실로 가서 보고하라고 지시했다. 그들은 그곳에서 해야 할 일을 지시받는다. 이때 사무실에서 참가자들을 맞이하는 접수 담당자는 카운터 뒤로 잠깐 몸을 숙였다가 다가와서, 그들에게 지시사항이 들어 있는 봉투를 건넨다. 여기까지는 모든 절차가 평범하다.

그런데 압도적으로 많은 참가자들이 한 가지 사실을 알아차리지 못했다. 지금 자신 앞에 서 있는 접수 담당자가 좀 전에 자신을 맞이한 직원이 아니었다는 점이었다. 담당 직원이 참가자를 맞이하고 이야기를 할 때 다른 직원이 카운터 뒤에 숨어 있다가, 앞의 직원이 카운터 뒤로 들어오면 대신 나간 것이다. 두 직원은 키, 외모, 옷차림 등이 다르지만 직원이 바뀌었다는 사실을 알아차린 사람은 거의 없었다.

이처럼 우리의 마음은 변화를 잘 알아차리지 못하며, 당신이 생각하기에 아주 분명한 변화도 마찬가지이다. 심리학자들은 이러한 현상을 "변화 맹시"라고 불렀다.

심리학자들이 변화 맹시를 입증한 또 다른 실험은 거의 비슷한 이미지를 찍은 사진 두 장을 참가자의 눈앞에서 재빨리 스쳐 지나가게 한 것이다. 한 사진은 물체가 사라졌거나 위치가 바뀌었거나 색이 달라졌다. 그런데 참가자들은 이렇게 번갈아 나오는 이미지를 보면서도, 심지어 두 사진이 다르다는 걸 알고 차이점을 적극적으로 찾으면서도 오랫동안 그 사실을 알아채지 못했다. 마침내 알고 나면 놀랄 정도로 너무나 간단해 보인다. 그러면 우리는 의아해한다. 아까는 왜 이게 안 보였지?

우리는 자신을 포함한 주변 사람들이 실제보다 더 변하지 않는 존재라고 생각한다. "지금 거울 속에서 나를 마주보는 이 나이 든 사람은 누구지?" 우리는 주름과 흰머리를 발견하면 어찌된 일인지 스스로를 야단치고 비난해야 할 실패의 증거라고 여긴다. 매일 그 모습을 보고, 우리를 포함한 모든 사람이 나이 들어가는 건 당연하다고 생각하면서도 이 단순하고 보편적인 사실을 받아들이기 힘들어한다.

하지만 누구나 변화한다는 사실을 받아들이면 좀 더 평화로워진다는 사실을 이내 깨닫는다. 예를 들어 노화를 자연스러운 현상, 그냥 일어나는 "일"로 보는 법을 배울 수 있다. 심지어 노화의 긍정적인 면을 볼 수도 있다. 주름과 흰머리 외에도 성숙, 배움, 늘어나는 지혜가 있으니 말이다. 영구적이지 않은 것의 진가를 인정하고 받아들이는 법을 배우면 나이 들어가는 자신에 대한 원망으로부터 자유로워질 수 있다.

우리는 또한 사랑하는 사람들과 보낼 수 있는 시간이 짧다는 점을 인식하지 못하고 그들이 영원히 우리 곁에 있지 못한다는 점을 깨닫지 못한다. 그래서 그들의 가치를 과소평가하고 그들과의 관계에서 혹시 있을지 모를 어려움을 지나치게 강조하는 경향이 있다. 이런 사실을 인식하면 그들을 좀 더 참을성 있게 대하고 용서할 수 있다. 다음 연습이 이런 점을 직접 경험할 수 있도록 도와줄 것이다.

사람들에게 이 연습을 시키자 많은 이들이 상대방에 대한 연민이나 슬픔을 느꼈다고 대답했다. 이러한 슬픔은 악감정과 불만을 품고 사는 것이야말로 우리가 지상에서 보내는 짧은 시간을 낭비하는 셈이라는 점을 일깨워준다. 거시적인 관점에서 보면 사람들이 나를 짜증나게 하는 습관은 별로 중요하지 않다. 연민을 가지고 인간의 전 생애라는 맥락에서 보면 그들의 짜증스러운 습관도 더 이상 중요하게 보이지 않는다. 그보다 더 중요한 것은 그들과의 갈등이 고통스럽다는 점이다. 우리 마음은 고통을 직면하면 그걸 줄이기 위해 움직인다.

나의 경우, 아이들이 인생에서 일어나는 어렵고 고통스러운 변화를 겪는 모습을 지켜보면서 이런 관점을 발전시켰다. 아이들이 두세 살일 때는 나이에 걸맞게 툭하면 짜증을 부렸다. 아이들이 갑자기 화를 내거나 울음을 터뜨리면 나는 아이들이 지금 모습이 아니라 사랑스러운 갓난아기였을 때를 떠올리고, 아이들이 성숙

practice

당신과 종종 충돌하는 사람을 생각해보자. 그는 당신과 친한 사람일 수도 있다. 그 사람에겐 아마 당신을 짜증나게 하거나 속상하게 하는 습관이 있을 것이다.
그 사람과, 당신을 속상하게 만드는 그 사람의 습관을 마음속에 떠올려보자. 몸에서 어떤 느낌이 드는지 주의를 기울이고, 그것을 관찰해보자.

이제 이 사람을 갓난아기 내지는 돌이 지난 아기 정도로 상상해보자. 이 아기는 앉을 수는 있지만 걸을 수 없고, 옹알이는 하지만 아직 말을 못 한다. 아니면 이 사람을 굉장히 나이가 많은 노인이어서 오늘 내일이라도 금방 세상을 떠날 것 같은 상황이라고 상상해보자.

이제 이 사람에 대한 세 가지 모습을 상상해보자. 갓난아기인 모습, 현재 모습, 그리고 굉장히 늙은 모습. 이제 세 가지 이미지를 상상하면서 다시 한 번 당신을 괴롭히고 짜증나게 만드는 습관을 떠올리며 어떤 느낌이 드는지 살펴보자.

하고 자신감 있는 성인이 된 모습을 상상했다. 아이들이 짜증을 내는 것이 성장하기 위해 필연적으로 거치는 단계라고 인식하니 매번 반응할 필요가 없었다. 아버지로서 내 역할은 아이들이 자라면서 성숙해지는 동안 그들을 위한 연민 어린 존재가 되어주는 것이란 사실을 깨달았다. 이 점을 명심하면 아이들과 있을 때 좀 더 느긋하고 친절한 아빠가 될 수 있었다.

인간의, 삶의 비영구성을 기억하면 배우자나 파트너와도 좀 더 잘 지낼 수 있다. 켄트 주립대학교의 에릭 밀러 교수가 연애 중인 사람들에게 연인의 죽음을 상상하게 하자, 참가자들이 상대의 진가를 이전보다 더 많이 알아차리고 서로의 부족한 점을 용서했다는 사실을 발견했다. 또한 마치 두 사람이 함께 긍정적인 경험을 상상할 때처럼 관계에 대한 만족도가 증가했다. 사랑하는 사람의 죽음을 상상하는 것은 그다지 재미있는 활동처럼 들리진 않지만, 실제로 이러한 작업은 삶의 질을 높여줄 수 있다. 우리가 이 세상에서 함께 보내는 시간이 짧다고 인식하면 사소한 문제는 제쳐두고 좀 더 의미 있는 일에 집중하게 된다. 즉 자신과 타인에게 좀 더 친절하게 연민을 품고 대하게 된다. 부처도 이 점에 주목해서 이렇게 말했다. "언젠가 우리 모두 죽는다는 사실을 깨닫지 못하는 사람들이 있다. 하지만 그 사실을 깨달은 사람들은 싸움을 끝낸다.”

이 말은 우리 내면에서 일어나는 싸움에도 적용된다. 예를 들어 우리는 “완벽해지는” 것이 중요하다고 생각해서 비현실적인 기대에 부응하지 못하면 스스로를 힘들게 한다. 하지만 우리 인생이 짧다는 사실을 명심하면, 완벽을 추구하는 것은 큰 의미가 없고 스스로에게 더 친절해지는 것을 가장 중요하게 여길 수도 있다. 인생의 마지막 순간에 당신은 스스로를 친절하게 대한 걸 기뻐하겠는가? 아니면 보고서를 제시간에 제출하고 집을 먼지 한 톨 없이 청소해놓았던 것을 기뻐하겠는가?

초기 불교는 “우리가 종종 되새겨야 할 다섯 가지 진실”을 제시했다. 노년, 질병, 죽음, 사랑하는 사람과의 이별 모두 살면서 피할 수 없는 일이며, 우리는 우리가 한 행동의 주인이라는 것이다. 이런 생각은 우리가 비영구성을 받아들일 뿐 아니라, 우리 삶에 책임을 지도록 권고한다. 이 가르침들이 본질적으로 전하는 메시지는 이것이다. “인생은 짧으니 그 시간을 잘 써야 한다.”

이런 말을 들으면 사람들은 가끔 “인생은 짧으니 가능한 한 재미있게 살아야 한다”라고 해석한다. 하지만 당신의 시간이 제한돼 있다고 생각하고 “재미있게 살기”와 “의미 있게 살기”를 비교해보면 아마 후자를 더 우선순위에 둘 거라고 생각한다.

당신의 주변 사람들, 당신과 가까운 사람들, 혈연이나 사랑으로 연결된 사람들, 그리고 감정을 가진 존재라는 생각이 별로 들지 않는 사람들, 당신이 좋아하지 않는 사람들과 심지어 옆에 있는 것조차 싫은 사람들을 떠올려보자. 그들은 모두 죽는다. 당신도 죽는다. 그리고 삶은 예측할 수 없다. 오늘이 아마 그들을 보는 마지막 날이 될지도 모른다. 그러니 오늘이 마지막인 것처럼 행동하면 어떨까? 당신이 내일 죽는다면 그들이 당신의 마지막 말을 어떤 내용으로 기억하길 바라는가? 당신과의 마지막 만남을 그들이 어떻게 기억하길 바라는가? 다시는 그들을 보지 못할 것처럼 바라보자. 그들을 판단하고 부정적인 면에 초점을 맞추려는 성향을 버리고, 행복해지려고 안간힘을 쓰는 사람들에게 둘러싸여 있다는 점을 인식하자. 그리고 자신에게도 똑같이 그렇게 해보자.

당신은 중요하다. 당신의 행복은 중요하다. 사랑할 수 있도록 마음을 열어보자.

우리의 느낌도 지나간다. 느낌 역시 영원하지 않다. 릴케는 "어떤 느낌도 끝은 아니다"라고 했다. 이런 점을 인식하면 그 어떤 느낌도 좀 더 담담하게 받아들일 수 있다.

나는 이혼과 항암치료로 점점 악화되어가는 재정 문제에 대처할 때 이러한 인식만이 유익하다는 점을 알게 되었다. 끝없이 쌓

practice

매일의 생활에서 인생의 간결함을 일깨워줄 구절을 마음에 품어보자. "인생은 짧으니 친절하자"라거나 "우리 모두 늙고 죽는다", "지상에서 우리가 보낼 시간은 짧으니 의미 있게 보내자"같은 말을 새기는 건 어떨까?
필립 라킨의 시 '잔디 깎는 기계'에 나오는 구절을 떠올려도 좋다. "친절해야 한다, 아직 시간이 있을 때." 혹은 누군가를 만나거나 그와 대화를 나눌 때 그 사람이 비영구적인 존재라고 생각해도 좋다. 이런 사실을 잊지 않게 해줄 무언가를 당신이 직접 만들 수도 있다. 손목에 실을 한 가닥 묶을 수도 있고, 사람들이 쉽게 눈치 채지 못하게 손에 점을 찍어놓거나, 휴대폰 잠금 화면에 삶의 덧없음을 일깨우는 이미지를 설정할 수도 있다. 우리가 지상에 오래 있지 않을 거라는 사실을 일깨워주는 방법을 찾아보자. 우리는 자주 나중에 시간이 생길 거라고 예단하지만 그런 보장은 없다. 지금 당장 사랑하라고 스스로를 일깨우자.

여가는 청구서 때문에 스트레스를 받다가 문득 이 사실을 떠올렸다. 예전에도 이런 적이 있었지만 그 일도 지나갔어. 나는 과거에도 빚을 진 적이 있고 그때의 재무 상황은 지금처럼 심각하진 않았지만, 그때도 지금처럼 굉장히 심각하게 걱정했다.

그때 그 빚은 다 어디로 갔지? 그렇게 큰 고통을 자아낸 근심 걱정은 다 어디로 갔어? 당연히 모두 사라졌다. 내가 그때 했던 걱정이 영원하지 않다는 점을 스스로에게 일깨우자 이 문제가 덜 심각해졌다. 이처럼 우리의 근심은 일시적이다. 우리가 인지하는 현실이 영원하지 않다는 점을 일깨움으로써 강박적인 근심에서 벗어날 수 있다.

느낌은 시간의 척도라는 면에서도 영원하지 않다. 지금 이 느낌이 몇 분, 몇 시간 후에 사라지진 않을 것이다. 실제로는 당신이 이 문장을 읽는 순간 사라졌을 것이다. 느낌은 그저 그 순간에만 존재한다. 이 말은 직관적이지 않게 들릴 수도 있다. 어쨌든 당신은 상당히 길게 느껴지는 오랜 시간 동안 당신의 마음속을 맴도는 특정한 기분을 느꼈을 테니까. 하지만 비교적 영구적인 이 느낌은 현실이 아니기 때문에 나타났다가 이내 사라진다.

느낌이란, 내면에서 만들어지는 감각의 패턴이다. 불이 켜졌다가 꺼지기를 반복하는 반짝이는 별자리 같은 신경말단 수십만 개가 놀랄 만큼 빠르게 깜박거리는 것이다. 우리의 느낌은 시시각각

지나갔다가, 다른 형태로 다시 만들어진다. 여기서 고정된 건 하나도 없다. 하지만 뇌는 이렇게 끝없이 변화하는 과정에 "우울", "절망", "불안" 같은 꼬리표를 붙인다. 우리의 경험에 이런 꼬리표를 붙이면, 실제로 우리의 내면에서 일어나는 현상을 제대로 볼 수 없다. 변화가 우리 앞에서 일어나지만, 보지 못하는 것이다.

명상은 우리에게 느낌의 실체를 면밀하게 볼 수 있는 도구를 제공한다. 나는 명상센터에서 오랫동안 꼼짝하지 않고 앉아 있을 때 생기는 평범한 신체 고통(쑤시는 무릎, 뻣뻣한 허리)에 대처하기 위해 명상을 활용하는 방법을 배웠다. 처음에는 이런 일이 일어나면 고통이 사라지길 바란다. 그래서 저항하지만, 오히려 상황이 악화된다. 그래서 우리는 저항하신 대신 그 불편에 주의를 기울이고 좀 더 면밀하게 살펴보는 법을 배운다.

나는 고통이 느껴지는 특정 부위를 "주목하라"고 배웠다. 단순하기 그지없는 "고통"이라는 꼬리표 너머를 보고, 거기에 실재하는 것을 보라는 뜻이었다. 주의를 기울이는 순간 가장 두드러지게 나타나는 감각에 고동침, 압력, 툭툭 뛰, 차가움, 찌릿찌릿함, 통증, 욱신거림 같은 이름을 붙여주었다.

이렇게 하면 우리가 고통과 관계 맺는 방식이 달라진다. 처음에 우리는 고정된 "하나의 대상"을 주목한다고 생각하지만, 고통은 하나의 현상이 아니라 여러 감각이 섞인 것이며, 그 감각들 자체는 고정된 것이 아니라 시시각각 일어났다가 사라진다는 점을 알게 된다. 끝없이 변하는 감각에 집중하다 보면 저항할 대상은 차차 줄어든다. 이내 가끔, 잠깐, 혹은 그보다 오랫동안 존재하는 고통이란 건 세상에 없다는 사실도 깨닫게 된다.

우리가 느끼는 감각들은 중립적이거나 심지어 즐겁게 느껴질 수도 있다. 우리의 고통이 투명하게 느껴질 수도 있다. 고통은 단단한 고체가 아니라 같은 공간에 있는 에너지의 한 점이고, 점 하나하나가 불빛처럼 깜빡이며 나타났다가 사라질 수도 있다.

이렇게 신체 고통의 비영구성에 주목하면, 느낌도 같은 방식으로 주목할 수 있다. 우리는 느낌 역시 투명하고 실체가 없다는 사실을 알고 있다. 점묘화가의 그림에서 보라색 부분을 보고 가까이 다가가서 들여다보면 보라색은 없고 붉은색과 파란색 점만 있는 것처럼, 우리의 상처도 깊게 들여다보면 거기에 상처나 불안은 없다는 걸 알게 된다.

전통 불교에서는 이것을 "공"이라고 부른다. 공이란, 우리의 경험이 존재하지 않거나 의미가 없다는 뜻이 아니라 그걸 찬찬히 바라보면 처음 본 것과는 다른 모습이 보인다는 뜻이다. 거기엔 처음 보였던 특징이 없다. 여러분은 처음에는 고통스러운 느낌을 분석하지만 결국 거기서 평화, 기쁨, 자유를 발견할 수 있다.

즐겁고 행복하기만 한 인생은 없다

우리가 자주 하는 또 다른 인지 왜곡은 고통과 행복의 원인을 오해한다는 것이다. 8장에서 보았듯 우리는 무엇이 우리를 행복하게 만들어주는지 잘 예측하지 못한다. 우리는 복권 당첨, 연봉 인상, 승진 같은 것이 행복의 열쇠라고 생각하지만, 그런 것들은 행복감을 일시적으로 높이는 데서 그친다.

흔히 행복은 즐거운 경험이 끝없이 이어지는 거라고 생각하지만 그러려면 불쾌한 경험은 가까이 오지 못하게 하는 방법을 찾아내야 한다. 그런데 이건 불가능하다. 우리 삶의 모든 면은 우주의 거미줄처럼 무한한 조건과 얽혀 있기 때문에, 전적으로 즐겁고 기쁜 인생을 살려면 신처럼 우주를 지배하고 통제할 수 있어야 한다. 우리를 둘러싼 여러 조건과 우리 내면의 조건들이 변하면, 유쾌한 경험도 어쩔 수 없이 끝나고 우리를 불쾌하게 하는 일들이 필연적으로 일어난다.

하다못해 우리의 마음도 우리를 배신한다. 가끔 느닷없이 고통스러운 생각이 저절로 떠오를 때가 있다. 우리는 결코 가질 수 없는 것들을 갈망하기도 하고, 한때 좋아했던 것들에 싫증이 나거나 지루해하기도 한다. 이런 일은 수없이 일어난다. 만약 우주가 우리에게 불행할 이유를 주지 않는다면, 우리가 직접 이유를 만들지도 모른다. 모든 경험은 영원하지 않고 불안정하고 변덕스럽기 때문에, 그 무엇도 우리에게 영원한 만족을 줄 수 없다. 결국 모든 경험은 만족스럽지 못하다.

그렇다면 어떻게 평화를 찾을 수 있을까? 역설적으로 우리가 가질 수 있는 가장 큰 평화와 행복은 고통에 저항하거나 쾌락을 추구하길 멈추고 그것들을 연민 어린 마음으로 우아하게 받아들일 때 찾아온다. 평화는 유쾌하거나 불쾌한 모든 느낌이 자연스레 일어났다가 사라지게 놔두고, 마음챙김과 친절과 연민으로 그들을 관찰할 때 찾아온다.

우리는 우리가 생각하는 사람이 아니다

우리의 안녕에 영향을 미치는 세 번째 요소이자 가장 큰 인지 왜곡은 우리의 정체성에 일종의 근본적인 핵심, 즉 자아가 있다는 믿음이다. 우리는 이 생각을 너무나 자연스럽게 받아들이기 때문에 아무도 거기에 의문을 갖지 않는다. 우리 안에는 우리가 누군지 규정하는 뭔가가 있다고 믿는다. 사실 우리는 자아가 대체 뭔지는 별로 생각하지 않으면서, 자아라는 것이 정보를 받아들이고 여러 가지를 결정하고, 스스로 행동한다고 짐작한다. 마치 우리 내면에 있는 자아는 CEO나 신처럼 행동하고, 의식이 있고, 오직 하나이며 시간이 지나도 변하지 않는다고 믿는다. 어떻게 그러지 않을 수 있을까?

불교에서는 처음부터 우리에게 그런 자아가 존재한다는 생각, 심지어 그런 자아가 존재할 수 있다는 생각조차 사실이 아니라고 말한다. 우리를 우리답게 하는 모든 것이 계속 변하기 때문이다. 오늘날의 신경과학도 이 주장에 동의한다. 우리의 뇌에 있는 그 어떤 것도 이러한 자아의 개념이 사실이라고 뒷받침할 수 없다.

생각해보면 당신도 자아라는 개념을 항상 이런 식으로 믿진 않았을 것이다. 당신이 갓난아기였을 때는 자아라는 개념 자체가 없었다. 당신은 자신에게 이름이 있는지, 남성인지 여성인지, 어떤 성격을 갖고 있는지 전혀 의식하지 않았다. 당신은 자신이 착하거나 나쁘다고, 영리하거나 멍청하다고, 성공하거나 실패했다고 생각하지 않았다. 당신은 그저 있는 그대로의 당신으로 존재했다.

나중에야 당신은 자아라는 개념을 알게 된다. 성장하면서 당신은 다른 사람들이 당신을 정의하는 말들을 받아들이고, 스스로도 그렇게 한다. 당신은 점점 스스로를 규정하게 된다. (물론 이 과정은 모든 사람이 하는 것이지, 당신만 문제가 있다는 뜻이 아니다.)

이렇게 "나를 만드는" 과정을 통해 당신은 당신 안에 당신이 누구인지를 규정하는 뭔가가 있다고 상상하게 된다. 우리는 각자 자기만의 본질이 있다는 감각을 만들어낸다.

이게 왜 문제가 될까? 우선 당신은 자신에게 어떤 자아가 있다고 추정하게 되었나? 많은 사람들이 자신의 인생은 너무 힘들고 고통스럽고, 도처에 실망과 실패가 도사리고 있다고 생각한다. 그래서 자신의 본질적인 자아는 고장이 났거나 결함이 있거나 심지어 사랑스럽지 않다고 믿게 된다. 이 정도까지는 아니어도 가끔은 그게 사실일까 봐 두려워한다.

우리가 상상하는 "자아"는 스스로에 대한 회의감이 밀려올 때 같이 밀려온다. 우리는 그 회의감을 적어도 다른 사람들은 모르기를 바란다. 두 번째로 우리는 우리의 "자아"가 고정되어 있어서 변하지 않는다고 믿거나, 적어도 변하지 않는 것 같아서 두려워한다. 이런 생각 때문에 우리의 고통은 더 커진다. 이제 우리는 고장 나고 결함이 있는 자아를 가지고 살게 됐으니 영원히 고통받을 운명이라고 믿는다.

세 번째로 우리가 믿는 "자아"는 분리의식과 자만심을 만들어낸다. 내 안에 "나"가 있고, 그 안에 나의 호불호와 욕망과 혐오가 있다. "나"라는 의식이 극단적으로 커질 경우, 우리는 자신의 시각이 우주에서 제일 중요한 것처럼 행동하게 된다. 이런 자기중심적인 태도 때문에 타인과 갈등을 일으키고 심지어 다른 모든 생명체의 생존을 위협한다. 이 자아는 고통의 근원이다. 세상으로부터 분리되고 고정된, 근본적으로 결함이 있는 본질이 우리 내면에 있다는 이 개념을 놓아주는 법을 배우는 것이 우리에겐 축복일 것이다.

부처는 자아가 있다는 생각은 영적으로는 도움이 되지 않는다는 말까지 했다. 부처는 우리가 품고 있는 자아에 대한 모든 관점이 다 고통의 근원이라고 말했다. 부처의 목표는 자아란 없다고 가르치는 대신 우리가 어떤 식으로든 스스로를 규정하는 시도를 포기하게 돕는 것이었다. 부처는 자아를 정의할 수 있는 모든 표현을 거부했다. 초기 불교도 어떤 식으로든 스스로를 규정하려는 시도 자체를 버리라고 격려했다.

10년 전쯤 한 팟캐스트 인터뷰를 하던 날이었다. 그런데 알고 보니 녹음 일정이 맞지 않았다. 심지어 녹음 전날은 아내와 어린 딸이 심하게 아파서 네 시간밖에 자지 못해 몸 상태가 좋지 않았다. 인터뷰를 연기해달라고 부탁할 수도 있었지만 까다롭게 변덕을 부리는 것처럼 보이고 싶지 않아서 예정대로 강행하기로 했다.

나름 최선을 다해 인터뷰에 응했지만 유감스럽게도 잘 하지는 못했다. 인터뷰를 하면서도 내 대답에 일관성이 없고 때로는 아주 어설프다는 점이 느껴졌다. 인터뷰가 끝난 뒤 길을 걷다 보니 내가 인터뷰를 아주 심하게 망쳤다는 생각이 점점 강해졌다. 내가 횡설수설하며 더듬거리는 내용을 듣고 수만 명이 나에 대한 첫인상을 품었을 거라고 생각하니 더욱 심란해졌다. 이내 어마어마한 당혹감과 수치심이 밀려왔다.

다행히 그때 나는 우리를 구성하는 모든 것이 영원하지 않다는 사실을 체계적으로 보여주는 명상서를 쓰고 있었다. 우리는 평소 자기 자신과 동일시하던 것의 무상함을 보게 되면 이렇게 생각한다. “이건 내가 아니야. 이건 내 것이 아니야.”

우리는 명상을 하면서 이런 식으로 자아라는 감각을 만들어내는 다양한 심리적 일체감을 버리기 시작한다. 수치심과 굴욕감이 밀려온 후에야 나는 명상을 할 때 읊었던 그 구절을 떠올렸다. 지금 느끼는 이 수치심은 내가 아니고 내 것이 아니란 걸 깨달았다. 나는 조금 전에 한 인터뷰 성과가 아니다. 나는 나의 무능이 아니다. 그 인터뷰 하나로 나라는 사람을 규정할 수 없다. 갈팡질팡했던 인터뷰는 내가 처한 상황에 좌우되기 마련이고, 내 삶에 잠시 나타났다가 사라지는 현상에 불과하다. 그 일을 기분 나쁘게 받아들일 이유가 없었다. 나는 계속 길을 걸으면서 스스로와 화해했고, 곧 내 마음은 커다란 환희와 자유로 가득 찼다.

6장에서 우리는 두 개의 화살에 대한 부처의 가르침을 들었다. 부처는 우리가 고통을 마치 자신과 "결합되어 있는 것처럼" 경험한다고 말했다. 이 말은 마음챙김을 하지 않을 때 우리와 우리의 경험 사이에는 아무런 틈이 없어서, 우리가 자신을 고통에 푹 빠져 있는 상태로 인식한다는 뜻이다. 반면 느낌으로 시선을 돌리면 우리와 느낌 사이에 공간을 만들 수 있다. 그리고 그 공간을 우리가 관찰하는 하나의 대상으로 여김으로써 우리 자신과 고통을 분리할 수 있다. 좀 더 깊은 차원으로 들어가면 부처의 말은 우리가 고통스러운 느낌과 경험을 우리 정체성의 일부로 생각한다는 뜻을 담고 있다. 예를 들어 우리는 수치심이나 마음의 상처를 감지하면 그것이 나 자신이고 나의 것이며 그 수치심과 상처가 나를 규정한다고 믿는다.

고통과 나를 일치시키려는 태도를 버리는 것은 우리가 할 수 있는 가장 심오한 자기연민 수행이다. 고통에 온전히 주의를 기울이면 우리는 스스로에게 이런 말을 할 수 있다. "이 느낌은 내가 아니야. 이건 내 것이 아니야. 이건 나를 규정하지 않아. 이건 영원하지 않아. 이건 그냥 지나갈 거야."

지금도 이렇게 할 수 있다. 고통을 자아내는 기억을 떠올린 다음 그것을 친숙하게 살펴보자. 이제, 이 느낌이 당신의 일부가 아니라는 점을 일깨워주자. 당신이 느끼는 불편함은 그 기억을 떠올리기 전까지는 존재하지 않았다는 점을 스스로에게 상기시키자. 할 수 있다면 그 느낌이 당신을 통과하는 것을 관찰하면서, 이 느낌은 실재하는 것이 아니라 여러 감각이 모인 별자리가 깜빡이다 사라지듯 시시각각 변한다는 사실을 인식하자.

이 책에서 지금까지 소개한 모든 수행은 우리를 자아에 대한 집착에서 벗어나게 할뿐 아니라, 어느 시점에서는 "핵심 자아"라는 믿음을 버릴 수 있게 도와준다. 나는 "나를 벗어나기"라는 용어를 좀 덜 자기중심적인 자아로 세상을 바라보는 경향을 늘릴 수 있는 과정까지를 포함하는 의미로 쓴다. 이것은 수행의 일부이며, 그런 이유로 사마타와 위빠사나는 서로를 보완한다.

우리가 고통에 질색할 때는 언제나 자아가 관련되어 있다. 우리가 어떤 경험을 분노나 두려움이나 불만 때문에 외면할 때는 그것을 "우리"에게서 밀어낸다는 생각이 존재한다. 이런 행위는 "나"를 강화시킨다. 나는 이걸 좋아하지 않아. 나는 이걸 원하지 않아.

한편, 고통을 피하기 위해 유쾌한 경험에 집착하거나 쾌락을 추구할 때도 우리는 "나"라는 감각을 강화하게 된다. 나는 이걸 좋아해. 나는 이걸 원해.

고통이 순환하면서 더 큰 고통이 생기면, 우리를 타인으로부터 분리시키고 삶을 비참하게 만드는 단단한 매듭이 맺어진다. 이렇게 "나에 묶이는" 과정을 불교의 초기 문헌에서는 "아함까라", 즉 "나를 만들기"라고 표현한다. 스스로를 위해 만든 매듭에 사정없이 묶인 우리는 점점 더 자신에게 뭔가 근본적으로 잘못된 게 있다고 믿게 된다. 스스로에게 깊은 결함이 있거나 심지어 고장 난 자아가 있다고 믿게 되는 것이다.

아이러니하게도 우리는 자기연민을 수행하면서 "자아"에 덜 집착할 수 있다. 자기연민은 우리가 습관적으로 하는 "나 만들기"를 줄여준다. 그것은 우리를 묶고 있는 매듭을 느슨하게 해준다. 우리가 고통받고 있는 우리의 일부에게 사랑을 베풀고 고통에 덜 반응할 때, 그 매듭은 풀린다. 자아라는 감각이 점점 더 헐거워지면서 우리 내면에 점점 더 많은 공간이 생겨나고, 덜 충돌하며 덜 괴로워진다. 그러면 우리는 점점 매듭을 잊게 된다. 스스로를 "나"가 아닌 "공동체"로 보게 된다. 매사에 즉각 반응하는 행동에서 풀려나면, 세상에 좀 더 관대해진다는 사실을 깨닫게 된다. 그렇게 고통에서 자유로워지면 우리의 도움이 필요한 사람들이 보인다. 내면에 있는 "우리"의 욕구는 타인의 욕구와 떼어놓을 수 없고 고통이 "내가" 아니란 사실은 더 이상 중요하지 않다. "나의" 고통조차 내가 아니기 때문이다. 나는 고통과 하나가 아니고, 고통과 일체감을 느끼지도 않는다.

자기연민 수행 자체가 우리에게 하나의 자아는 없다는 사실을 일깨운다. 우리 중 일부는 고통을 야기하는 혼란스러운 개념에 사로잡혀 있다. 우리 중 일부는 더 현명해서 고통으로부터 자유로워지도록 스스로를 인도할 수 있다. 우리에게는 고통스러운 부분이 있다. 또한 그 고통을 지지하고 격려할 수 있는 부분도 있다. 마음챙김과 자기연민을 연습하면 나를 하나의 자아로 바라보는 것이 아니라 일종의 공동체, 즉 서로서로 그리고 세상과 잘 지내는 법을 알려고 애쓰는 개개인이 모인 커뮤니티로 보게 된다. 사실 공동체적인 본성이 없었다면 우리는 스스로에게 연민을 베풀 수 없었을 것이다. 그렇지 않다면 어떻게 하나의 단일한 존재가 스스로와 관계를 맺을 수 있을까?

우리가 자아와의 일체감을 버리면 무엇을 잃고 무엇을 남길까? 어떤 면에서 잃는 건 없다. 다만 우리가 지고 있는 짐이라는 환상, 자신이 어떤 사람인지에 대한 제한되고 오해의 소지가 있는 개념을 잃게 된다. 그 외에는 모든 게 남는다. 우리의 모든 기억, 고통과 기쁨, 좋은 자질과 부족한 자질들, 착각과 지혜 모두 말이다. 하지만 이로써 이전보다 더 큰 자유를 느끼게 된다. 나라는 존재는 무한하고 열려 있으며 하나로 규정지을 수 없고, 모든 것에 연결돼 있다는 느낌을 갖게 된다. 무엇보다 스스로와 좀 더 사이가 좋아졌다는 감각이 생긴다.

이제 우리는 자아라는 짐에서 벗어났다. 우리는 더 이상 스스로가 어떤 존재인지 분명하게 정의하려 애쓰지 않는다. 대신 스스로를 하나의 미스터리이자 소용돌이치는 의식의 에너지로, 상상할 수 없는 세계에 태어나 상호작용하는 존재의 단면을 언뜻언뜻 보게 된다. 우리는 스스로를 경이롭게 바라보고, 타인도 그처럼 매혹적이고 아름답고 본질적으로 신비로운 존재로 인식한다. 우리는 자신을 포함해 그 어떤 존재의 깊이도 진정으로 알 수 없다는 점을 인식한다. 모든 존재는 신비롭고 변화무쌍하며 무수한 잠재력을 가지고 있다. 우리의 연민이란 신비가 또 다른 신비에게 말을 거는 것이다.

이런 깨달음을 통해 우리는 만사를 좀 덜 개인적으로 받아들이게 된다. 이렇게 되면 앞으로 할 일들도 더 쉬워진다. 분노, 갈망, 그리고 다른 시시한 특징에 이전보다 덜 집착하게 된다. 그것들은 이전보다 더 빨리 우리를 지나간다. 바람직한 자질들도 좀 더 쉽게 발현된다. 자신감이 뿜어져 나온다. 에너지가 생긴다. 기쁨이 샘솟는다. 연민이 물처럼 흐른다. 이 모든 자질 역시 우리가 아니다. 연민은 우리가 아니다. 우리는 그걸 가지고 있지 않다. 사실 아무도 그걸 가지고 있지 않다.

연민은 그저 세상에 흐르면서 고통과 마주칠 때마다 대응할 뿐 자아와 타인, 나와 나의 것이라는 개념의 방해를 받지 않는다. 연민은 그냥 생겨나서 인간으로 살아가는 이 힘든 일의 무게를 조금 덜어줄 뿐이다.

옮긴이 **박산호** 전문 번역가. 한양대학교 영어교육학과를 거쳐 영국 브루넬대학교 대학원에서 영문학을 전공했다. 하드보일드 문학의 대가 로렌스 블록의《무덤으로 향하다》로 출판 번역계에 입문했다.《카리 모라》,《임파서블 포트리스》,《지팡이 대신 권총을 든 노인》,《거짓말을 먹는 나무》,《토니와 수잔》,《레드 스패로우》,《하우스 오브 카드 3》,《차일드 44》,《싸울 기회》,《다크 할로우》,《콰이어트 걸》,《용서해줘, 레너드 피콕》,《세계대전 Z》등 70권이 넘는 작품을 번역했다.

인간으로 산다는, 그 어려운 일

1판 1쇄 발행 2020년 8월 30일
지은이 보디팍사
옮긴이 박산호
발행인 오영진 김진갑
발행처 나무의철학
책임편집 이다희
기획편집 박수진 박은화 진송이 허재희
디자인팀 안윤민 김현주
표지·본문 디자인 [★]규
마케팅 박시현 신하은 박준서 김예은
경영지원 이혜선
출판등록 2006년 1월 11일 제313-2006-15호
주소 서울시 마포구 월드컵북로5가길 12 서교빌딩 2층
전화 02-332-3310 팩스 02-332-7741
블로그 blog.naver.com/midnightbookstore
페이스북 www.facebook.com/tornadobook
ISBN 979-11-5851-188-3 03840

• 표지와 본문 서체 일부는 마포 브랜드 서체를 사용하였습니다.
• 잘못되거나 파손된 책은 구입하신 서점에서 교환해드립니다.
• 책값은 뒤표지에 있습니다.
• 이 도서의 국립중앙도서관 출판예정도서목록(CIP)은 서지정보유통지원시스템 홈페이지(http://seoji.nl.go.kr)와 국가자료공동목록시스템(http://www.nl.go.kr/kolisnet)에서 이용하실 수 있습니다.(CIP제어번호: CIP2020033467)